钱澄/著

从西门庆到贾宝玉

《源氏物语》探析

CONG XIMENQING DAO JIABAOYU
YUANSHI WUYU TANXI

苏州大学出版社

图书在版编目(CIP)数据

从西门庆到贾宝玉:《源氏物语》探析 / 钱澄著
. —苏州: 苏州大学出版社,2012.12
ISBN 978-7-5672-0410-2

Ⅰ.①从… Ⅱ.①钱… Ⅲ.①古典小说-小说研究-中国-明清时代 ②长篇小说-小说研究-日本-中世纪 Ⅳ.①I207.41 ②I313.074

中国版本图书馆 CIP 数据核字(2012)第 313020 号

从西门庆到贾宝玉——《源氏物语》探析

著　　者　钱　澄
责任编辑　薛华强
装帧设计　吴　钰
出版发行　苏州大学出版社
地　　址　苏州市十梓街 1 号
邮　　编　215006
电　　话　0512-65225020　65222617(传真)
网　　址　http://www.sudapress.com
印　　刷　扬中市印刷有限公司
开　　本　700 mm×1 000 mm　1/16　印张 12　插页 10　字数 184 千
版　　次　2012 年 12 月第 1 版
　　　　　2012 年 12 月第 1 次印刷
书　　号　ISBN 978-7-5672-0410-2
定　　价　28.00 元

序

《小尔雅·广义》:“男女不以礼交谓之淫。”所谓“礼交”,是指交往中以礼相待。在中国传统文化中,强调行为合乎礼自不待言,对与“礼”相对的“淫”同样予以持久的关注。如《周易·系辞上》的“冶容诲淫”,《周礼·天官》中“去其淫怠与其奇衺之民”,《国语·鲁语下》已然以“淫”为“恶”之源:“夫民劳则思,思则善心生;逸则淫,淫则忘善,忘善则恶心生。”因此,在文史著述中就有大量关乎“淫”的记述,《诗经》中的“淫奔”之诗,《史记》里“朋淫”、“淫德”、“嬖淫”等记载,均属此类。既然如此,对“礼”、“淫”二者,应当一并加以探究。

然而,在以往的学术研究中,重于治礼而轻于论淫,或者史家偏于治礼而文学习见述淫,从史学角度探析文学之淫则尤为少见。钱公《从西门庆到贾宝玉》一书,就是撷取典型文学人物,从历史的角度加以探析。

开篇就以《红楼梦》第五回论“淫”之语为引子:“淫虽一理,意则有别。如世之好淫者,不过悦容貌,喜歌舞,调笑无厌,云雨无时,恨不能尽天下美女,供我片时之趣兴,此皆皮肤滥淫之蠢物耳。如尔则天分中生成一段痴情,吾辈推之为‘意淫’。‘意淫’二字,惟心会而不可口传,可神通而不能语达。”也就是说,“淫”其实有“皮肤滥淫”和“意淫”两种不同的层次,前者不过是“蠢物”之为,而后者却属“痴情”。钱公以为,在诸多古典文学作品中,西门庆、贾宝玉、光源氏颇具代表性:“西门庆之流乃属典型的‘皮肤滥淫’,而贾宝玉则是‘意淫’的代表者”,在日本小说《源氏物语》主人公光源氏身上则两者兼具,即“贾宝玉的禀赋,西门庆的行为。”

此前所见著述,或就西门庆、贾宝玉、光源氏分而述之,或从情欲的相悖、伦理的撞击、审美的情趣等对西门庆、贾宝玉对比立论,或从性格特征、情感观念、爱情命运、人生轨迹甚至家族式微诸多因素,对贾宝玉、光源氏归类进行分析，合西门庆、贾宝玉、光源氏而论者并不多见。

更重要的是，全书贯穿这样一条主旨：西门庆、贾宝玉、光源氏身上折射着历史的印痕。西门庆既是“一个社会极度腐败的写照”，还隐含着“人的动物本能中有着群婚乱交、杂交的基因”亦即兽性，“人类的性行为应该与感情相联系”，而西门庆“只是出于纵欲的需求”；当18世纪以来人文主义在欧洲再度兴起进而重新发现女性美特质的时候，“贾宝玉在专制制度下的中国，用他的慧眼也重新发现了女性的美，这是一种具有大自然禀性的大美”；成书于日本平安时代的《源氏物语》，因当时“男子的性自由由于带有群婚的色彩，因而并没有受到约束。这在源氏身上表现得最为明显，反映了群婚的遗俗”。

把西门庆的“兽性”、光源氏的“人性与兽性的纠结”、贾宝玉的“大美”，分别放在动物的“乱交”、“群婚的遗俗”和18世纪的“人文主义”风潮中加以考察，不仅分析了文学人物身上深深的历史烙印，同时使其行为有了切近时代特色的合理解释。因之而成该书的一大突出特点。

基于这种认识，便在前三章分纵横两线对史书所载“淫”与“滥淫”加以总结。从原始社会的“人之初，性本‘淫’”，到阶级社会合乎纲常伦理之“性特权”的应运而生，再到帝王“滥淫”给社会带来的巨大灾难，自远及近，条理明晰，是为纵线；至于横线，则所在多见，对涉及的概念或内涵，多列述史实而论。譬如，说到近代许多部落和部族在特定日子所保留的原始性、动物性的狂欢便是如此：印度奥里萨山区布伊亚部落的“马格波赖”节日，焦达纳格布尔的荷人庆祝丰收的尽情欢乐，北非非斯附近盛大祭典后的乱交，摩洛哥清真寺的放纵狂欢，日本明治维新前遍布丰后国、丰前国、伊予国、阿波国、摄取津国、山城国、骏河国、岩代国、陆前国诸地的性狂欢，等等。这些事例，大大增强了论证的厚度和力度。

钱公还以为，紫式部和曹雪芹在表达自己的创作意旨审美意趣时，也深受当时社会的影响，“经历巨大的痛苦体验而写成的《源氏物语》绝不是仅仅让人消遣或者感慨感叹，而是为了阐明自己的思想和见解，批判这个社会”，并有揭示女性的悲剧命运、宣扬因果报应学说和表达妇女对正常婚姻和性爱生活渴求的三重警世意义；“中国仍然处于‘利益婚姻’的汪洋大海之中，封建的伦理纲常坚如磐石。曹雪芹却在他的巨著《红楼梦》中，通过主人公贾宝玉，表达了对于爱情的执著追求”。在男女平等、用审美的眼光看待女性和执著地追求爱情三方面，则充分表现着曹雪芹的人文情怀。于是，书中自然就有了这样的表述：“《源氏物语》的价值不仅仅在于它是世界历史上第一部长篇小说，而且也在于它为我们解读那个时代的社会生活提供了比较完整的‘标本’与‘化石’。”

而从文学作品“解读那个时代的社会生活”，从文学人物的禀性探求社会发展变化的历史印迹，该著成功运用了以文证史、以史论文这一“文史互证”的研究方法。

众所周知，陈寅恪先生《元白诗笺证稿》首创“文史互证”之法，包蕴两个内涵：以史证文和以文证史。究其本质，则是以乾嘉考据学方法为核心贯通文史资料而为之。溯其渊源，则与王念孙“一字之征，博及万卷”一脉相承。

“博”为“征”之基础。而该著所述，正以广博的文献资料为依据。以第二章为例，除大量注释而外，既可见儒家经典《礼记》的内容，又引述《史记》、《旧唐书》、《明史》、《战国策》、《三辅旧事》、《汉武故事》、《资治通鉴》、《明夷待访录》等史料，还征引《阿房宫赋》、《讨武氏檄》和《列朝诗集》等文学论著，更有孙思邈《千金方》和简牍帛书《十问》、《合阴阳》、《天下至道谈》、《养生方》、《杂疗方》等子学书目。当然，域外文献亦多所引用，如韦斯特马克的《人类婚姻史》、布雷克多的《婚床》、莫里斯的《男人和女人的自然史》等等。有的章节中，虽未明言书籍，却列述人物众多，亦见其“博”。如第三章分类提及的，就有武则天、叶卡捷琳娜二世，韩愈、李白、杜甫、苏东坡，卫宣公、陈灵公、江都王刘建、汉灵帝、曹操、南朝宋刘骏、北齐高洋，奥古斯都、朱莉亚、卡利古拉、尼禄等。可以说，“博”是此书值得首肯的又一特点。

钱公专于史学，用心文学，所写诗文多含史学底蕴，所成史论亦涉文学范畴。《从西门庆到贾宝玉》一书，是其多年来出入文史的一大结晶。与以往诗文一成每每先行示我一样，是书甫成，我有幸又成第一位读者。蒙钱公抬爱，嘱以为序，故就所读而得之一隅者草于上。

刘建臻

2012 年 12 月

目录

绪论 淫虽一理，意则有别

《源氏物语》是11世纪日本女作家紫式部撰写的长篇小说，这也是世界历史上第一部长篇小说。

自从20世纪80年代初丰子恺先生的中译本出版以来，对于《源氏物语》的关注与研究亦逐渐展开。不少读者和研究者将《源氏物语》和我国古代名著《红楼梦》进行比较，称其为日本的《红楼梦》，之所以如此，乃是因为《源氏物语》的主人公光源氏与《红楼梦》的主人公贾宝玉有着许多相似之处，尤其是情感方面，多情、痴情，有着非同一般的女人缘，等等；但也有人将光源氏与我国古代的另一部名著《金瓶梅》中的主人公西门庆相提并论，这主要是基于对光源氏纵欲、好色的考量。光源氏究竟是一个什么样的人物，这实在是一个非常有趣的话题。

诚然，有一千个读者就会有一千个哈姆雷特，但贾宝玉和西门庆却是两个截然不同的人物，他们的情操、性格、修养、理念、品行，等等，都截然不同，他们之间的反差之大，以至于除了他们的容貌姣好这点以外，几乎没有任何共同之处。一个温柔、痴情、感性、诗意、优雅、单纯、多才……一个粗野、贪婪、纵欲、委琐、狡诈、卑鄙、自私……而对于女性和两性关系，西门庆和贾宝玉之间的区别可以用《红楼梦》中警幻仙姑的一段话来形容。

第五回，警幻道："尘世中多少富贵之家，那些绿窗风月，绣阁烟霞，皆被淫污纨绔与那些流荡女子悉皆玷辱。更可恨者，自古来多少轻薄浪子，皆以'好色不淫'为饰，又以'情而不淫'作案，此皆饰非掩丑之语也。好色即淫，知情更淫。是以巫山之会，云雨之欢，皆由既悦其色、复恋其情所致也。吾所爱汝者，乃天下古今第一淫人也。”

宝玉听了，唬得忙答道：“仙姑差了。我因懒于读书，家父母尚每垂训饬，岂敢再冒‘淫’字。况且年纪尚小，不知‘淫’字为何物。”

警幻道：“非也。淫虽一理，意则有别。如世之好淫者，不过悦容貌，喜歌舞，调笑无厌，云雨无时，恨不能尽天下之美女供我片时之趣兴，此皆皮肤滥淫之蠢物耳。如尔则天分中生成一段痴情，吾辈推之为‘意淫’。‘意淫’二字，惟心会而不可口传，可神通而不能语达。汝今独得此二字，在闺阁中，固可为良友；然于世道中未免迂阔怪诡，百口嘲谤，万目睚眦。今既遇令祖宁荣二公剖腹深嘱，吾不忍君独为我闺阁增光，见弃于世道，是特引前来，醉以灵酒，沁以仙茗，警以妙曲，再将吾妹一人，乳名兼美字可卿者许配与汝……”脂砚斋批注：“按宝玉一生心性，只不过是体贴二字，故曰‘意淫’。”[1]

由此可见，“皮肤滥淫”和“意淫”乃是两种相互对立的对于女性和两性关系的态度，西门庆之流乃属典型的“皮肤滥淫”，而贾宝玉则是“意淫”的代表。虽然两者都涉及一个“淫”字，但“淫虽一理，意则有别”，两种不同的“淫”，有着根本不同的内容和旨趣。对于这种区别，本书将在后面次第展开探讨，主要的论点在于：“皮肤滥淫”是动物本能的极端化、病态化和变异，而“意淫”则是人文精神的体现。

《源氏物语》的主人公光源氏的身上却同时兼具“皮肤滥淫”与“意淫”两种特征，所以难怪人们既将他比作贾宝玉，又将他比作西门庆。这是为什么？

第一章 人之初，性本"淫"

提到"淫"这个字，人们自然会联想到淫荡、淫秽、淫乱、淫乐、淫欲等下流、猥亵与色情的字眼。其实，人类最初并没有淫的概念。淫的概念的产生，是人类不断进化的结果，是文明的标志之一。淫的观念随着人类社会的发展而不断扩展与变化。

如果用现代人类的标准来衡量其他动物的性行为，可谓淫乱不堪。但在其他动物那里，却丝毫没有一点淫的色彩，包括乱伦、近亲相奸、群婚、杂交，等等，一切都自然而然，都是的的确确的存在。人类是由动物演化而来的，所有其他动物的性行为方式，人类都曾经有过，人和其他动物别无二致。所以，人之初，性本"淫"，人和其他动物一样，最初不知道什么是淫，没有淫的概念。

理查德·瓦格纳是著名的作曲家，他的大型歌剧《尼贝龙根的戒指》里有这样的歌词："谁曾听说哥哥抱着妹妹做新娘？"如果不了解剧情的背景，人们肯定会产生一种猎奇的心理。可是，实际上瓦格纳是戴着有色眼镜去看待原始人的婚姻和性行为方式的。恩格斯一针见血地指出："瓦格纳的这些色情之情，完全以现代方式，用一些血亲婚配的事情使自己的风流勾当更加耸人听闻。"瓦格纳这样做很类似于今天的炒作。对此，马克思回答："在原始时代，姊妹曾经是妻子，而这些是合乎道德的。"[2]

在今天人们看来非常甚至极端淫荡、淫乱的一些现象，在人类一定的发展阶段却是自然而然、合情合理存在的。人类越是蒙昧和野蛮，禁忌便越是宽松和模糊，甚至不存在。正像法国学者乔治·巴塔耶所说:“禁忌的不存在只能意味着:兽性。人类有意识地脱离这种兽性,我们无法回到兽性。”[3]

比如关于乱伦的问题。恩格斯指出:“不仅是兄弟姊妹起初曾经是夫妇,而且父母和子女之间的性关系今日在许多氏族中也还是存在的。”[4]例如,在希腊神话中,大地女神该亚与自己的儿子乌拉诺斯结合生了各种神。后来,这对母子夫妻闹翻了,该亚诱使她的儿子克洛诺斯把乌拉诺斯的生殖器割了下来,并扔进了大海。乌拉诺斯的生殖器在海水里产生许多白色的泡泡,从这些白色泡泡中生出了一个女神,这就是阿芙罗狄蒂(阿芙罗狄蒂在罗马人那里被称为维纳斯,是爱与灵的象征)。该亚和乌拉诺斯是母子近亲相交,而从父亲生殖器产生的泡泡中出生的阿芙罗狄蒂,应当看作是父女近亲相交。

我国也有群婚与乱交的记载。太古之时,人们的生活与野兽无二,游荡于林莽之中,妇女为男子所共有;所生子女,但知其母,不知其父。《管子·君臣》记载:“古者未有夫妇匹配之合,野处群居。”《吕氏春秋·恃君览》(上)亦云:“昔太古尝无君矣,其民聚生群处。知母而不知父,无亲属兄弟夫妻男女之别,无上下长幼之道。”后来伏羲帝废除了这种不分彼此的性交生活,并制定了婚嫁之礼。

根据韦斯特马克的描述,即便到了近代,也还是不乏这样的例子。在美国西北部的东廷人中,母子间、父女间、兄妹间发生性结合的事虽然不多,但也绝非罕见。有两个儿子都娶了自己的母亲;有一个男子娶了自己的女儿;还有几个人娶了自己的姐妹。不过,当地舆论并不认为这样做是对的。廷内族系中的南支印第安人“根据广泛流传的说法,有不少人时不时地与自己的母亲同居,还常常娶自己的姐妹或女儿”。其中的某些人,“他们在和自己的女儿这样处了一段时间之后,又把女儿给了自己的儿子,各方对此均很满意,彼此相安无事”[5]。在所罗门群岛的布干维尔岛和布卡岛上,做父亲的常常娶自己的亲生女儿为妻,并和女儿一起生儿育女。有人说,当地,人们虽然把戴有同一鸟羽的人结婚视为一种犯罪,但父娶女却不被视为违法的事。在夏威夷,据说酋长家庭中曾有过父女结婚的事;而在有些地方,兄弟与姐妹之间的通婚已成为众所周知的一种制度。在马绍尔群岛,兄弟姐妹之间以及父女之间的乱伦关系或联姻关系,据说也时有所闻,特别是在酋长家庭中。但这种关系被人们视为一种丑事，认为将来一定会受到报应。[6]在马来群岛的某些部落中，也有兄弟姐妹之间以及父母子女之间通婚的事。例如，据爪哇人讲，在卡朗人中，常有一些母子像夫妻一样在一起生活，他们甚至认为这样一种联姻关系会带来好运和财富。据说，在米纳哈萨半岛的南部地区，过去常有不少父女、母子以及兄弟姐妹以夫妻关系生活在一起。[7]而在普鲁士，人们曾娶母亲之外的几乎各种血亲为妻。在爱尔兰人中，近亲关系并非都是结婚的障碍：爱尔兰国的最高君王卢盖德就娶了自己的母亲，伦斯特的一位国王则娶了自己的两姐妹为妻。[8]

再比如关于卖淫的问题。卖淫问题是人类社会实行一夫一妻制以后一直都面对的、且没有很好办法解决的问题。但在一开始的时候，卖淫却没有任何淫秽的色彩；相反，有些卖淫活动还具有某种神圣的意味。

希罗多德指出，在巴比伦，每个妇女在其一生中都必须去一次米利塔神庙（亦称伊什塔尔或阿斯塔特神庙），在其圣域内坐下，等待着委身于陌生人。一个妇女一旦在神庙中坐下，便不得随意离去，直至有人朝她膝间扔一枚或大或小的银币，带她离开神庙。根据法律的规定，这枚银币必须收下，因为银币一旦掷出，即为圣物。而且，谁先向某个女子掷出银币，这个女子就要跟着谁去，不得另跟别人。只有跟了这个男子，并因此而取悦于女神之后，这个女子才可以回家；而且从此时此刻起，无论别人再给她多么贵重的礼物，都不会使她动心。在《耶利米书》中，则有比较独立的证据。该书写于公元前300年左右，作者显然见多识广。据作者说，巴比伦的妇女们“在身上系上线绳，坐在路旁烧香，把自己当作妓女来奉献，她还要回来嘲笑身旁的妇女，说她不够漂亮，没有被选中”。从楔形文字的文献中也可以看到，在巴比伦的一些神庙中，专有一些妇女从事宗教性卖淫。[9]

在非洲西海岸讲埃维语和齐语的民族中，都有一些女祭司，即从事宗教活动的妇女。这些妇女被认为属于她们所服侍的神，或是神的妻子，因此不得结婚。……在奴隶海岸讲埃维语的民族中，有一种妇女，叫做“科西”，她们被供奉给神，成为神的妻子。而她们的主要工作则是卖淫。[10]

还有另一种情况，就是女子为了婚后专属一个男子而进行的“赎罪”。韦斯特马克进一步描述道：“……从前，也许每一个女子在其一生中都至少要有一次被奉为众人之妻。在更为久远的时代，共妻之权在理论上是永久属于本部落的所有男子的。”而宗教性卖淫乃是远古“共有婚”的一种遗存，是为侵犯这种古代共有权而赎罪。[11]为了“赎罪”，那些妇女的遭遇在今天看来真是不可思议。希罗多德曾说：“当一个纳撒涅司（纳萨莫尼亚）的男子第一次结婚时，在第一夜里新娘必须按照习惯和所有来宾依次性交。而每个男子和她性交之后，便把从家中带来的礼物送给她。”而利比亚人的另一个支系昔种兰尼加的奥吉拉人，他们有这样一种很庄重的婚俗，新娘在新婚之夜要委身于所有宾客。人们认为，新娘在这个晚上结交的人越多，就越荣耀。不过，过了这个晚上，新娘就会格外注意贞洁了。[12]

在马克萨斯群岛（属波利尼西亚）上，有一次在婚礼宴会结束后举行了一个奇特的仪式，这项仪式要不是被亲眼所见，几乎令人难以置信。法国人类学者陶坦博士亲眼目睹了这一场面并做了记载：“当新郎向所有在场的男人发出信息后，他们便聚集在一起，排成一队，载歌载舞依次从新娘身边通过。新娘躺在由石头垒起的一种叫做‘佩佩’的平台的一端，她把头枕在新郎的膝盖上，把每个走过身旁的男人都当作丈夫一样接待。这支队伍由一名长者领头，后面跟着出身低微的人，头人们则走在队伍的末尾，最后，丈夫才把自己的妻子带回家中……不论谁看到这么多男人参加了这一仪式，都会以为这支‘丈夫’队伍只不过是一种象征罢了，其实却不然……因此仪式结束以后，这个新婚女人常被折腾得半死不活，不得不在家卧床数日。”更让人费解的是，当地人对这种粗暴行为非但不感到下贱可耻，反倒引以为荣。也许，这是早期“杂婚”时代的残余习俗，或者仅仅标志着一个未婚女子与其他男性随便谈情说爱的日子从此结束。[13]

随着人类社会的发展，卖淫的概念已发生质的变化，成了金钱与肉体简捷而又肮脏的交易。“而事实上，卖淫的起源是极崇高的，并非历来遭人蔑视，而且曾经无需遮掩。最初，娼妓是献身于神或女神的女祭司。她们以服务于路人的需要为一种礼拜行为。那时，她们是受尊敬的，人们既需要她们又敬重她们，后来，基督教的教父们写了大量诬蔑的文字去反对这一制度。他们说，这制度体现了异教礼拜的淫乱行为，起源于撒旦的骗人把戏。因此，圣殿遭到封闭，于是卖淫在各地逐渐成为一种以赢利为目的的商业制度。”[14]

我国的娼妓产生于春秋时代。春秋五霸之一的齐桓公“好妇人之色，妻姑姊妹，而国中多淫于骨肉”，于是齐国淫风日盛。《战国策·东周》记载：“齐桓公宫中七市，女闾七百，国人非之。管仲故为三归之家，以掩桓公，非自伤于民也。”“女闾”即最初的娼妓，管仲通过“官营”的办法，将妓女集中起来，让她们通过卖淫增加国家征伐时所需军饷。

再比如换妻。2010 年南京一高校教师因组织换妻活动而被捕并判刑，曾引起争议。在古代，甚至近代的某些部落，换妻却是一种习俗，并没有淫荡的色彩。

在中非的巴尼扬科勒人（亦称巴希马人）中，“当一名男子携妻去看望朋友时，便总要在做客期间与主人交换妻子”。夏威夷群岛也盛行这样的习俗。[15]在西非的巴亚人中，“一个同伴招待好朋友的方式之一，便是把自己的妻子借给他过夜；他们当中如果有谁喜爱别人的妻子，则可以拿自己的妻子去交换”。在格陵兰东岸的土著居民中，每当冬季在家居住时，人们都常常做“换妻游戏，亦称熄灯游戏”。没结婚的人也常来凑热闹。霍尔姆说：“每当有客人到自己家借宿时，好心的主人总要在天黑以后将灯熄灭。”哈得孙湾一带的爱斯基摩人“常常交换妻子。当事双方都很愿意过一段轻松的生活；但事过以后，彼此便再无牵挂了”[16]。

有些爱斯基摩人交换妻子，则是完全出于一些实际原因。据说，在里帕尔斯贝一带居住的爱斯基摩人中“如果有人要外出远行，而妻子又有孩子拖累，不便同行，这个人就会找留在营地中的某个人交换妻子，这样就不会有什么麻烦了。有的人提出交换妻子，则是想外出时有一个比较年轻的女人陪伴；还有的人什么理由都没有，也要交换妻子，因为朋友之间交换妻子是一件很寻常的事，每两个月里，往往要同别人的妻子在一起过一周或两周”[17]。

布雷克多指出：把妻子借给生人或朋友，收取一定的费用或作为一种好客的举动，自远古以来就是一种流行甚广的风俗习惯，并非只有野蛮人才有这种习俗。交换妻子可能是古人表示友谊或关系亲近的一种标志，就连雅典人也不例外。苏格拉底（古希腊哲学家）就曾把自己爱唠叨、爱撒泼的妻子沾西比借给了阿尔瑟彼亚得斯！在太平洋的一些岛屿上，基督教传教士每遇到这种风俗习惯时，总感到十分为难。在摩洛哥，韦斯特马克就体验过土著居民向他表示的此种好意。一次当地人很殷勤地要把自己的妻子借给他，在无可奈何之际，他巧妙地回绝说："我家里已借了十几个妻子，再借就养不起了。"[18]

而在今天，在文明社会里，像乱伦、卖淫、换妻等，这些在一定时期、一定阶段被视为"正常现象"的性行为方式，无疑已被打上了"淫"的烙印。这是因为，过去的乱伦、卖淫、换妻，在很大程度上是基于人的动物本能自然而然的驱使；而今天所谓的淫，却是一种主观自觉。有人曾提出"赤身裸体比袒胸露臂更接近贞洁"的命题，这是因为，在一个人人不事穿戴的国度里，裸体必定清白而又自然。不过，当某个人，不论是男是女，开始身挂一条鲜艳的垂穗，几根绚丽的羽毛，一串耀眼的贝壳，就不能不引起旁人的注意。而这微不足道的遮掩竟是最富有威力的性刺激物。一位旅行家记述道，他在巴西穆卡拉的一家印第安人小茅屋里发现，女人们几乎没有穿衣裳，而这些心地纯真的妇女根本不觉得不好意思。只是其中一个人穿着一件被称作"萨依阿"的小短袄。他说，这女人穿上这件小袄时"就像文明人要脱下它时那样感到羞愧难当"[19]。原始人的赤身裸体，乃是基于自然主义；而袒胸露背却是一种主观故意，一开始出现的时候，乃是通过一定程度的肉体暴露，从而具有挑逗与诱惑的意味。

淫的概念和意识的产生，是人类进化的结果，从而使人与动物区别开来。动物的性行为从根本上说，无非是刺激反射的复合而已。而人类的性爱表现，体现了各种社会文化的差异，是极其丰富多彩的。而且，更重要的是，人类性爱再现绝非本能和任其自然，而要受社会文化的约束。人类在进化过程中，产生了一系列禁忌，这是其他动物所没有的。如对近亲相奸及乱伦的禁忌，将与自己有某种近亲关系的人从自身性行为对象中排除出去的原则，是人类性现象的一个特征。这是社会为防止后代退化的危险而采取的保护办法。"无疑，对人而言，禁忌规定了性生活的地位：性生活的自由从来都是有保留的；禁忌总是将性生活限制在习惯规定的范围内。"[20]人类表达性爱的方式，已经不再是与生俱来的本能，而是成为一种文化，成为一种社会行为。一个最典型的现象，就是人类的性行为大都要受婚姻制度的约束和规范。正如大井正所说："当人们把婚姻制度作为社会制度核心后，才产生了把某种性享乐讥讽为'淫乱'、'淫秽'的道德评价。"[21]

但是，"人在发展过程中始终还是一种生物，是他在其中生活的自然界中最复杂、最有生命力的生物。他完全生活在双重管制之下。一方面他受决定他的文化发展的社会制度的客观规律的制约。另一方面他又受生物规律的支配”[22]。人的动物本能与社会制度之间常常发生冲突和矛盾，人类就在这种冲突和矛盾中艰难前行。淫，实际上就是人的动物本能试图冲破社会制度制约的现象。

之所以出现这样的情况，有的学者归因为人类第二次进化的不完全。

对此，德斯蒙德·莫利斯有详尽的分析与表述。人类的第一次进化，也就是从树栖猿变成狩猎猿，相对比较成功。人类的祖先和今天的其他猿类、猴类等灵长目动物一样，生活在森林之中，过着养尊处优的生活。但气候发生了对其不利的变化，约在 1 500 万年前，它们的森林堡垒规模锐减。猿类的祖先被迫在两种可能性中进行选择：要么死守森林里残破的老家，要么像《圣经》所说的那样勇敢地面对被逐出伊甸园的命运。黑猩猩、大猩猩、长臂猿和猩猩留在森林里，自此以后数量不断减少。唯有另一种现存的猿类的祖先杀出了一条生路，这就是裸猿，也就是人类的祖先。它们退出森林进入原野，投身于激烈的角逐，誓与已经高度适应地面生活的动物一比高低。这是冒险的一步，但就进化成果而言，这一次冒险得到了极大的报偿。树栖猿进化为地居猿，地居猿又进化为狩猎猿，狩猎猿再进化为领地猿，直至定居的裸猿演变成为创造文化的裸猿。经过几百万年的演变，裸猿的基因发生了根本性的改变，成为一个新的物种，在灵长目类的动物中，裸猿是唯一的食肉动物。

但人类的第二次进化，也就是从原始人变成文明人，远未成功与完全。据考证，原始人类的历史有 100 万～300 万年，氏族的历史有 10 万年，而文明的历史却仅仅只有几千年。可是，就是这几千年，人类社会却发生了翻天覆地的变化，这是过去几百万年所无法比拟的。从采集火种到驾驶飞船进行外太空探测，就是在这几千年中完成的。“人这个动物似乎适应这异乎寻常的新情况，干得很漂亮，但他还来不及完成生物学意义的变化，来不及演化成为在基因层次上文明化的物种。这个文明进程完全是依靠学习和条件反射实现的。从生物性上讲，人仍然是……那个简单的部落动物。他那样生活，不是几百年，而是整整一百万年，艰难度日。在那个时期，他的确完成了生物意义上的变化。”[23]

由于这一次变化并不是人的生物基因发生变化，而是社会环境发生变化，这一次转变虽然极为迅猛，但只是依赖理智和后天习得的自制力，而不是依靠自然选择基础上的生物学变化，所以人常常处于矛盾冲突之中。“凡是技术进步与我们的基本生物特性发生冲突的地方，技术进步都遇到了很大的阻力。我们作为狩猎猿在早期生活中形成的基本行为模式，在我们现今的一切事务中，仍然鲜明地表露出来；无论我们从事的任务有多么高尚，我们祖先的基本行为模式仍然要露出马脚。……我们一次又一次地在我们的动物本能面前低头认输，暗中被迫承认自己体内躁动着的复杂的动物本性。”[24]

而在性行为方式上，人们发现自己处于困境之中。作为灵长目动物，他被拉往一个方向；作为食肉动物，他却被拽向另一个方向；而作为高度发达的文明社会成员，他被拖往的又是一个方向。当人类试图向前迈进的时候，人的动物本能却总是将人类拉向相反的方向。而社会制度往往总是向人类的动物本能妥协、让步。

直到近代，还有许多部落或部族，尽管整体上已超越了群婚乱交的阶段，但还是在特定的日子保留了原始的、动物性的狂欢。

如在奥里萨山区的布伊亚部落，在二月份有一个名叫“马格波赖”的节日。节日期间他们尽情纵欲，并做出可怕的放荡行为，一直持续 3 天。“在这三天内，平日对于血缘关系和丈夫权利的尊重都丢到脑后，甚至兄弟姐妹也可以互相猥亵调情。”据科洛内尔·多尔顿介绍，住在焦达纳格布尔的荷人，每年一月份有一个盛大的节日，“当粮食满仓时，人们便各显神通，尽情欢乐。在这期间，他们的想法很古怪，男女都变得欲火炽烧。似乎为了安全起见，绝对需要在一段时间内让人们充分发泄感情。于是节日变成纵情的狂欢。这个时候，仆人们忘记了对主人的职责，孩子们忘记了对父母的尊敬，男人们忘记了对妇女的尊重，而妇女们则忘记了温文尔雅、举止端庄”。男男女女几乎变得像动物一样沉溺于色情癖好之中，并给予女孩子们以最大的自由。[25]

在北非非斯附近，位于从塞夫鲁通往努米底亚省的大道上，有一座非常古老的城市，在这座城市里有一座大庙，每年都在一个特定的夜晚举行盛大的祭典。祭祀完毕，熄灯之后，男男女女即可进行苟合乱交。当时在场的妇女，回家必须在弄清是否怀孕之后，才被允许与丈夫同床；而由这次苟合乱交所怀上的孩子，将来就注定要成为大庙的仆人。后来，当阿拉伯人入侵北非之时，这座城市连同它的大庙和所有房屋全都被夷为平地。类似的习俗直至近代在摩洛哥仍可见到。在这个国家的内陆地区，韦斯特马克曾听到关于某些部落的故事：据说一年当中在某个特定的夜晚，男男女女云集于清真寺内，当灯光熄灭以后，每个人都得就地躺倒，与近旁的异性拥抱做爱，而不顾任何婚姻血缘关系；在开始进行放纵狂欢之前，该寺主持人则拿一根竹竿在人们头上来回晃动，看是否有人仍在站着；一当发现局外人，便立即将他撵出去。[26]

而我们的东邻日本，由于受中国文明的影响才由母系氏族社会进入文明社会的，所以保留了许多原始社会的习俗，人类的动物本能与社会制约之间的冲突表现得则更为明显。伊恩·布鲁玛就说："日本文化的这一原始并往往淫亵、暴烈的一面还是保存到了今天。"[27]明治维新前，日本进入文明社会已有1 000多年的历史，但类似于动物性的性狂欢在许多地方都存在着。大井正对此有详细的列举：

丰后国日田郡夜明村，在每年的8月15日的盂兰盆节上，全体男女举行拔河比赛。同时，凡少女，不论谁都必须和男人性交，如果不这样，就会被作为残废者来对待，影响婚姻大事。

丰后国臼杵町附近，每年8月举行镇守神祭礼。在这天夜里，不论是已婚的女性，还是未婚的少女，必须与三个男性发生性交关系。

丰前国京都郡西犀川村，在每年5月10日、11日两天，举行八幡宫例祭。数十数百的男女在神社前的河滩上，枕着石头在一起睡觉。这被称为"犀川夜市的石枕"。

伊予国上浮郡国渡村，每年阴历2月初卯日举行新田八幡宫例祭。这天夜里，全村不论已婚妇女，还是寡妇或处女，都要戴着白手帕来到郊外，自由地与任何一个男性进行性交。

阿波国那贺郡宫浜村，在东尾神社举行的祭祀中也有类似的内容，而且一直延续到明治中叶。

播州饰磨郡市殿村，在道过社举行的祭祀夜里，不管是神社附近的居民，还是路过的男女，都要撑着灯笼挤在一块睡觉。

摄取津国之岛郡清水村，每年从旧历七月十四日起，连续4天，凡是不能生育的女人都卷起裙子坐在河滩的石头上，祈求神灵赐给孩子，“神灵”当然是男人了。

山城国宇治町，有一种叫赐种的祭祀，当神舆来到神社时，全市熄灭灯火，从狭窄的房屋出来的男女聚集在一起，在不知姓名、看不清面貌的情况下，完成性交行为。

骏河国安倍郡服织村，在洞庆寺院佛缘日的那天夜里，已婚的女人，可以和任何一个男人自由地性交。

骏河国兴津町，在由井神社夏祭的那天夜里，聚集在市内的女性或男性，可以与异性缔结性的关系。

岩代国南会津郡桧岐村，在旧历盂兰盆节前后举办的祭祀上，允许男女公开进行乱交。

陆前国宫城郡大泽，有一座名叫定义如来佛寺，定义如来，是授予、结姻缘的佛。每年七夕夜里，有5 000多人来参拜，善男善女们在寺内铺着席子彻夜沉醉在性的欢愉之中。这种祭仪被称为“定义麦畑”。

明治维新以来，日本以一种被压迫式的方式接触西方先进的文明，这与中国文明对日本的影响不同。由于中日两国隔着宽阔的大海，中国文明对日本的影响是宽松式的，是日本自觉自愿但又是有选择地接受的。在西方现代文明冲击之时，日本这才发现自己仍穿着“皇帝的新装”，这才发现这种原始习俗的丑陋与落后。由于警察对这些习俗的取缔及主持人自我限制，祭祀中的性交行为才得以灭迹。[28]

人的动物本能与社会制度的冲突在人类进化过程中不断呈现，这种兽性与人性的矛盾和纠结确确实实令人迷茫。

第二章 淫欲与性特权

人类从原始社会进入阶级社会是一个伟大的进步，正如恩格斯所指出的那样："个体婚制是一个伟大的历史的进步，但同时它同奴隶和私有制一起，却开辟了一个一直继续到今天的时代，在这个时代中，任何进步同时也是相对的退步，因为这种进步中的一些人的幸福和发展是通过另一些人的痛苦和受压抑而实现的。"[29]这种退步在两性关系、婚姻家庭、对待人的性欲等方面表现得尤为突出。

如上一章所论，人类进入文明社会，并不是因为人的生物基因发生了改变，而是因为社会环境发生了剧烈的变化。文明社会只是试图将人的动物本能进行调节与控制。而从一开始，这样的调节与控制就是不合理、不公平的，甚至是一种退步和堕落。这表现在两个方面：一是占人口90%以上的劳动者与下层民众节欲甚至禁欲；而少数特权阶层具有了纵欲的权利，在一定的范围内保持着性自由。二是广大妇女被要求保持贞洁，彻底丧失任何的性自由；而男子则在一定范围内可以纵欲。少数人的性享受和性快乐是建立在绝大多数人的痛苦和克制之上的；男人的性享受和性快乐是建立在广大妇女的牺牲和被奴役之上的。

翻开人类的历史，展现的是这样一幅荒诞与荒唐的图景：

一方面，占人口绝大多数的劳苦大众在艰苦的条件下创造生产力，推动历史的发展与进步。在生产劳动中，人的动物本能被有效克制，在劳动中人不断进化。真正的一夫一妻制只存在于劳动者之中，劳动者两性之间，一般都能够产生健康而纯洁的感情，这是因为他们共同生产，生活艰难，反而能够珍视自己的家庭，珍惜夫妻之间的感情。对于许多人来说，因为贫困，他们不得不抑制自己的本能，抑制自己的性欲，有些人甚至没有性的权利。

另一方面，韦斯特马克写道："一夫多妻制伴以财产的分配不均，是导致穷人年轻人中产生独身现象的原因所在。……刚果河上游的博洛基人……实行一夫多妻制的结果，是将妇女集中于少数男子的手里，这些人要么是以继承的方式得到这些妇女的，要么是以花钱的方式买到这些妇女的。'处于社会中下层的年轻而健壮的男子总是抱怨说，他们几乎无法娶上妻子。我们在某个城镇里发现，少数男子几乎将所有的妇女据为己有；其中每个人都拥有从四五个到二三十个不等的妻子，而很多年轻人则娶不上妻子。'同样……在几内亚南部的沿海部落中，由于盛行一夫多妻制，'社会中的大多数年轻男子娶不上妻子'。在吉尔伯特群岛的马金岛，由于大多数妇女都为有钱有势的男子所垄断，因此有很多年轻男子都无法结婚。……在库钦族印第安人中，由于每一个酋长、巫师等有钱有地位的人都有两三个甚或更多的妻子，因此大多数青年男子都娶不了亲，除非他们愿意找个没人要的老寡妇一起过日子。"[30]

特权阶层被赋予了性的特权，他们通过各种方法和途径，在尽可能大的范围内享受着性的自由，满足和放纵自己的动物本能，而这一切都被披上合法、合理的外衣，仿佛天经地义。例如，初夜权就是特权阶层放纵动物本能、滥用性自由的表现。

韦斯特马克记载了许多关于初夜权的例子，当然，在有些情况下，让祭司、国王、首领或贵族实施初夜权，乃是因为新郎对和保有童贞的新娘交合，带有一种颇具迷信色彩的恐惧感，而相信祭司、国王、首领或贵族对新娘进行破处之后就会给他们带来好运。因而，在一些地方，初夜权成为一种普遍的习俗。例如，摩洛哥得土安地方的一位圣职人员，说他有一次曾拉住一位年轻女子，并在当街同她交媾。她的女伴在周围站着，发出欢快的叫声，祝她交上好运。[31]还有一些极端的做法，在有些民族中，据说还有父破女贞的习俗。这种习俗被认为是为父者的一种权利。赫波特在 17 世纪后半叶写道，僧加罗族的男子在女儿出嫁时，先要亲自与女儿同睡，其说法是：种树者，先尝果。[32]

但是，为新娘破贞并非完全出于纯粹的动机，而是这件事本身带有很大的诱惑，所以才成为一种特权延续下来。所以，韦斯特马克说，我们不能相信，酋长或祭司同他人所娶的新娘睡觉完全是出于无私的动机。依仗强权实施破贞的事也是有的。从起源上看，酋长的初夜权与某些酋长随意与其所属女子同居的权利，颇有相通之处。……在瓜拉尼人中，酋长可以随时有权享用下属之女。在马绍尔群岛，酋长只要说句话，其属下之人就会把自己的任何家产，甚至包括妻女在内，都送给酋长享用。在该群岛最南端的贾卢伊特岛，地位高的人有权占有地位较低的人的妻子。在夏威夷群岛也是这样，酋长可以有权占用本地所有姑娘，而且，“宫廷里的人有时也强占农家之妻”。

在汤加，酋长可任意占有下层妇女，如果她们的丈夫进行抵抗，酋长甚至可以向其开枪。在毛利人中酋长想要谁的妻子就一定要娶谁的妻子，必要时还会强娶强夺，而不管这位女子及其家人的意愿如何。在马达加斯加，国王和王公贵族有权处置其领地内的所有女子。在菲达的黑人中，国王的侍从们有一项任务，就是不断地给国王选送妻子。只要他们一见到美貌的少女，就会立即献给国王。对此臣民谁也不敢说个“不”字。在达荷美，所有女子均属国王所有。每个女子在出嫁前，均须先送往国王处。国王如果喜欢，就会把她留在宫中。[33]

布雷克多也写道：在封建社会初期，新娘在新婚之夜，并非和自己的丈夫同房，而是与封建领主同房，领主有与新娘睡第一夜的权力。……有些地方，甚至与封建领主有同等地位的僧侣，也享有与一个新婚女子睡觉的初夜权。

据记载，苏格兰王室就曾享有这种初夜权，据古代苏格兰的作家记载：与奥古斯都皇帝（古罗马皇帝）同时代的铁埃努斯三世国王曾颁布法令：“每个有姿色的新娘在与其丈夫交欢之前，本王和其王位的继承人有与这个女子睡觉的权力。依照这项法令的规定，国家的最高统治者同样有权与其下属诸侯及其所属奴仆家的新娘睡觉。”这项法令在长达十个世纪的封建王朝中一直生效，直到圣·玛格丽特劝说她丈夫马科尔姆三世国王废除它时为止。自此以后，如果诸侯或奴仆希望让自己的新娘子与国王睡第一夜以提高声望，他就必须交纳一定的税钱。[34]

在欧洲，实行初夜权的最晚记载出自1903年的阿尔巴尼亚。

纵览人类历史，不论哪一个国家，从原始社会向阶级社会转变开始，少数人的性特权便“应运而生”。上自帝王，下至达官贵人，几乎都理所当然地拥有这种特权，而且尽可能大地扩展这种特权，尽可能多地占有女性。从上到下，形成了一个奇特而又可观的金字塔。权力越大，占有的女人越多，人的动物性本能放纵的空间越大。占有尽可能多的女人，无外乎两个动因，一是基于财富方面的考量，奴隶社会，女人被当作财富，可以像牲口一样进行买卖；还有就是基于淫欲的需要。

在特罗布来恩群岛，那里的社会正在向阶级社会过渡，酋长便拥有众多的妻子，而一般的部落成员则大多是一夫一妻。酋长的妻子有三个来源：其中第一类包括从前任酋长，即一个比自己年龄大得多的男人那里收容下来的妻子；第二类妻子就是酋长年轻时候在婚恋中所娶的妻子，这些女人是他自己获得的，而不是继承下来的；第三类妻子由一些更加年轻的女人组成，他们是替代那些年老故去的妻子的位置而被娶进家门的。她们当中有些确实非常漂亮，因为那些最富有魅力的女人总是被挑选为酋长之妻。挑选的办法很简单，只要酋长暗示一下哪个女孩最能讨他欢心，不管她过去的恋爱经历如何，都得把她送给酋长为妻。[35]

欧洲中世纪，禁欲主义盛行，基督教禁止人们离婚和再婚，但这并没有阻绝上自国王下至贵族各级特权阶层利用制度的缝隙，去寻求和获取性欲的特权。

神圣罗马帝国皇帝查里曼是最早使自己的势力凌驾于基督教婚姻理念之上的国王之一。无论是在性问题还是在婚姻问题上，他都没有表现出多少基督教徒的虔敬。公元 770 年，他娶了伦巴第的公主为妻，而在这之前他已经和情妇生了一个孩子。一年后，查里曼休掉公主，又娶了另一个大家族的女儿……公元 783 年，这个妻子去世，他迅速再娶。与此同时，教廷卷入了与拜占庭帝国的冲突中，并且在意大利不断受到伦巴第的入侵。教皇想找一个强大的世俗盟友，而查里曼给教皇提供了军事上的支持，并同意推行基督教的婚姻法则。公元 789 年，他宣布离婚的男人和女人都不可再婚，即便其中一方是由于对方的婚外性关系而离婚的无辜受害者。作为一个所谓的虔诚的基督教皈依者，查里曼在非婚性生活的问题上表现出了极大的宽容。他的新婚妻子在他加冕神圣罗马帝国皇帝一年后就去世了，查里曼没有再结婚。但他在接下来直到去世的 14 年时间里共有 4 个情妇，而且她们还给他生了好几个子女。他还允许他的好几个未婚的女儿住在宫廷中，上演着数不清的风流韵事。[36]

对于基督教关于不许再婚的禁令，国王和贵族们挖空心思，找到了突破口，这就是中世纪教会婚姻规定的特例中定义极其宽泛的乱伦。罗马天主教会对于乱伦的定义是中世纪婚姻最复杂的特色之一。圣经的《旧约》和《新约》都没有在这方面提供任何依据。但在公元 6 世纪中期的宗教会议中，已经开始废除《旧约》中续娶遗孀的习俗，并斥之为乱伦行为。公元六七世纪，主教们开始谴责第一代堂表亲和第二代堂表亲之间的婚姻，并禁止娶继母、继女和叔伯的寡妇为妻。公元 721 年，教皇格利高里二世甚至禁止人们与孩子的教母或者与教子的生母结婚。几十年后，婚姻的禁令升级到七代以内，或者是“记忆所能追寻的最远之处”。这使得一个同自己的曾曾曾曾曾祖父的后代结婚都成了非法行为。这些禁忌是如此之广，以至于每对配偶都有可能被判定为无效婚姻。教会“对乱伦的深恶痛绝，在一夫一妻制法律上留下了一个缺口，让国王们……可以长驱直入”。若想离婚，只要找到一点哪怕是子虚乌有的“乱伦”的证据，教会便会大开绿灯，“教会在乱伦方面的法规为很多贵族和国王提供了安全舱”[38]。

在土耳其，穆罕默德二世征服君士坦丁堡后不几年（1459—1465 年），就建造了设有后宫的托普卡普皇宫……整个后宫和所有的嫔妃也由他（苏丹）一手控制。许多后宫的女子也许一辈子都见不到苏丹，被迫在宫里消磨自己的青春岁月。她们饱食终日，只干些登记账目、制作果酱之类的活；有些女子还偷偷地搞女性同性恋，以追求精神上的刺激。一旦进入后宫，一个女子就别指望能活着出去。后宫很少有女子敢对上不忠，如果发现那种事，这个女子就会立刻被处死，或身上绑着沉重的麻袋，扔进博斯普鲁斯海淹死。

在宫廷政变之后，或经过一段荒淫无度的生活后，苏丹往往把大批妻妾扔进海里活活淹死。最残暴的一次事件发生在伊卜拉欣在位时期。一次，他尽情纵欲之后，突然下令把宫里的几百名女子全部扔进海里淹死。他之所以这样干，只是想满足重新挑选美女进宫的欲望。仅有一名女子从中幸免，她被一只船打捞上来，后来逃到了巴黎。[39]

直到 1909 年，土耳其的后宫制度才废止。为世人唾骂的苏丹阿布迪尔哈米德二世被废黜后开始了流放生活，在其流放期间，只准许带几个他最宠爱的妃子同行。后宫制度的崩溃和灭亡给当代人留下了富有戏剧性的奇特传闻。弗朗西斯·麦克卡拉为此写了一本《阿布迪尔哈米德的灭亡》的书，详尽描述了当时出现的情景：

……土耳其苏丹后宫里的绝大多数嫔妃都是切尔克西亚人，切尔克西亚女子以貌美著称，因此她们的身价很高。由于对阿布迪尔哈米德苏丹宫廷所有的人都要毫无例外地依法行事，土耳其新政府便向安纳托利亚地区的各切克西亚人的村庄发出电报，通知他们：凡是把家中女子送往前苏丹后宫的家庭，不管是家长把她们卖去的还是官府用武力抢去的，都可以无条件地将她们认领回家。

电报发出后，果然在限定的日期内，许多服装别致的切尔克西亚山民来到了君士坦丁堡。他们被带往老皇宫，当着新政府一个委员会的面认领自己的亲属。前苏丹的这些妻妾和宫女摘去了自己的面纱，与她们的亲人在一个长方形的大厅里欢聚一堂。麦克卡拉描绘了当时激动人心的场面：

那种情景感人至深，女儿扑到多年未见的父亲怀里，姐妹和兄弟或表兄弟热烈拥抱。刹那间，过去未曾见过的亲戚相逢了，为了确认这种亲属关系，他们相互间要费许多口舌才能讲清楚。

这些女子娇嫩的皮肤和豪华的装束与来此认亲的山民们饱经风霜的仪容和土里土气的服装形成了鲜明的对照，但这还不是最动人心弦的奇妙景象，这些女子美丽的容貌、高雅的风度以及华丽的服饰，一下子把她们穷苦的亲戚搞得眼花缭乱，晕头转向，几乎都不敢认她们了。……宣布解放的这些女奴一共有213名。

在这场欢乐的团聚中，也有十分悲伤的一面，因为不少人再也找不到他们所要寻找的面孔了，有些已死去，有些则被阿布迪尔哈米德杀害，还有一些跟着他流放到了萨洛尼卡（现属希腊领土），最不幸的是那些年老体衰已无法改变其生活方式的女子，以及被自己的家庭遗忘，无人认领的女子。就这样，后宫里苦乐荣辱的生涯结束了。到此为止，一夫多妻的婚姻制度在土耳其彻底崩溃。[40]

在日本，男子纵欲并没有太多的禁忌，纵欲自古以来就是男人"天经地义"的特权。鲁思·本尼迪克说："我们对于性享乐的许多禁忌是日本人所没有的。日本人在这个领域不大讲伦理道德，我们则是要讲的。”日本人“把属于妻子的范围和属于享乐的范围划得泾渭分明，两个范围都公开、坦率，而不是像美国生活中那样，一个可以公之于世，另一个则只能避人耳目。日本人对两者的区别是，一个是属于人的主要义务的世界，另一个则属于微不足道的消遣世界”。后一世界就是纵欲、享受性快乐的世界。在西方人看来，“相爱”就是结婚的最好理由。结婚以后，如果丈夫与其他妇女发生肉体关系，那就是侮辱他的妻子，因为他把理应属于妻子所有的东西给了别人。日本人则不这样看。在选择配偶问题上，他们听命于家长，盲目地结婚。他与妻子的关系必须遵守清规戒律。即使是在很融洽的家庭中，孩子们也看不到父母之间性爱的表现。正像一位现代日本人在某杂志中说的：“在我们国家里，结婚的真正目的是生儿育女、传宗接代，其他任何目的，只能歪曲结婚的真实含义。”但是，这决不意味着日本男人只在这种生活中循规蹈矩，他们如果有钱就去另找情妇。[41]

在性特权等级序列方面，古代中国可谓是集大成者，有着非常“完善”的体系、制度。中国古代帝王后宫的规模，所占有的美女人数，所享受的性快乐的程度，令世界其他国家望尘莫及。

孙思邈在《千金方·房中补益》中提到：“昔黄帝御女一千二百而登仙……能御十二女而不复施泄者，令人不老，有美色。若御九十三女而自固者，年万岁矣。”当然，这只是传说。

有史籍记载的是周朝。周朝开始建立礼制，规定了天子、诸侯、大夫妻妾的数目，如天子就可以合法地拥有121个妻妾。同时还规定了同房的时间和顺序，连后妃和帝王同房的顺序也依照月的阴晴圆缺来决定。月亮每月从初一到十五渐盈，而后十五天则渐亏，根据这个规律，从初一到十五，是由地位较低的女子开始进到地位较高的，而从十六到三十，是由地位较高的逐渐安排到地位较低的。《礼记·内则》：“女御八十一人，当九夕。世妇二十七人，当三夕。九嫔九人，当一夕。三夫人，当一夕。后，当一夕。十五日而遍。”

对于这种现象，荷兰汉学家高罗佩是这样理解的：“由于王具有大量的德，他需要大批配偶，通过性交，滋养和永远保有他的德。王有一后、三夫人、九嫔、二十七世妇、八十一御妻。这些数字是据古老的数字巫术而定。

奇数代表自然界的正力，代表男性的潜力；偶数借代表自然界的负力，代表女性和女性的潜力。3是1之后的第一个奇数，表示强大的男性力量；9是3的三倍，代表极大。将这两个数字相乘便复出27和81这两个数字。”

被称为“女史”的特殊宫女安排和监督王与其妻妾们的行房。她们尽量使国王按照正确的时辰和礼仪以每个级别所定的应有的频度与妻妾同房。她们用特制的叫做“彤管”的红色毛笔为房事做详细记录，因此直到后来，中国文献把统治者的性生活叫“彤史”。[42]

121，这个周天子按礼制所规定而拥有的妻妾的数目，轻而易举地就被后代的帝王突破了。

到了秦始皇，后宫规模便超过了万人。统一中国后，秦始皇就把从六国掠来的上万名宫人、女乐据为己有，大修宫室以蓄女作乐。据记载，当时有“关中离宫三百所，关外四百所，皆有钟磬、帷帐、妇人倡优”，达“数巨万人，钟鼓之乐，流漫无穷”。《史记·秦始皇本纪》云：“秦每破诸侯，写放其宫室，作之咸阳北阪上，南临渭，自雍门以东，至泾渭，殿屋复道，周阁相属。所得诸侯美人钟鼓，以充入之。”《三辅旧事》也记载：“始皇……表中外殿观百四十五，后宫列女万余人，气上冲于天。”

唐代诗人杜牧在《阿房宫赋》中写道：“明星荧荧，开妆镜也；绿云扰扰，梳晓鬟也；渭流涨腻，弃脂水也；烟斜雾横，焚椒兰也。雷霆乍惊，宫车过也；辘辘远听，杳不知其所之也。一肌一容，尽态极妍，缦立远视，而望幸焉。有不得见者三十六年。燕赵之收藏，韩魏之经营，齐楚之精英，几世几年，剽掠其人，倚叠如山。一旦不能有，输来其间。鼎铛玉石，金块珠砾，弃掷逦迤，秦人视之，亦不甚惜。”“有不得见者三十六年”，封建帝王不仅要满足自己的淫欲，还要讲究排场，以显示自己的赫赫权威。

雄才大略的汉武帝在扩展自己的性特权方面毫不逊色。秦始皇时，嫔妃分为8级，到汉武帝时嫔妃级别增至14等。而相应的，人数也从秦始皇的上万人增加到了汉武帝时期的18 000人。南齐人王俭在《汉武故事》里写道：“元朔中，上起明光宫，发燕赵美人二千人充之，率皆十五以上，二十以下，年满三十者出嫁之。掖庭总籍，凡诸宫美女万有八千。建章、未央、长安三宫，皆辇道相属。幸使宦者、妇人分属，或以为仆射，大者领四五百，小者领一二百人。常被幸御者，辄住其籍，增其俸，秩比六百石。宫人既多，亟被幸者数年一再遇。挟妇人媚术者甚众。选三百人常从幸郡、囿，载之后车，车上同辇者十六人，充数恒使满，皆自然美丽，不假粉白黛绿。侍尚衣轩者亦如之。尝自言：'能三日不食，不能一日无妇人。'”

登峰造极的是唐明皇李隆基，这个以与杨玉环的爱情故事而千古闻名的风流皇帝，竟是中国历史上拥有女人最多的帝王。在他的任内，仅长安大内、大明、兴庆三宫和东都大内、上阳两宫，即有宫女4万人，而实际人数肯定要超过4万。当时唐朝的总人口也就5 000多万，相当于1 000个人里面就有一个是他的妻妾，比唐代的官员总数还多。这些宫女中有很多人终身不见君王面，元稹有诗曰：“寥落古行宫，宫花寂寞红。白头宫女在，闲坐说玄宗。”这些美女就这样在深宫老去。既然与杨贵妃爱得死去活来，还要那么多的宫女做什么？如果不是骗人，那么这样的爱情肯定包含了很大的水分。事实上，唐明皇与杨贵妃的爱情故事很大程度上被夸张与美化了，唐明皇在与杨贵妃缠绵的时候，却与杨贵妃的三个姐妹——秦国夫人、韩国夫人、虢国夫人同时发生性关系。

中国历史上一共有过300多个帝王，极少有不行使自己的性特权的，大多是好色荒淫之辈。黄宗羲在《明夷待访录》中对封建帝王的这种兽行作了严厉的批判：“敲剥天下之骨髓，离散天下之子女”，以奉其“一人之淫乐”。登上权力金字塔的最高峰，能够节制自己性欲的绝少。

隋文帝杨坚算是一个有节制的，但那不是出于主观自愿，而是被节制。杨坚的皇后复姓独孤，名叫独孤迦罗，史称独孤后。在建立大隋王朝的过程中，杨坚曾得到独孤后的大力协助，杨坚登基后独孤氏和他一起管理天下，并称“二圣”，一起上朝听政。独孤氏善妒，不让杨坚亲近除自己以外的宫女嫔妃，更不能生下一子半女。所以杨坚的五个儿子全是独孤氏一人所生。

杨坚不耐寂寞，一次，悄悄和一个名叫尉迟贞的宫女发生了关系，独孤氏便令手下将此女乱棒打死。杨坚贵为皇帝竟救不了自己喜欢的女人，悲愤不已，一人策马奔出城外二三十里，一位大臣从后面追上来苦劝杨坚回宫。杨坚悲叹：“吾贵为天子，不得自由！”

独孤氏年未五十而病逝。年逾花甲的杨坚接连召幸陈宣华夫人和蔡容华夫人。陈宣华夫人是陈后主的妹妹，国色天香，有闭月羞花之貌。蔡容华夫人也是南国佳人，一样风流娇美。二人早已入宫，杨坚早已有意，只是惧于独孤氏的淫威而不敢有所作为。年老的杨坚禁不起日日沉湎于酒色之中,不久便染病在床,其子杨广便趁机调戏宣华夫人。

中国历史上,真正实行一夫一妻制的皇帝只有明孝宗朱祐樘。在朱祐樘还是太子的时候,就娶了一位北直隶兴济张姓的女孩为妻子,即位后册封为皇后,此后再也没有立过嫔妃,这堪称中国封建历史上的奇迹。朱祐樘之所以如此,与他童年的经历有很大的关系。他的父亲明宪宗朱见深宠爱比自己年长17岁的万贵妃,万贵妃为了固宠,宫中凡是有嫔妃怀孕者均不得善终,不是胎儿被打掉,就是本人被杀死,因此宪宗一直没有子嗣。孝宗的母亲纪氏是广西纪姓土司的女儿,纪姓叛乱平息后,少女纪氏被带到皇宫。纪氏端庄、聪慧,被选送内书堂学习,然后被派充内藏看护皇家典籍。宪宗朱见深一次到内藏室,问纪氏情况,纪氏落落大方的回答让宪宗很满意,宪宗便临幸纪氏,纪氏就此怀孕。万贵妃得知纪氏怀孕,便让太监张敏派人使纪氏服堕胎药,因药量不够,朱祐樘侥幸出生并被偷偷地养大。一天早晨,太监张敏为宪宗梳头,宪宗看到自己的白发不禁叹道:"老将至矣,无子。"张敏连忙伏地说:"万岁已经有子。"宪宗之母周太后担心朱祐樘遭万贵妃的毒手而亲自抚养,第二年朱祐樘被册立为太子,可是他的母亲纪氏却暴死。

也许,后宫倾轧的残忍场面在朱祐樘幼小的心灵上留下了太深的创伤,母亲的悲惨遭遇让他深感皇帝拥有三宫六院的危害,使他不愿意再经历幼年所经历过的悲剧,所以终身只娶张皇后一人,而将自己的精力用于治理国家。《明史》卷15对其有很高的评价:"教宗独能恭俭有制、勤政爱民,兢兢于保泰持盈之道,用使朝序清宁,民物康阜……"他在位的18年间,吏治清明,任贤使能,抑制官宦,勤于政务,倡导节约,休生养息,是明代历史上少有的经济繁荣、人民安居乐业的和平时期。而且,朱祐樘还拥有渊博的学识,亦具有广泛的爱好和兴趣,尤其是喜欢诗歌、绘画、弹琴等,并且在这些方面有很深的造诣。《明史》中曾收录过他的诗集5卷,明末清初的著名学者钱谦益在其编纂的《列朝诗集》中便收录了明孝宗的一首《静中吟》:"习静调元养此身,此身无恙即天真。周家八百延光祚,社稷安危在得人。"

可惜这样的皇帝太少,中国历史上绝无仅有。不过,由于明孝宗恪守一夫一妻制,总算为中国历代的帝王们挽回了一点颜面。如果没有他,人们就可以说,中国历史上所有的帝王都是好色之徒;而现在我们可以说,中国的帝王里面总算有一个不是好色之徒。

中国历史上的帝王大多短命，这在很大程度上与纵欲有关。一个人只有有限的精力，拥有这么多美女，如何消受？与此相适应，房中术应运而生。房中术起源于春秋战国时期，盛行于两汉和魏晋南北朝。

1973 年从长沙马王堆出土了一批简牍帛书，其中涉及或专门论房中术的有《十问》《合阴阳》《天下至道谈》《养生方》和《杂疗方》。

房中术讲究御女多多益善，少了反而有害身体。《养生方》说："食脯一寸胜一人，十寸胜十人。""胜"者，战而胜之；"御"者，驾御，如君御臣、男御女、人御畜。"胜十人"指的是一夜之中或者是不间断地连续与十位女人交媾。这简直是荒唐至极。房中术不仅为纵欲提供技术支撑，而且编造了荒谬的理论依据。

榜样的力量是无穷的，处于金字塔顶端的帝王对于性欲的放纵为整个社会产生了示范作用。历史上那些大大小小的特权阶层，无不在追逐着性特权。不用说那些昏庸腐败的官僚和贵族，就是有的名士文豪也莫能例外。唐朝的道德名士韩愈，家中除了正妻和绛鸫、柳枝二妾外，还畜养数名歌妓。李白一生中除了嫖妓之外，正式娶妻六次。25 岁时出四川游览，走到哪里，就娶到哪里。游云梦娶许氏女，后来又娶一妻刘氏，到山东娶一妇人，随后又娶了宗氏女，61 岁时还收留一个著名的美女金陵子为宠妾。杜甫晚年生活十分贫困，依靠他人接济生活，但在家中仍然养着妾。苏东坡亦有多位妻妾，其作于惠州期间的《朝云诗》，引言云："予家有数妾，四五年间相继辞去，独朝云者随予南迁。"这说明苏东坡曾经是有多位姬妾的。但因为他仕途坎坷，官越做越小，地方越贬越远，除了王朝云，其他几个姬妾均相继离他而去。

中国历史上的好色之徒多如牛毛。就以《红楼梦》为例，凭借自己的特权而纵欲者，比比皆是。如贾赦，一大把年纪，却左一个右一个买丫头在房中淫乐，这些丫头如书中所云："……皆是恨老爷年迈昏愦，贪多嚼不烂。"[43]可是贾赦却偏偏看中了贾母房中的鸳鸯，让自己的老婆邢夫人去说项，连王熙凤都看不下去，对邢夫人说道："依我说，竟别碰这个钉子去。老太太离了鸳鸯，饭也吃不下去的，那里就舍得了？况且平日说起闲话来，老太太常说老爷，如今上了年纪，作什么左一个小老婆、右一个小老婆放在屋里？没的耽误了人家。放着身子不保养，官儿也不好生作去，成日家和小老婆喝酒。太太听这话，很喜欢老爷呢？这会子回避还恐回避不及，反倒拿草棍儿戳老虎的鼻子眼儿去！太太别恼，我是不敢去的。明放着不中用，而且反招出没意思来。老爷如今上了年纪，行事不妥，太太该劝劝才是。比不得年轻，作这些事无碍。如今兄弟、侄儿、儿子、孙子一大群，还这么闹起来，怎么见人呢？”

邢夫人却冷笑道：“大家子三房四妾的也多，偏咱们就使不得？我劝了也未必依……”[44]

贾母拒绝了贾赦的要求，没有答应贾赦娶鸳鸯做他的小老婆，并不是因为她觉得自己的儿子不应该左一个右一个娶小老婆，而只是因为她自己实在离不开鸳鸯。她对邢夫人说：“他要什么人，我这里有钱，叫他只管一万八千的买，就只是这个丫头不可以。留下他伏侍我几年，就比他日夜伏侍尽了孝一般。”贾赦无奈，各处遣人购求寻觅，最终花了 800 两银子，买了一个 17 岁的女孩子来，名唤嫣红，收在屋内。[45]

好色、纵欲成了古代中国社会的一个价值取向。科举制度，让普通人可以读书做官，“学而优则仕”成为读书人终身奋斗的目标。原动力是什么？冠冕堂皇的是“忠君报国”、“经邦济世”。当然也有不少读书人以此作为自己的追求，如王安石就曾参加四次科举考试，后来担任宰相，进行改革，实现了自己的抱负。但对众多的读书人来说，目标非常功利，即“读，读，读，书中自有黄金屋。读，读，读，书中自有颜如玉”。如果所有的读书人参加科举考试都是为了“忠君报国”、“经邦济世”，中国的封建社会就不会如此黑暗。读书，对于大多数人来说，只是由于私欲的驱动。黄金屋是财富，颜如玉是美色。读书做官就可以获得性欲红利，这种诱惑力实在太大，所以头悬梁、锥刺股，十年寒窗苦读的比比皆是，难怪范进到了知天命的年龄中举便喜极而疯、喜极而癫。如果只是为了国家和人民的利益，大可不必花费几十年的光阴读那些死书，做那些无用功，可以干一些别的，可以如华佗、李时珍那样，悬壶济世。就是中举了，也大可不必疯癫成那个样子。这是因为中举将会带来许多的实际利益，包括性欲的满足，就像买彩票中了大奖一样。

伴随着一夫一妻制的产生，人类历史上为什么会出现这样一幅荒淫好色的图景？用历史唯物主义的眼光看，这是生产力发展促使生产关系发生变化的结果。“专偶制不是以自然条件为基础，而是以经济条件为基础，即以私有制对原始的自然产生的公有制的胜利为基础的第一个家庭形式。”[46]“专偶制的产生是由于，大量财富集中于一人之手，也就是男子之手，而且这种财富必须传给这一男子的子女，而不是传给其他人的子女。为此就需要妻子方面的专偶制，而不是丈夫方面的专偶制。所以这种妻子方面的专偶制根本不妨碍丈夫公开的或秘密的多偶制。”[47]纵欲，是男子的特权，财富占有得越多，性特权越大。“普天之下，莫非王土，率土之滨，莫非王臣”，整个国家都是帝王的财产，占有尽可能多的女人，成为他的“权利”。

如果从生物学或者是物种学的角度探讨，亦可以从人的动物基因上找到根源。

人属于灵长目动物，如前一章所说，人类的祖先最早栖居于树林之中。和其他的灵长目动物一样，树栖猿有三个特征：一是享乐主义。因为采摘果实比较方便和容易，我们的祖先伸手即食，过着养尊处优的生活。二是等级体系。猿类和猴类大多是强者为王，弱者服从。“首领”往往具有暴力色彩，用强权维系自己的“统治”。性生活也是如此，“首领”一般都有自己的“后宫”，其他成员被边缘化。三是责任意识缺失。这主要是指雄性，“养儿育女”的责任完全由雌性承担，雄性“游手好闲”，放任自流。

从树上“下放”到地面，人类的祖先面对的是一个完全陌生的环境，时时处于比自己强大得多的食草和食肉动物的威胁之中。正像德斯蒙德·莫利斯所说：“面对地面陌生的环境，我们的祖先前途暗淡。只有两个可能的前途，要么比原有的食肉动物更会猎杀动物，要么比原来的食草动物更会采集植物。我们今天知道，我们的祖先在这两个方面都成功了。”[48]在这个成功的过程中，作为灵长目动物的那些天性被压制和改变，新的习性形成，主要表现在团结协作精神、民主和平等精神，等等。作为狩猎动物，所有成员的相互合作、复杂而协调的策略是必需的，比如狼群。而灵长目动物天性中有着竞争与称霸的倾向，觅食进食的方式亦无需复杂的序列。灵长目的生存多半是寻找一点吃一点、不断寻找不断吃。只有改变这种习性，像狼群一样，才能在新的环境中生存下去。

由于生存条件的恶劣和艰难，灵长目类的天性必须被抑制，所有的成员只有结成一个共同体，相互依存，相互合作，才能生存下去，因而形成了一种原始的民主、平等的机制。“在我们人类之间对偶制如此普遍，力量强大以至于看上去这是一种人们与生俱来的特性。也就是说，我们恋爱、成家、繁衍后代都是被规划好的。由于对我们的近亲猴子和猿而言，这并不典型，那么这种特性又从何而来呢？答案就在我们过去的狩猎活动中。高效的劳动分工：男性狩猎、女性采集，使得我们人类形成了两种不同的特殊需求。当男性们出去狩猎的时候，他们得把女性留在营帐里；一旦开始狩猎，为了成功地猎杀大型野兽，他们必须精诚合作。生活方式上的这样一种本质性的变化产生了对新型两性关系的需求。”“假如女性们得不到任何保护被留了下来，那么两种性别之间存在某种强有力的联系纽带就显得极为重要。并且男性们如果在狩猎中积极地相互合作的话，他们之中就不会有独裁出现。这些需求不可避免地有利于一种特殊的两性系统，就是我们所说的对偶制。在这里，每个男性都有他自己的女性，因此他们就不会和他们的男性同伴们有不断的冲突。而对于女性们而言，对偶制意味着当男性们带着猎物归来的时候她们就可以和他们一起分享盛宴，作为回报，女性们也会拿出采集到的食物共享。”[49]“由于新生活方式的要求，他必须压制强有力的灵长目本能冲动，绝不离群。”“由于他新近养成的合作精神，由于食物来源变幻无常，他一定要养成共享食物的习惯。……狩猎猿中的雄性也必须要带猎物回家，让雌性及幼儿享用。这种父性行为必然是一种新学到的行为，因为灵长目养育幼仔的普遍规律，亲辈育儿的责任完全压在母亲的身上。”[50]

在进化的过程中，我们的祖先不仅基因发生了变化，成为灵长目中唯一的食肉动物，而且性行为的内容、方式和作用也发生了根本性的变化。“在自然条件下，任何一对动物的交配除了保障种属的延续之外，没有其他作用，所以发情和交配都是周期性的，有相当大的时间间隔，发生在生物适宜受精的时期。这个……短暂的‘爱情时期’结束之后，在性关系上配对的动物就只顾为自己觅食和在四周的环境中保全生命。直到下一个受精周期到来之前，动物在性欲方面是冷淡的。而人类却扩大了实现性接触的时期。他不受自然的限制，不受自然周期的限制。他跨越了为所有其他动物在进化过程中规定的生理限制。”[51]由于狩猎猿相对于其他强大的食草动物和食肉动物比较弱小，因此只有依靠集体的力量，所有的成员都必须团结一心。而性便成为维系这种团结的一种最好的方式。因为性交不仅仅是为了生育后代，更重要的是一种快乐和享受。所有的成员都有平等的性的权利，都能在性交中获得愉悦和享受。灵长目动物中，人类女性的性高潮是独一无二的进化特征。“女性要让更多的男性分享，性组织模式要更民主，更少暴力色彩。”[52]性交的方式也发生了革命性的变化。所有哺乳类动物、灵长目动物中的绝大多数大种类，性交方式都是后入式；我们祖先的性交方式却变成了前入式。人和动物的区别之一就是，人可以面对面地性交。面对面地性交，可以在性交的同时，观察对方的面部表情，可以抚摸性感部位，从而增加快感。再后来，性交的方式发展到了几十种之多。这说明，动物性交大多只是为了繁殖，而人类的性交，具有愉悦享乐的因素。

随着农业和畜牧业的出现，生产力大大发展，人们的生活水平大大提高，财富不断增加，并日益集中到少数人手中，而拥有财富的人便成为特权阶层。在这样的条件下，潜藏在人的基因里的灵长目类动物的天性便被唤醒。于是等级序列出现，享乐主义复活。

“人是灵长目中最好色的动物。”[53]既然性交是一种莫大的享受，那灵长目天性中的享乐主义便自然增添了新的内容——纵欲。从这个角度，人类性特权的等级序列或许可以得到诠释。

这个性特权的等级序列不包括女性。女性只是生育后代的工具和男子淫欲的对象。随着父权制的确立，在男子纵欲的同时，女性的性自由被剥夺，对于女性贞操的观念日益被提到生命的高度。

从公元前 12 世纪到前 11 世纪，亚述人的法律就一直为女人婚前的童贞保驾护航，犯下通奸罪的已婚妇女将被处死。已婚女人被要求戴上面纱。《旧约》中提到，一个没有守住童贞的新娘子可以用石头砸死。

吉卜赛人离婚后，女方一生中须佩戴一个由铸铁制成的标志。她永远不能再婚，如果她假冒未婚女子而被抓住，便有被处死的危险。

在中世纪的欧洲，长发和各种精心设计的发型常被看做是引起性感的刺激物；而短发则被看成是纯洁、高雅的象征。因此，某些基督教的修女就像佛教的尼姑一样，按规定要削去人世间最为珍视的装饰物——头发，以此作为发誓信教的凭证。韦斯特马克指出：“诸如此类的概念可能导致了另一种风俗习惯，即妇女结婚后要剃掉自己的头发。丈夫们企图用这种方式保持妻子对自己的忠诚。”[54]

令人不可思议的是，一直到近现代，“贞洁带”还依然存在。1946 年 6 月 16 日，记者赖利·斯科特在《世界新闻报》上报道了大西洋城发生的一起案件：“法院对一名 39 岁的木材工提出起诉：此人曾用一副中世纪样式的钢铁‘贞洁带’锁在他妻子的身上，因此构成了‘虐待和侵犯人身罪’。”文章说：“被告供认，他在空闲时铸造了这条‘护带’，并把它锁在妻子身上，以防她与外人私通。”

“贞洁带”有两种类型，一种是用天鹅绒包裹住一条铁箍制成的护带，铁箍正面安装了一条弯曲的象牙板，它能遮住阴部，而且“仅留出很窄的缝隙，这样既能防止女子进行非法的性交，又不会妨碍她们正常的生理功能”。这种“贞洁带”仅能防护身体正面的部位，可能是 17 世纪采用的一种护腹带。另一种是产生于同一时代的更为精致的“紧身褡”，意大利人经常把“贞洁带”做成这种样式。德国人有时也仿效意大利人的制法。这种“紧身褡”由两块精雕细琢的铁片组成，两旁用铁链相连；铁片上镶嵌着金质的装饰品，看上去十分精美。这种“紧身褡”把整个臀部的前后面都包住了，而且用锁锁住，钥匙由丈夫保管。

18 世纪末，威廉·亚历山大写的《妇女的历史》一书中，介绍了波兰女子为保持贞节而采用的一种较为文雅的方法。他说：“所有年轻的女子都在父母的严密看管之下，她们衣服上挂着许多小铃铛，无论她们走到哪，叮叮当当的铃声都会引起母亲和其他女性长辈的注意。家长用这种方式把女孩完全置于自己的监护之下，使得她们不易背着家里与外人私通。这种作法貌似文雅，实际上却把年轻女子当成了牲口。”[55]

布雷克多描述，在夏威夷群岛，一个年轻姑娘在成为别人的妻子之前，先要被送到头人那里，和他睡第一晚上。在萨摩西亚群岛，据说当众破除一个新娘的贞操是当地结婚仪式中的一项惯例。一般情况下由新郎亲手去干；有时则在举办婚礼宴会的叫做“摩拉”的地方，由头人当着成百上千名默不作声的男女老少的面来干。当新娘被带进来后，伴随她的陪媪取尽她身上的遮掩物，慢慢搀着瑟瑟颤抖的新娘在沉默的人群面前走过。然后，姑娘两腿盘开，坐在广场中央铺在地上的一块雪白的毯子上。这时头人走近她，也盘开双腿，面对面地紧挨着她坐下。然后两个女媪从新娘身后分别用手撑住她的腰，这时头人把左手搭在姑娘的右肩上，用右手食指和中指捅破她的处女膜。如果头人举起右臂，怀着焦急心情观望的人便确信这个姑娘是贞节的，随之四处爆发出一片欢呼声，人们都为她感到无尚的光荣。……如果这种验证暴露她有损于整个部落的名誉，她的兄弟，甚至她的父亲本人，将会冲上去用棍棒将她活活打死，她的名字从此也将从整个部落人的记忆中消失。

古代中国，小女孩裹脚成了家世显赫的象征。上层阶级的女孩把她们的脚裹得很紧，以至于小骨头都折断了，双脚永久性地弓起，使得走路简直成了酷刑。这一方面是出于畸形的审美观，但也有另外一方面的考虑：小脚不便走路，这样便与外界隔绝开来，从而更有效地保持贞操。

古往今来，一种减少年轻妻子不忠的方法是减少她的性快感。这可以用通过外科手术去掉她的外生殖器做到。她的阴蒂和阴唇被野蛮地切除，她以后实际上将无法体验性爱的乐趣，地下式的性爱对她就毫无意义。外生殖器被切除后，她不论在婚前还是婚后都不会有任何性爱冒险的动力。

德斯蒙德·莫利斯在《男人和女人的自然史》中写道：这种野蛮的手术在世界上的一些地方却成为一种神圣的习俗。令人悲哀的是，这并非只是在部落时代才有的事，在今天的非洲和中东，它仍在很大范围内发生着。它剥夺了年轻女孩与生俱来的生理权利。……在一些地区，女孩们不仅被切除外生殖器，还被缝合起来，这样，就算一个流氓得到了她，也无法进入她的身体。她们的贞节会一直保持着，直到结婚的那天晚上，缝合的地方才会由她们的丈夫仪式性地拆除。

中东和非洲部分地区的女性，她们在童年期就被割掉外阴部，拿掉了她们的快乐之源，愉快会给她们足够的勇气反叛男性专制。这种手术违反性的自然性，其特点由一个行使此职的“专家”一语道破：“首先我详细地检查她们。假如摩擦她们的内衣时她们的阴蒂翘起来并唤起她们的性欲，那么，这个时候就该行割礼了。”

每年不少于200万的少女被按倒，哭叫着，在没有任何麻醉的情况下被割掉全部或部分外阴。所用的器具粗糙，不讲卫生，常常导致死亡。但是，这些事总是秘而不宣的。尽管事实上没有哪种宗教要求这种野蛮的做法，但支持此事的人却用这样的话辩护道：“女性的割礼是神圣的，没有它生活就没有意义。”

当然，在人类历史上，也有少数女子获得了性的特权。比如古埃及女王克丽奥佩脱拉、中国唐代的武则天、俄罗斯历史上的风流女王叶卡捷琳娜二世，等等。她们之所以能获得性特权，正如西蒙娜·德·波伏娃所说："她们的君权使她们上升到她们的性别之上。"

例如武则天就公开拥有"面首"，实际上就是供其纵欲的情人。最著名的是薛怀义、沈南璆和张易之、张昌宗兄弟。《旧唐书》卷183《外戚列传》载："薛怀义者，京兆户县人，本姓冯，名小宝。以鬻台货为业，伟形神，有膂力，为市于洛阳，得幸于千金公主侍儿。公主知之，入宫言曰：'小宝有非常材（指性器），可以近侍。'因得召见，恩遇日深……"薛怀义原为武则天的女儿太平公主"享用"，后太平公主孝顺给了武则天，以解其"饥渴"，唐风开放如斯！武则天70多岁时，仍旧性欲旺盛，宠幸20多岁的张氏兄弟。

叶卡捷琳娜二世50岁时，爱上了英俊潇洒、年仅24岁的亚历山大·兰斯考依，60岁时，叶卡捷琳娜仍有一张美丽的面孔和明亮的双眼，但她发胖了，体形不再优美，大部分牙齿都已脱落。然而，她那高贵优雅的举止仍给人深刻的印象，而她继续寻觅青年男子为伴。于1789年，年仅22岁的禁卫军军官朱波夫成为她的新欢。

这些少数获得并享受性特权的女人，于男女平等、妇女解放没有任何的意义，她们只是登上了权力的顶峰，不再受任何的制约与约束才可以放纵自己的性欲。而且，她们所依据的是男权社会的行事规则，认为自己可以像男人那样获得性的特权，而不是改变整个社会妇女的地位。在她们的统治下，广大妇女被奴役的命运依然如故。比如，叶卡捷琳娜登上帝位后，根本没有改变俄国农妇的命运，女人仍常常处在可怜的境地。

但是，她们所得到的攻击和诟病比男性统治者要多，这从一个侧面也反映了女性地位的低下。

例如关于叶卡捷琳娜，"与其他统治者不同的地方是：她的宫闱丑闻比她的治国本领更闻名遐迩。她的风流韵事震撼全欧，而她的名字叶卡捷琳娜也逐渐成为一种象征：代表荒淫无度的情欲，而不是卓著的天分"[56]，"然而，她的敌人却无法抹杀掉她取得的成就。她是世界历史上影响最深远的统治者之一"[57]。

对于武则天，历史上的主流评价是将其作为淫荡、无耻和残忍的象征。

远的不说，作为现代西方学者的高罗佩便这样评价："臭名昭著的武后。"[58]之所以如此评价，不外乎两个方面的原因：一是她的所谓淫荡；二是残忍，为了皇位，重用酷吏，杀人无数，连自己的儿子也不能幸免。

换一个角度思考，如果武则天是个男人，那么她所获得的评价就不会如此，淫荡和杀人很可能会被忽略，而将会主要看她的政绩。和男性统治者相比，武则天的"后宫"人数乃是小巫见大巫。作为一个正常的人，就一定会有性欲，何况武则天还是一个性欲旺盛的女人。这与武氏家族女性普遍性欲较强的基因有关。武则天的母亲荣国夫人（后改封太原王妃）88岁时，仍性欲很强，竟然与自己的外孙贺兰敏之乱伦私通，对此《旧唐书》称："敏之既年少色美，烝于荣国夫人。"晚辈男性与母亲、外祖母等女性长辈乱伦称为之"烝"。《新唐书》称"敏之韶秀自喜，烝于荣国"。《资治通鉴》也称："敏之貌美，烝于太原王妃。"男性满足自己的性欲，被视为理所当然，而武则天满足自己的性欲，则被视为淫荡。

再一个就是杀自己的儿子。权力之争在中外各国朝廷都是非常残酷的，可以用你死我活来形容。中国历史上最著名的开明君王唐太宗李世民也曾大开杀戒。玄武门之变，李世民杀死了自己的亲兄弟建成、元吉。不仅如此，还斩草除根，将建成与元吉的儿子们一概诛杀。《资治通鉴》卷191记载："建成子安陆王承道、河东王承德、汝南王承明、巨鹿王承义，元吉子梁郡王承业、渔阳王承鸾、普安王承奖、江夏王承裕、义阳王承度，皆坐诛，仍绝属籍。"唐太宗却并没有因为杀人而留下骂名，人们更加关注的是他的政绩，还有虚怀纳谏的风度。明太祖朱元璋，杀人如麻，手段极其残忍。但由于他能够休生养息，所以至少人们在看到他的残忍的同时，也还看到他对明初社会经济发展所作出的贡献。再说，武则天如果是男性，则很可能不存在和儿子争皇位的问题，杀自己儿子的事情可以省略。

对武则天评价的偏颇，实际上反映了传统社会对女性的偏见和歧视。即使少数女性通过非正常手段登上权力巅峰，也改变不了妇女地位低下的事实。

20个世纪50年代，郭沫若先生创作话剧剧本《武则天》，为武则天翻案，但过于美化，从而走向另一个极端。现在对武则天的评价已经公允、公正了很多。汪玢玲先生这样评价："唐代除太宗李世民外，所有的皇帝都没有武则天的治绩宏大，影响深远，她共做了十五年皇帝，前后执政五十年，政权是稳定的。她重视人才，发展了科举制度，开创了‘殿试’和‘武举’，奖励农业生产，轻徭薄赋，推行均田制；重视文化教育，召集文士整理大批典籍；在加强国家边防、改善边境各国关系及文化交流方面也作出了不小贡献。”[59]应该说，这是比较客观的。事实上，武则天是一个杰出的女政治家，有着超凡的治理国家的才干和豁达的胸怀。骆宾王《讨武氏檄》辱骂她“掩袖工谗，狐媚偏能惑主”，武则天不以为忤，而是笑对身边的大臣说，这样的人才流落民间，乃是宰相之过。这样的胸襟和气度，很少有人能够具备。武则天遗诏，死后的墓碑上不留一字，而是让后人评说，更是睿智过人。完全可以这样说，如果武则天身为男性，她获得的赞美一定不会少于唐太宗李世民。只是世人对男人和女人的道德要求是不一样的，对女人往往过于苛责。

第三章　皮肤滥淫与动物本能异化

曹雪芹在《红楼梦》中对所谓"皮肤滥淫"作了言简意赅的概括："悦容貌，喜歌舞，调笑无厌，云雨无时，恨不能尽天下美女，供我片时之趣兴，此皆皮肤滥淫之蠢物耳。""恨不能尽天下美女，供我片时之趣兴"，这是一种什么样的性心理？这是灵长目动物本能在文明社会的变异。如上一章所论，灵长目动物的基因里具有享乐主义和等级序列这两个主要成分，尽最大可能地享受性的乐趣便是这种动物本能的极端反应。进入文明社会后，人类的动物基因并没有消失，而只是受到文化因素的制约和控制。文化因素包括社会制度和规范等，人类与生俱来的动物本能很多时候都有一种突破文化因素的冲动。

什么人能够实施"皮肤滥淫"？这当然是具有性特权的阶层，皮肤滥淫与普通百姓、下层人民没有任何关系。但是，性特权并不同等于皮肤滥淫，区别就在于是否突破社会制度与规范。上一章提到的韩愈、李白、杜甫、苏东坡，都具有一定的性特权，但他们的行为都在社会制度和规范允许的范围之内，所以并不能与皮肤滥淫等同起来。

《红楼梦》里的贾宝玉也属于具有性特权的阶层。《红楼梦》第五回、第六回写贾宝玉做了一个有关性的梦，梦中在警幻仙子的指引下，与自己的堂侄媳妇秦可卿交合并遗精。

> 彼时宝玉迷迷惑惑，若有所失。众人忙端上桂圆汤来，呷了两口，遂起身整衣。袭人伸手与他系裤带时，不觉伸手至大腿处，只觉冰凉一片沾湿，唬的忙退出手来，问是怎么了。宝玉涨红了脸，把他手一

捻。袭人本是个聪明女子,年纪又比宝玉大两岁,近来也渐通人事,今见宝玉如此光景,心中便觉察了一半,不觉也羞的红涨了脸面,遂不敢再问。仍旧理好衣裳,随至贾母处来。胡乱吃毕晚饭,过这边来。

袭人忙趁众奶娘、丫环不在旁时,另取出一件中衣来,与宝玉换上。宝玉含羞央告道:“好姐姐,千万别告诉别人,要紧。”袭人亦含羞问道:“你梦见什么故事了?是那里流出来的那些脏东西?”宝玉道:“一言难尽。”说着,便把梦中之事,细说与袭人听了。然后说至警幻所授云雨之情,羞的袭人掩面伏身而笑。

宝玉亦素喜袭人柔媚姣俏,遂强袭人同领警幻所训之事。袭人素知贾母已将自己与了宝玉的,今便如此,亦不为越礼,遂和宝玉偷试一番,幸得无人撞见。自此,宝玉视袭人更与别个不同,袭人待宝玉更为尽心。

袭人不是贾宝玉的妻子,只是服侍他的奴婢,但贾宝玉却可以和她性交,初试云雨情,而且被认为是不越礼。尽管贾宝玉对袭人有情有义,平等相待,但这仍然是性特权的体现。袭人是贾府花银子买来的,因为憨朴而尽心尽责,被贾母放在宝玉房中服侍宝玉,其身份地位只是奴婢,她没有人身自由,她的整个身体都是贾府所拥有的财富,而对于自己的财富,主人当然有“使用”的权利,用过了,还可以送给其他人使用。如第六十九回,贾赦便将自己“用”过了的丫环秋桐赏给自己的儿子贾琏继续“使用”。

贾宝玉将丫环收在自己房里,即使在他那迂腐、刻板的父亲贾政看来也是合乎情理的。贾政自己除了正式的妻子王夫人外,还有小妾。第七十二回,贾政的小妾赵姨娘求贾政让贾环将丫环彩霞收在房内。贾政说:“且忙什么,等他们再念一二年书,再放人不迟。我已经看中了两个丫头,一个与宝玉,一个给环儿。只是年纪还小,又怕他们误了书,所以再等一二年。”

性特权并不等于皮肤滥淫,性特权只要不超越这个社会所制定的规范,包括社会制度、纲常伦理,就是“合理”的。当然,这样的规范对广大的下层民众和妇女来说,根本就是不人道的、没有人性的,它体现了统治阶级的意志,维护的是统治阶级的利益和特权。但这样的规范是为了将人的性欲控制在一定的范围之内,也就是将人的动物本能控制在一定的范围之内,用牺牲广大下层民众和妇女权利的代价，使社会保持一定的平衡与和谐。

任何社会都有一定的婚姻制度，以此调节人们的性关系。婚姻制度便成为控制人的动物本能的文化因素之一。人的动物本能却总是与婚姻关系发生冲突，而且因为动物本能被限制，冲破这种限制的欲望便更加强烈，表现形式便突出地异化，表现为：冲破婚姻关系的制约，打破伦理道德的束缚，无限制地占有女人，极度地追求刺激。《红楼梦》里的贾珍、贾蓉父子与贾琏、薛蟠之辈等，都是这样的“皮肤滥淫之蠢物”。

贾珍与儿媳秦可卿乱伦，被丫环发现，导致秦可卿悬梁自尽，命丧天香楼。

此外，贾珍还与自己的小姨子尤二姐、尤三姐有着暧昧的关系。

贾蓉明里劝叔叔贾琏娶尤二姐，却暗藏私心欲乘机揩油。他常常与姨母尤二姐、尤三姐恣意调笑取乐。第六十三回有这样的描写：

> 贾蓉且嘻嘻的望他二姨娘笑说：“二姨娘，你又来了，我们父亲正想你呢。”尤二姐便红了脸，骂道：“蓉小子，我过两日不骂你，你就过不得了。越发连个体统都没了。还亏你是大家公子哥儿，每日念书学礼的，越发连那小家子瓢坎的也跟不上。”说着，顺手拿起一个熨斗来，搂头就打，吓的贾蓉抱着头滚到怀里告饶。
>
> 尤三姐便上来撕嘴，又说：“等姐姐来家，咱们告诉他。”贾蓉忙笑着跪在炕上求饶，他两个又笑了。贾蓉又和二姨抢砂仁吃，尤二姐嚼了一嘴渣子，吐了他一脸。贾蓉用舌头都舔着吃了。
>
> 众丫头看不过，都笑说：“热孝在身上，老娘才睡了觉，他两个虽小，到底是姨娘家，你太眼里没有奶奶了。回来告诉爷，你吃不了兜着走。”贾蓉撇下他姨娘，便抱着丫头们亲嘴说：“我的心肝，你说的是，咱们馋他两个。”丫头们忙推他，恨的骂：“短命鬼儿，你一般有老婆、丫头，只和我们闹。知道的说是顽，不知道的人，再遇见那脏心烂肺的，爱多管闲事嚼舌头的人，吵嚷的那府里谁不知道，谁不背地里嚼舌说咱们这边乱帐。”
>
> 贾蓉笑道：“各门另户，谁管谁的事？都够使的了。从古至今，连汉朝和唐朝，人还说脏唐臭汉，何况咱们这宗人家。谁家没有风流事？别讨我说出来。连那边大老爷这么厉害，琏叔还和那小姨

娘不干净呢。凤姑娘那样刚强，瑞叔还想他的帐。那一件瞒了我！”

再说贾琏，更是“下流种子”，一会多姑娘，一会鲍二家的，看到尤二姐后更是眼馋得不行，喜欢占有别人的妻子，以此为乐。第二十一回这样描写：

那个贾琏，只离了凤姐便要寻事。独寝了两夜，十分难熬，便暂将小厮们内有清俊的选来出火。

不想荣国府内有一个极不成器破烂酒头厨子，名唤多官，人见他懦弱无能，都唤他作多浑虫。因他自小父母替他在外娶了一个媳妇，今年方二十来往年纪，生得几分人才，见者无不羡爱。他生性轻浮，最喜拈花惹草，多浑虫又不理论，只是有酒、有肉、有钱，便诸事不管了，所以荣、宁二府之人都得入手。因这个媳妇美貌异常，轻浮无比，众人都呼他作“多姑娘儿”。

如今贾琏在外熬煎，往日也曾见过这媳妇，失过魂魄，只是内惧娇妻，外惧娈宠，不曾下得手。那多姑娘也曾有意于贾琏，只恨没空。今闻贾琏挪在外书房来，他便没事也走三两趟去招惹。惹的贾琏似饥鼠一般，少不得和心腹的小厮们计议，合同遮掩谋求，多以金帛相许。小厮们焉有不允许之理，况都和这媳妇是好友，一说便成。

是夜，二鼓人定，多浑虫醉昏在炕，贾琏便溜了来相会。进门一见其态，早已魂飞魄散，也不用情谈款叙，便宽衣动作起来。谁知这媳妇有天生的奇趣，一经男子挨身，便觉遍身筋骨瘫软，使男子如卧绵上。更兼淫态浪言，压倒娼妓，诸男子至此，岂有惜命者哉。那贾琏恨不得连身子化在他身上。那媳妇故作浪语，在下说道：“你家女儿出花花儿，供着娘娘，你也该忌两日，倒为我脏了身子。快离了我这里罢。”贾琏一面大动，一面喘吁吁答道：“你就是娘娘，我那里还管什么娘娘！”那媳妇越浪，贾琏越丑态毕露。一时事毕，两个又海誓山盟，难舍难分。自此后，遂成相契。

脂砚斋眉批：“一部书中，只有此一段丑极太露之文，写于贾琏身上，恰极当极！”

薛蟠，倚权仗势，打死冯渊，强抢香菱为妾。后来，见柳湘莲生得俊俏，便将病态性心理暴露出来，欲与湘莲“同志”一番，被湘莲一顿暴打，丑态毕现。

《红楼梦》里的几位滥淫者，范围、能量以及影响还都只局限在一定的范围内。而处于权力顶峰的帝王，一旦“滥淫”，那将会给整个社会带来巨大的灾难。就像只要存在着权力，就存在着腐败的可能性一样；只要存在着性特权，就存在着滥淫的可能性。在具有最高权力的统治者那里，文化因素对于动物本能的制约具有极大的不确定性。文化因素的控制不外乎两个方面：一是社会制约；二是个人自觉。由于处于专制统治的顶峰，社会制约往往失效，个人自觉便成了非常关键的因素。隋炀帝杨广与唐太宗李世民便是很好的例证。

按辈分，隋炀帝杨广是唐太宗李世民的舅舅。他们之间有着很多的相似之处：他们都是皇二代，而且都不是嫡长子，在皇位继承方面都曾处于非常不利的地位。但他们都有雄才大略，能征善战，都有安邦定国之功。最后，都通过非正常程序继承了皇位。

李世民不用多说，如果不是他运筹帷幄，他的父亲李渊断然不敢谋取天下。每当危急关头，总是李世民力挽狂澜，扭转乾坤。杨广如何呢？《资治通鉴》卷179载：“晋王(杨)广美姿仪，性敏慧，沉深严重；好学，善属文；敬接朝士，礼极卑屈；由是声名籍甚，冠于诸王。”可见，隋炀帝杨广绝非等闲庸碌之辈。

隋炀帝之所以最终失败，乃是因为文化因素的制约在他身上完全失效，完全没有了个人自觉。荒淫无度，放纵自己的动物性本能也是其中的一个方面。

在隋文帝病重之际，惰炀帝的本性便暴露无遗。《资治通鉴》卷180载：

> 陈夫人(隋文帝妃，隋炀帝庶母。作者注)平旦出更衣，为太子所逼，夫人拒之，得免，归于上所；上怪其神色有异，问其故。夫人泫然曰：“太子无礼！”上恚，抵床曰：“畜生何足付大事！独孤误我！”乃呼柳述、元岩曰：“召我儿！”述等将呼太子，上曰：“勇也。”述、岩出阁为敕书。杨素闻之，以白太子，矫诏执述、岩，系大理狱；追东宫兵士帖上台宿卫，门禁出入，并取宇文述、郭衍节度；诊左庶子张衡入寝殿侍疾，尽遣后宫出就别室；俄而上崩。故中外颇有异

论。陈夫人与后宫闻变，相顾战栗失色。晡后，太子遣使者赍小金合，帖纸于际，亲署封字，以赐夫人。夫人见之，惶惧，以为鸩毒，不敢发。使者促之，乃发，合中有同心结数枚，宫人咸悦，相谓曰："得免死矣！"陈氏恚而却坐，不肯致谢；诸人共逼之，乃拜使者。其夜，太子烝焉。

隋炀帝就这样在弑父淫母的大逆不道中开始了帝王生涯。登上大位之后，大兴土木，征伐无度。《资治通鉴》卷180亦载：

三月丁未，诏杨素与纳言杨达、将作大匠宇文恺营建东京，每月役丁二百万人，徙洛州郭内居民及诸州富商大贾数万户以实之。

……敕宇文恺与内史舍人封德彝等营显仁宫，南接皂涧，北跨洛滨。发大江之南、五岭以北奇材异石，输之洛阳；又求海内嘉木异草，珍禽奇兽，以实园苑。辛亥，命尚书右丞皇甫议发河南、淮北诸郡民，前后百馀万，开通济渠。自西苑引谷、洛水达于河；复自板渚引河历荥泽入汴；又自大梁之东引汴水入泗，达于淮；又发淮南民十馀万开邗沟，自山阳至杨子入江。渠广四十步，渠旁皆筑御道，树以柳；自长安至江都，置离宫四十馀所。

而在"生活作风"问题上，杨广更是恣意淫荡，肆无忌惮，片刻离不开女色。《资治通鉴》卷181载：

帝临朝凝重，发言降诏，辞义可观；而内存声色，其在两都及巡游，常以僧、尼、道士、女官自随，谓之四道场。梁公萧钜，琮之弟子；千牛左右宇文皛，庆之孙也；皆有宠于帝。帝每日于苑中林亭间盛陈酒馔，敕燕王倓与钜、皛及高祖嫔御为一席，僧、尼、道士、女官为一席，帝与诸宠姬为一席，略相连接，罢朝即从之宴饮，更相劝侑，酒酣殽乱，靡所不至，以是为常。杨氏妇女之美者，往往进御。皛出入宫掖，不即门禁，至于妃嫔、公主皆有丑声，帝亦不之罪也。

关于炀帝淫荡无度的故事流传甚广。据唐无名氏撰《迷楼记》和颜师古《大业拾遗记》载，隋炀帝曾让人特制了仅可睡卧一人的狭窄车厢，在里面奸污处女。而且，他在和女人性交时，在卧榻四周设置了磨光的青铜镜屏，堂上挂着表现裸体男女性交的绘画。

最后一次临幸江都时，天下乱象已现，隋炀帝却依然如故。《资治通鉴》

卷 185 载：

> 隋炀帝至江都，荒淫益甚，宫中为百馀房，各盛供张，实以美人，日令一房为主人。江都郡丞赵元楷掌供酒馔，帝与萧后及幸姬历就宴饮，酒卮不离口，从姬千馀人亦常醉。然帝见天下危乱，意亦扰扰不自安，退朝则幅巾短衣，策杖步游，遍历台馆，非夜不止，汲汲顾景，唯恐不足。

而唐太宗李世民则是一个相反的例子，也是一个成功抑制个人欲望的例子。李世民亲眼目睹了隋王朝的土崩瓦解，感受到了下层民众在推翻隋王朝统治过程中的巨大力量。他发自内心地感叹："水可载舟，亦可覆舟。"他虚怀纳谏，励精图治，开创了中国古代历史上著名的贞观盛世。

《资治通鉴》卷 192 载：

> 丙午，上与群臣论止盗。或请重法以禁之，上哂之曰："民之所以为盗者，由赋繁役重，官吏贪求，饥寒切身，故不暇顾廉耻耳。朕当去奢省费，轻徭薄赋，选用廉吏，使民衣食有馀，则自不为盗，安用重法邪！"自是数年之后，海内升平，路不拾遗，外户不闭，商旅野宿焉。上又尝谓侍臣曰："君依于国，国依于民。刻民以奉君，犹割肉以充腹，腹饱而身毙，君富而国亡。故人君之患，不自外来，常由身出。夫欲盛则费广，费广则赋重，赋重则民愁，民愁则国危，国危则君丧矣。朕常以此思之，故不敢纵欲也。"

"不敢纵欲"，对于一个封建帝王来说可谓非常难得，而隋炀帝却是"敢于纵欲"。一字之差，天壤之别。

作为一个君王，李世民也有"好色"的倾向。例如，他晚年曾一度宠爱武则天，封其为才人。但李世民却能够比较好地控制自己的欲望，不让自己的欲望影响对于国家的治理。而且，他还具有清醒的头脑和敏锐的目光，当发现武则天可能危及李唐天下的时候，曾想将武氏处死。虽然武则天冷静应对逃过一死，但李世民还是在临终前将其发配到感业寺出家为尼。

据《资治通鉴》卷 180 载，李世明登上皇位不久，便下诏："宫女众多，幽閟可愍，宜简出之，各归亲戚，任其适人。"如前所述，秦皇汉武都是大肆扩张后宫、嫌少不怕多之人；而李世民却将宫女还归民间，既富有同情心、人情味，也可以避免或减少"财政赤字"。

李世民曾有过好几次“艳遇”，但他均以社稷国家为重，断绝了一般帝王习以为常的“享受”。

例如，贞观二年。曾任隋朝通事舍人的郑仁基有个十六七岁的女儿，“容色绝姝，当时莫及”。唐太宗的皇后长孙氏得知消息后，想方设法找到了她，请求李世民将其纳为嫔妃，李世民同意了。《资治通鉴》卷194载：“帝聘隋通事舍人郑仁基女为充华，诏已行，册使将发，魏征闻其尝许嫁士人陆爽，遽上表谏。帝闻之，大惊，手诏深自克责，命停册使。房玄龄等奏称：‘许嫁陆氏，无显状，大礼既行，不可中止。’爽亦表言初无婚姻之议。帝谓征曰：‘群臣或容希合；爽亦自陈，何也？’对曰：‘彼以陛下为外虽舍之，或阴加罪谴，故不得不然。’帝笑曰：‘外人意或当如是。朕之言未能使人必信如此邪！’”君王一言九鼎，岂能收回成命？唐太宗发现错误却能纠正，此非常人所能为。

再如，贞观十九年。唐太宗亲率大军攻打高丽，高丽王派遣使者，欲献给唐太宗两个高丽美女。李世民不忍心让她们与自己父母兄弟骨肉分离，当时就让高丽使节将那两个美女领了回去。

像李世民这样圣明的帝王在中外历史上极为少见。在两性关系上，他虽然没有达到后来的明孝宗朱祐樘的境界，但他治理国家的才略、以民为本的理念都是其他封建帝王很少能够企及的。他留下的政治遗产很值得人们深思和借鉴。

登上权力巅峰的帝王，很少能够像唐太宗李世民那样，节制自己的欲望。更多的是像隋炀帝杨广那样，纵欲无度，病态化地追求感官刺激，性特权便成了“皮肤滥淫”。中外历史上这样的例子屡见不鲜，就像有人说过的那样，无论哪一个君主专制国家的君主，几乎在五个人中只有一个比较正常，十个人当中才会有一个是明主或贤君，而其余的大都是傻瓜、色鬼或不伦不类的浪荡子。纵欲、淫乐从人类进入文明社会开始，便成为那些君王经久不息的主题。

例如，我国第一个朝代夏朝的最后一位君主夏桀便因宠妹喜而亡国。《史记·夏本纪》载：“桀不务德，而武伤百姓，百姓弗堪。”夏桀广修宫室楼台，淫佚无度，日夜与妹喜饮酒作乐，穷兵黩武，暴虐无道，甚至把自己比作天上的太阳，于是人民愤怒地喊道：“时日曷丧，予及汝偕亡。”

商朝末年，纣王不仅好色、淫荡，而且非常残暴。《史记·殷本纪》记载纣王"好酒淫荡，嬖于妇人。爱妲己，妲己之言是从。于是使师涓作新淫声，北里之舞，靡靡之乐。厚赋税以实鹿台之钱，而盈巨桥之粟。益收狗马奇物，充仞宫室。益广沙丘苑台。多取野兽蜚鸟置期中。慢于鬼神。大最乐戏于沙丘，以酒为池，悬肉为林，使男女倮相逐其间，为长夜之饮。百姓怨望而诸侯有畔者，于是纣乃重刑辟，有炮格之法"；"九侯有好女，入之纣。九侯女熹淫，纣怒，杀之，而醢九侯"；"纣愈淫乱不止。微子数谏不听，乃与太师、少师谋遂去。比干曰：'为人臣者，不得不以死争。'乃强谏纣。纣怒曰：'吾闻圣人心有七窍。'剖比干，观其心"。荒淫无道如此，安得不亡？

西周的末代君王周幽王也是如此，宠幸褒姒，废申侯之女申后并去太子宜臼，改立伯服为太子。《史记·周本纪》载："褒姒不好笑，幽王欲其笑万方，故不笑。幽王为烽燧大鼓，有寇至则烽火。诸侯悉至，至而无寇，褒姒乃大笑。幽王说之，为数举烽火。其后不信，诸侯亦不至。"及至后来，"申侯怒，与缯、西夷犬戎攻幽王。幽王举烽火征兵，兵莫至。遂杀幽王骊山下，虏褒姒，尽取周而去"。为博美人一笑，竟然烽火戏诸侯，将社稷安危视为儿戏，真是荒唐之极。

当权力不受约束而又没有个人自觉的时候，文化因素对于人的动物本能的控制与制约彻底失效，人性堕落，那些荒淫的帝王便忘记了自己人的身份，堕落到连动物也不如的境地。正如布雷克多所说："动物的性生活并不那么野蛮，倒是较有条理和节制的，而且不像人类那样在压抑之下触发暴力(例如强奸)……"[60]许多畸形、变态的行为屡见不鲜，层出不穷。

例如被称为"金莲"的小脚曾被中国男性视为具有很高的性爱之美。在做爱期间他们会爱抚金莲，吮吸它、轻咬它甚至把它全放到嘴里，金莲变成了性爱的聚焦点。由于女性的脚比男性的小，这个差异反而创造了极具魅力的女性。只有农民才有被尖刻地称作"鸭掌"的平底足。

中国人的裹脚习惯几乎延续了1 000年，从10世纪到20世纪，它最终同残酷和野蛮一起终结。[61]

德斯蒙德·莫利斯说：让女人的脚成为"金莲"，"实施具体的扭曲或夸张时冠冕堂皇的理由是'高尚的时尚'或炫耀高贵的地位，但更加深刻的解释是，具体的修整突出了女性的生物学特征"[62]。小脚女人走路时，收腰、提臀，尽显女性特征，似弱柳扶风，容易引起男人的性欲冲动。

再如同性恋。西汉的最后一个皇帝——哀帝（公元前5—前1年）有许多嬖臣，其中董贤最为得宠。据《香艳丛书》载，有一天哀帝与董贤共寝，哀帝的袖子被董贤压在身子下面。当哀帝准备上朝的时候，他宁可拔剑把袖子砍断也不愿惊动董贤。从此"断袖"这个词就成了男子同性恋的代名词。

而肚皮舞的起源，也是出于对性的畸形审美。"土耳其的女性，自幼就被教育要服从丈夫，置身后宫内室，她们所受的性教育，可以说比其他任何国家的女子都多，她们自幼所学习的舞艺，如有名的肚皮舞，便不外是性交动作的韵律化而已。"[63]肚皮舞可以刺激那些年老体衰的王公的性欲。

中外历史上有一些特别淫乱的时期和朝代，共同的特征是：礼崩乐坏，纲常伦理俱废，人性堕落，没有任何道德可言。即使是在人类长期进化过程中形成的一些关于性关系的禁忌，亦形同虚设，被弃之不顾，两性关系已无任何禁区、禁忌可言。整个社会处于退化之中，潜藏在人的动物基因内的群婚杂交、乱交的倾向终于"冲破牢笼"，重见天日。而且时间长，范围广，影响巨大。例如我国的春秋战国、西汉中后期、南北朝、明朝中后期，古罗马帝国，日本的平安时代，等等。

我国春秋战国时代，是一个纲常伦理俱废的时代。《左传》中记载淫乱的例子很多。

据《左传》"恒公十六年"载，公元前696年，卫宣公与其父之妾夷姜私通，生子取名急子。急子后来娶了齐国一位美丽的公主宣姜为妻。宣公爱之而据为己有，与之生有二子。夷姜因妒忌宣姜而自缢身亡。急子之妻在宣公面前诬陷急子，宣公遂派人装作强盗将自己的儿子杀死。

《左传》"宣公九年"载，公元前600年，"陈灵公与孔宁、仪行父通于夏姬"。夏姬乃灵公大臣之遗孀，君臣三人在朝中穿着夏姬的内衣，拿他们与她的性关系作笑料。当另一位大臣泄冶向灵公指出这样做名声不好时，恼怒的灵公竟处死了他。

西汉统治者自刘邦开始，文化素养便欠缺，后代多荒淫者。据《汉书》卷35记载，孝景帝（公元前156—前140年）的亲属，尽是一些堕落之徒和色情狂。他们与自己的姐妹和女性亲属发生乱伦关系，并诱奸所有他们中意的已婚妇女。他们的妻妾也往往淫乱不堪。

江都王建便是其中突出的一个。他奸污姐妹，让人把少年男女淹死在宫中的湖里，以此取乐。他还让犯有过失的后宫之女赤身裸体整天站在庭中敲击辰鼓，把她们连续多日赤身裸体放在树上，或者把她们活活饿死。甚至令宫女裸体趴在地上，与公狗和公羊性交。

汉灵帝的荒淫非常富有“想象力”。即位以后，他就让所有嫔妃都穿开裆裤“上班”，中平三年(186)，又在西园修建了1 000间房屋，让人采来绿色的苔藓覆盖在台阶上面，引来渠水绕着各个门槛，到处环流。渠水中种植着南国进献的荷花，花大如盖，高一丈有余，荷叶夜舒昼卷，一茎有四莲丛生，名叫“夜舒荷”。又因为这种莲荷在月亮出来后叶子才舒展开，月神名望舒，就又叫它“望舒荷”。在这个恍如仙境的花园里，汉灵帝命令宫女们都脱光衣服，嬉戏追逐。《情史·情豪类》载：“宫人年二七以上，三六以下，皆靓妆，解其上衣，惟着内服，或共裸浴。”

到了南北朝时期，淫风更甚。

中国历史上唯一与亲生母亲淫乱的皇帝便出现在南朝的刘宋。

宋孝武帝刘骏幼时被封为武陵王，其母路氏因失去父亲文帝的宠爱而与刘骏一同前往就任。也许是相依为命的缘故，刘骏产生了“恋母情结”。在登上皇位之后，不顾舆论，他竟与母亲在后宫乱伦。《魏书》曰：“骏淫乱无度，烝其母路氏，秽污之声，布于欧越。”《南史·宋书》载：“太后居显阳殿。上于闺房之内，礼敬甚寡，有所御幸，或留止太后房内，故民间喧然，咸有丑声。宫掖事秘，莫能辨也。”

刘骏的儿子宋废帝刘子业更是青出于蓝而胜于蓝。最大的爱好便是“使妇人裸身相逐”，以供其淫乐。他不仅娶自己的姑母新蔡公主为嫔妃，还与自己的同胞姐姐山阴公主乱伦。《资治通鉴》卷130载：“山阴公主，帝姊也，适驸马都尉何戢。戢，偃之子也。公主尤淫恣，尝谓帝曰：‘妾与陛下，男女虽殊，俱托体先帝。陛下六宫万数，而妾唯驸马一人，事太不均。’帝乃为公主置面首左右三十人，进爵会稽郡长公主，秩同郡王。吏部郎褚渊貌美，公主就帝请以自侍，帝许之。渊侍公主十日，备见逼迫，以死自誓，乃得免。”

北齐的开国皇帝文宣帝高洋的淫荡总是别出心裁，令人咋舌。

高洋嗜酒，酒后往往兽性大发，泯灭人性。一次，他斥退左右，疯狂地撕乱其父之侍妾尔朱氏的衣带，企图强奸尔朱氏。尔朱氏不从，双手紧紧护住身体，苦苦哀求他不要乱伦。高洋假意应允，却用刀捅进尔朱氏的下体，在尔朱氏死前痛苦的挣扎中获得快感。还有一次，他竟残暴荒淫得失去人性，将自家宗室的全部女人聚于宫中，要她们脱光衣服，然后叫他的宠臣去跟这些女人群交乱淫。

对待自己的亲生母亲，高洋同样丧失人伦。有一次，其母劝说他不要荒淫，高洋大怒，扬言，如果母亲敢再管他的事，就把她嫁给胡人，让胡人去糟蹋她。

高洋的宠妃姓薛，早先与清河王高岳相好，后被高洋看中，强行将她迎入宫中。薛氏的妖媚之术，令高洋感到新鲜、刺激，薛氏极受宠幸，被封为薛嫔。薛嫔有个姐姐，长相也很妖艳，高洋干脆将她也弄进宫来，高洋与薛氏姐妹，有时一连数日不下床榻。两姐妹则极尽风流，博取高洋的欢心。后来他得知薛嫔依旧与高岳有染，不禁大怒。便令人当着他的面，将薛嫔的姐姐活活锯成八块，接着又砍掉薛嫔的头，将她的尸体乱刀剁碎；又把两姐妹的血掺进酒里，让大臣们共饮。他还叫乐师剔去薛嫔大腿的筋肉，用她的腿骨做成乐器。在每次杀人后的酒宴上，他让乐师用薛嫔腿骨做成的乐器弹奏曲子，以示对薛嫔的“怀念”。

古罗马也是一个人的兽性毫无节制的时代。“罗马帝国衰败时期的特点是男女关系的贬值。性生活日益丧失其原有的道德方面的和美感方面的优美。罗马以风气荒淫而‘闻名’。古罗马诗人玉外纳在他愤懑的讽刺作品里说，‘永恒的城市’的大街上充斥着‘脸色阴郁的浪荡汉’，到处都在‘纵酒行乐’，男人淫欲无度，妇女则以卖弄色相为荣（直可以说是感情极端退化，一派低级趣味）。妇女肆无忌惮，不知羞耻为何物。政权失去了作用。性关系上的混乱达到了惊人的程度。”“这种性的放纵必然引起社会的反应，决定下一个时代占统治地位的道德基本信念的某些内容。在封建制度下，对肉欲的诅咒被宣布为基督教信仰的原则，其目的在于拯救人类。这不是偶然的，也不是‘历史的过错’。它作为对不受任何限制的纵欲的否定，恢复了遭到破坏的平衡。”[64]

恺撒大帝的甥孙屋大维，即后来的奥古斯都皇帝，是“罗马道德规范和婚姻法律的改革者，但他本人不是真正的典范”[65]，他热衷于通奸。当然他的朋友为他辩解，说他这样做“不是出于淫欲，而是一种策略。因为与政敌的老婆上床可以轻而易举地弄清他的计划”[66]。有一次,他公开地把前执政官的妻子从丈夫的餐厅带进卧室,再把她带出来的时候,她耳根红了,头发也乱了。他还通过朋友为他安排幽会,这些朋友就像妓院的老板一样,把已婚妇女和未婚少女的衣服脱光,一个一个地检查。为了娶提比略·克劳狄乌斯·尼禄怀有身孕的妻子,年仅17岁美丽迷人的利维亚,奥古斯都蛮横无理地与妻子斯克里·波尼娅离婚,当时波尼娅刚生下奥古斯都的第一个孩子朱莉亚。

而最有讽刺意味的是,作为道德改革家奥古斯都的女儿,朱莉亚在淫欲和堕落方面达到了无耻的极限。她认为自己地位高,可以违背道德规范,凡是能使她快乐的事都可以做。“她的情夫数不清。夜里她在大街上狂欢作乐。她偏要在广场和讲台上与男人拥抱,那里是她父亲公布反通奸法的地方。她每天在玛息阿雕像下约会,因为她已经从淫妇变成娼妓了,放纵地与素不相识的人鬼混。”[67]奥古斯都得知女儿的丑行后,怒不可遏,甚至想处死她,最终将她流放到一个人迹罕至的小岛。

帝政朝代的第三任皇帝卡利古拉被后人视为“集疯狂、残忍、猥亵与卑鄙于一身的家伙”[68],他的“整个性格当中最明显的表现是酷爱残暴和毫不掩饰的施虐狂”[69]。他站在朱庇特塑像旁问演员阿佩莱斯,朱庇特和卡利古拉哪个更伟大。阿佩莱斯稍一犹豫,他立即下令将他打得遍体鳞伤,还夸他求饶的声音好听,痛苦呻吟的旋律很优美。他每次吻他的妻子或情妇的脖子时都要说:“只要我一句话,这美丽的脖子马上就得砍掉。”一名罗马骑士被扔进角斗场喂野兽,此人大喊冤枉。卡利古拉叫人把他带出来割掉舌头再送进去。

卡利古拉的荒淫也到了无可救药的程度。他见到年轻美貌的女子就情不自禁地产生好感,想占有她,连自己的同胞姐妹也不例外,犯下了令人发指的乱伦罪。他经常诱奸贵族夫人,玩腻了就像对待尝够了味道的水果一样,随手扔掉。他与他的妻子凯索尼娅在纵欲、淫荡方面是天生的一对。卡利古拉为了满足她的淫荡,经常带她去看身穿披风、手持盾牌、头戴帽盔的士兵和赤身裸体的朋友。

卡利古拉还热衷于与男人发生性关系。与他发生这种关系的主要有两个人:一个是哑剧演员姆奈斯特尔,一个是出身执政官家庭的青年瓦勒里乌斯·卡图卢斯。

最后卡利古拉和他淫荡的妻子凯索尼娅及女儿一起，被一批军官杀死，"这可真是解救了罗马人"[70]。

帝政时代的第四代皇帝尼禄在淫荡纵欲方面最为著名，达到了登峰造极的地步。

尼禄的淫荡与其母小阿格丽品娜有很大的关系。阿格丽品娜是前述朱莉亚的外孙女，她是一个野心勃勃而且极其淫荡的女人，情夫一大群。尼禄的父亲在人们向他祝贺尼禄诞生时回答说，凡是阿格丽品娜生的孩子，一定是丧失人性的，是国家的祸害。[71]

尼禄的童年时期不是由谨慎的父亲管教，而是受两个女人的影响，一个是她的姨母，一个就是跟男人一样专横且又放荡无度的母亲。16岁的时候，尼禄在母亲阿格丽品娜的操纵下和冷酷无情的同父异母姐姐屋大维娅结婚，阿格丽品娜以为这样可以更好地控制儿子。但尼禄对于婚姻生活并不满意，尼禄的性欲极强，他从夫妻生活中得不到满足，便与其他女人私通。阿格丽品娜得知尼禄与其他女人发生关系后，非常恼怒，于是主动勾引尼禄发生乱伦关系，以为这样就可以继续操控儿子的一切。后来，尼禄又看上了他的宠臣奥托的妻子萨拜纳·波皮厄，而"这个女人除了贞操，什么都有。她的母亲是当年群芳争艳中独占鳌头的人物。她把自己的美名和美貌都传给了女儿。她有钱又有地位，谈吐诙谐，使人愉快。她假装羞怯，实则淫荡"[72]。为了得到波皮厄，尼禄将奥托逐出宫廷，派往一个边远的省份当总督。尼禄的母亲阿格丽品娜知道，波皮厄将来会把其他女人的势力从宫中全部清除掉，于是罗马帝国爆发了一场两个女人之间的战争。胜利者当然是波皮厄。塔西佗说："阿格丽品娜心怀女人特有的妒忌，满腔怒火地抱怨说，一个女自由民竟成了她的情敌，真不该找个老处女做儿媳，等等。她别指望儿子悔悟或厌腻情妇，她越是指责他有桃色丑闻，他越是欲火中烧，最后完全倒向情妇，摆脱对母亲的忠贞……"[73]一心想控制儿子并不择手段的阿格丽品娜最终却被儿子处死。

为了消除迎娶波皮厄的障碍，尼禄让手下捏造他的妻子屋大维娅与人通奸的证据。最终，屋大维娅被流放到荒无人烟的潘达塔里亚岛，并在那里被残酷地杀害。

尼禄对同性恋也怀有极大的兴趣。他登基后不久，就毒死了他的同父异母弟弟坦尼库斯。这个不幸的少年才14岁，尼禄却怀疑他觊觎皇帝宝座。而实际上，尼禄却是在和坦尼库斯性交后将他处死的。因为尼禄用他充当了不合自由民身份的角色。如果是具有奴隶身份的人充当这种角色，在道德上不受谴责。

尼禄深信男人和女人的肉体没有一处是纯洁的。大多数人只不过以巧妙的伪装掩盖他们的淫乱行为而已。[74]所以，在他看来，淫荡是人的本性，是自然而然的。塔西佗说："公元56年国外没有战争，国内生活被尼禄搞得乌烟瘴气。他在大街上、妓院里和小酒店里寻欢作乐。他穿上奴隶的服装以隐匿身份。跟随他的人则进商店就偷，碰到人就打。他伪装得很彻底，以至有时被误认为奴隶而挨打，脸上留下了伤疤。"[75]

人的兽性无所节制的极端场合是战争和战乱时期。占有女性是战争的副产品，还有的战争本身就因为争夺女人而暴发。

据《荷马史诗》载，被俘的女青年都成了胜利者淫欲的牺牲品，他们往往按照军阶的高低来挑选女俘虏中的最美丽者、次美丽者或一般模样的人，把她们带回家去做妻或妾。

最经典的特洛伊战争，就起因于美女。公元前1193年，特洛伊国王普利阿摩斯和他的二儿子王子帕里斯在希腊斯巴达王麦尼劳斯的宫中受到了盛情的款待。但是，帕里斯却和麦尼劳斯美貌的妻子海伦一见钟情并将她带出宫去，恼怒的麦尼劳斯和他的兄弟迈西尼国王阿伽门农兴兵讨伐特洛伊。希腊联军的将领阿喀琉斯和普利阿摩斯的大儿子、特洛伊年轻的王位继承人赫克托尔逐渐在战争中成为双方各自的英雄。由于特洛伊城池牢固，易守难攻，希腊军队和特洛伊勇士们对峙长达10年之久，最后英雄奥德修斯献上妙计，让希腊士兵全部登上战船，制造撤兵的假相，并故意在城前留下一具巨大的木马。特洛伊人高兴地把木马当作战利品抬进城去。当晚，正当特洛伊人沉湎于美酒和歌舞的时候，藏在木马腹内的希腊士兵杀出，打开城门，里应外合，特洛伊立刻被攻陷，杀掠和大火将整个城市毁灭。老国王和大多数男人被杀死，妇女和儿童被出卖为奴，海伦又被带回希腊，持续10年之久的战争终于结束。

我国春秋战国时期，楚国攻打息国，起因就是因为一个女人——息妫。

息妫是春秋时期息国国君的夫人，所以史称息夫人。息夫人是陈国国君的小女儿，因花容月貌，又被称为“桃花夫人”，其姐嫁为蔡侯夫人。公元前684年，息夫人回陈国探亲，顺路去探望姐姐，谁知竟遭蔡侯调戏。息夫人盛怒之下回到息国，将此事告诉了息侯。息侯无力兴师问罪，便唆使楚国出兵俘虏了蔡侯。蔡侯反过来设计报复息侯，他极力向楚王称赞息夫人的美貌，好色的楚王以武力将息夫人抢去。在息夫人的委屈保全下，息侯被楚王安置在汝水，封其食十家之邑，使守息祀。息夫人终日怀念故国，牵挂息侯，虽为楚王生了两个儿子，但三年不语。息侯与息夫人最终殉情而死。《列女传·贞顺传》载：

夫人者，息君之夫人也。楚伐息破之，虏其君使守门，将妻其夫人而纳之于宫。楚王出游，夫人遂出见息君，谓之曰：“人生一死而已，何至自苦。妾无须臾而忘君也，终不身更贰醮，生离于地上，岂如死归于地下哉！”乃作诗曰：“十（生）则异穴，有如不信，视于皦日。”遂自杀。息君亦于同日俱死。楚王贤之，乃以诸侯之礼合而葬之。

清代邓汉仪为此而写的诗很是著名：

楚宫慵扫黛眉新，只自无言对暮春。

千古艰难惟一死，伤心岂独息夫人。

我国三国时期也是性关系比较混乱的时期。

范晔《后汉书》记载，东汉末年，董卓带兵入洛阳后，听说皇甫规之寡妻年轻漂亮，聪明贤淑，欲娶之。该寡妇不从，便派人去抢，最后竟将不愿嫁给董卓的皇甫规之寡妻杀死。

曹操具有雄才大略，诗赋亦很出众，但在两性关系上却过于放纵。曹操对于占有别人的妻子有着特殊的嗜好。

据《三国志》载，张绣投降曹操后，曹操却将张绣的寡婶也就是张绣叔父张济的妻子占为己有。张绣认为受了奇耻大辱而反水。曹操的长子曹昂和大将典韦战死，而曹操自己也险些丧命。

《三国志·曹爽传》：“（何）晏，何进孙也。母尹氏，为太祖夫人。晏长于宫省，又尚公主，少以才秀知名。好《老》《庄》言，作《道德论》及诸文赋，著述凡数十篇。”注引《魏略》：“太祖为司空时，纳晏母，并收养晏。其时秦宜禄儿阿苏，亦随母在公家，并见宠如公子。苏即朗也。苏性谨慎，而晏无所顾惮，服饰拟于太子，故文帝特憎之，每不呼其姓字，尝谓之为假子。晏尚主，又好色，故黄初时无所事任。及明帝立，颇为冗官。……晏前以尚主，得赐爵为列侯，又其母在内。晏性自喜，动静粉白不去手，行步顾影。晏为尚书，主选举，其宿与之有旧者，多被拔擢。"注引《魏末传》曰："晏妇金乡公主，即晏同母妹（按此说误，裴松之已斥其妄）。公主贤，谓其母沛王太妃曰：'晏为恶日甚，将何以保身？'母笑曰：'汝得无妒晏邪？'"

关于沛王太妃，《三国志》卷3明帝青龙元年纪注引《魏氏春秋》："（秦）朗父名宜禄，为吕布使诣袁术，术妻以汉宗室女。其前妻杜氏留下邳，布之被围，关羽屡请于太祖，求以杜氏为妻。太祖疑其有色，及城陷，太祖见之，乃自纳之。宜禄归降，以为铚长。及刘备走小沛，张飞随之，过谓宜禄曰：'人取汝妻，而为之长，蚩蚩若是邪！随我去乎？'宜禄从之。数日，悔欲还，飞杀之。朗随母氏，蓄于公宫，太祖甚爱之，每坐席，谓宾客曰：'世人爱假子如孤者乎？'"

杜氏就是沛王太妃，沛穆王林之母。从这段引文可以看出曹操在两性关系上少有禁忌和伦理规范的约束。连令后人仰慕的武圣关羽，也要纳降将之妻杜氏为妻，屡请于太祖（曹操），及城破，太祖见而爱之自纳为妻。何晏的母亲尹夫人和沛穆王林的母亲杜夫人都是有夫之妇而且有子，同样被迫带着儿子进入魏宫。曹操还沾沾自喜，津津乐道。

"有其父，必有其子"这句话用在曹操父子身上恰如其分。曹操死后，他的儿子曹丕将曹操的姬妾都纳入自己宫中，他的母亲骂他"猪狗不如"。

明末发生的关于陈圆圆的故事也很有意味。

陈圆圆，常州武进（今属江苏常州）人，本姓邢，名沅，字畹芬。为苏州名妓，善歌舞。陈圆圆母亲早亡，从养母陈氏姓。圆圆能歌善舞，色艺冠时，时称为"江南八艳"之一。崇祯时，外戚周奎欲寻求美女给皇帝，以解上忧，遂派遣田妃的哥哥田畹下江南选美。后来田畹将名妓陈圆圆等献给崇祯皇帝。其时战乱频仍，崇祯无心逸乐。陈圆圆又回到田府，田畹占为私有。一日吴三桂在田府遇见陈圆圆，一见倾心，后吴三桂纳圆圆为妾。李自成打进北京后，吴三桂的父亲投降了起义军，陈圆圆被李自成的大将刘宗敏所掠。当吴三桂答应投降李自成时，闻陈圆圆已被李之部将所占，冲冠大怒："大丈夫不能自保其室，何生为？”遂投降了清军与农民军作战。这就是吴梅村在《圆圆曲》中所曰：“恸哭六军俱缟素，冲冠一怒为红颜。”如果刘宗敏不抢吴三桂心爱的女人，那么清兵或许仍然被阻隔在关外，历史也将会重写。

二战时期日本军队将兽性、残忍、荒淫表现得淋漓尽致。日本军队的性犯罪乃是“前无古人，后无来者”。他们强行驱使本国和受害国的年轻女子做慰安妇，成为日本军人的性奴。而日军在战争中奸淫方面的暴行更是耸人听闻。在南京大屠杀的时候，他们毫无节制地用种种方式释放他们变态的兽性，令人切齿。他们强奸孕妇，然后剖开她们的肚子，用刺刀将婴儿挑出来；七八十岁的老妪也遭到他们的强奸和猥亵；他们用刺刀逼迫儿子与母亲、父亲与女儿、公公与媳妇性交。日本法西斯玷污了人性，灭绝了人性，这是全人类的耻辱。日本军国主义分子永远被钉在人类的耻辱柱上。

第四章 西门庆——末世的“三无产品”

我国明代中后期呈现出“礼崩乐坏”的末世景象，这又一次验证了我国封建社会的周期律。我国封建社会除了短命的朝代外，如汉、唐、宋、明等，都经历了治乱、兴盛、颓废、衰败、灭亡的周期。嘉靖中期之后，随着嘉靖皇帝不理朝政，而将治理国家的责任、权力交给大贪官严嵩，明代政治便向着腐败的方向发展，而整个社会也向着失序的方向发展。

相对于其他朝代的“末世”而言，明代又有自己的特点，这就是商品经济的发展，在一定程度上对自给自足的小农经济形成冲击。所以，明代中后期又成为整个中国封建社会的末世。明代，在江南地区已出现新的生产关系，出现了雇佣劳动的手工作坊。有些学者认为这是资本主义的萌芽。商品经济的发展、新的生产关系的出现，还远未能撼动封建专制统治的基础、推翻封建统治的秩序，但却像腐蚀剂一样，使封建统治更加腐败。金权交易就是一个突出的现象。卖官鬻爵、贿赂公行的程度，比以往任何一个朝代都严重。朱元璋曾规定：“枉法八十贯论绞”，“赃至六十两以上者，仍剥皮实草”。但严刑峻法也挡不住金钱对官员的诱惑，朱元璋定下的规矩早已成为一纸空文。据《明史》载，严嵩、严世蕃父子被抄家籍没时，抄出“黄金可三万余两，白金二百万余两，其他珍宝服玩所值又数百万”。李国文先生算了一笔账：“明代的衡制，一两相当于公制的36点9克，乘以11 000的话，应该是405 900克，按近日黄金市场价，每克为120元计，光这些金器就值人民币五千万。若以《明史》的三万两计算，仅黄金一项，值两亿人民币，遑论其他。”[78] 贪污数额之巨，是以往历朝历代所不能比及的。

成书于明代的《金瓶梅》，明写宋代徽宗朝事，实讥刺严嵩父子。就像书中所说的那样："那时徽宗，天下失政，奸臣当道，谗佞盈朝，高、杨、童、蔡四个奸党，在朝中卖官鬻狱，贿赂公行，悬秤升官，指方补价。夤缘钻刺者，骤升美任，贤能廉直者，经岁不除。以致风俗颓败，赃官污吏，遍满天下。役烦赋重，民穷盗起，天下骚然。"[79]明代政治已无制度和规矩可言。

中国社会的传统是以"士"作为精英，士、农、工、商的排序便突出地反映了这一点。但在明代中后期，"传统上作为社会精英的'士'阶级不再具有那种精英地位，从社会结构的意义上'士'缺席了"；"士的缺席不是简单地意味着社会道德的堕落，更重要的是社会生活的秩序发生了变化"[80]。正是由于这种社会生活秩序的变化，才使得像《金瓶梅》中的主人公西门庆那样的人有了用武之地。

《金瓶梅》第一回云："西门庆其人：原是清河县一个破落财主，就县门前开着个生药铺。从小儿是个浮浪弟子，使得些好拳棒，又会赌博，双陆象棋，抹牌道字，无不通晓。近来发迹有钱，专在县里管些公事，与人把揽说事过钱，交通官吏。因此满县人都惧怕他。"但他机智狡诈，善于钻营，以包揽诉讼、长途贩运、拐骗有家产的妇女等各种方式赚取钱财，而后又大把地撒钱。他以金钱和美女铺路，交结各色官员，与权臣蔡京的总管翟谦称兄道弟，在翟谦的全力关照下，他官居金吾卫副千户，并成为蔡京的义子，直至官居金吾卫正千户，而这正是比当时的堂堂京官还有权势的肥缺。而且，他还在地方上博得了慷慨乐施、富而好礼的名声。"在他发迹过程中，真正起作用的秩序不是仕进的正途，也不是贵人相助的奇遇，而是他个人不择手段的行动方式和能力。在西门庆周围的社会生活中，动力秩序压倒了传统士文化的秩序，显现为一个被无耻、狡诈、大胆和活力所支配的世界图景。"[81]

在书中，我们看到了金钱强大的力量。

一个泼皮无赖，突然间暴富，他和他的妻妾竟然可以过上如王公贵族的生活。第十五回，西门庆的妻子吴月娘带着西门庆的几个小妾到李瓶儿的新居为其贺寿，潘金莲与孟玉楼在楼上临街赏灯嬉笑，引来众人观望：

> 引惹的那楼下看灯的人挨肩擦背，仰望上瞧，通挤匝不开，都压躧躧儿。须臾哄围了一圈人。内中有几个浮浪子弟，直指着谈

论。一个说道:“一定是那公侯府弟里出来的宅眷。”一个又猜:“是贵戚王孙家艳妾,来此看灯。不然,如何内家妆束?”那一个说道:“莫不是院中小娘儿,是那大人家叫来这里看灯弹唱?”又一个起来,便道:“只我认的,你们都猜不着。你把他当唱的,把后面那两个放到哪里?我告说,这两个妇人也不是小可人家的,他是阎罗大王的妻,五道将军的妾,是咱县门前开生药铺,放官吏债西门大人的妇女!你惹他怎的?”

有钱能使鬼推磨。第二十七回,西门庆为巴结蔡太师,积极筹办寿礼。为蔡太师上寿,西门庆打点三百两金银,交顾银率领许多银匠,在家中卷棚内,打造四阳捧寿的银人,每一座高有尺余;又打了两把金寿字壶,寻了两副玉桃杯,不消半月光景,都攢造完毕。西门庆送礼,一是出手大方,二是别出心裁,所以效果特别显著。第三十回,西门庆呈送给蔡太师的寿礼甚得太师欢心,在问明西门庆没有官职后,蔡太师当即取了一张“空名告身扎付”,把西门庆的名字填在上面,列衔“金吾卫衣左所副千户、山东等处提刑所理刑”,连去送礼的吴主管都担任了清河县的驲丞,来保也填了山东郓王府做了一名校尉。第五十五回,西门庆趁为太师拜寿,认蔡太师为父,从此便以父子相称,所送礼物:大红蟒袍一套、官绿龙袍一套、汉锦二十匹、蜀锦二十匹、火浣布二十匹、西洋布二十匹,其余花素尺头共四十匹、狮蛮玉带一圈、金镶奇南香带一围、玉杯犀杯各十对、赤金攒花爵杯八只、明珠十颗;又梯己黄金二百两,送上蔡太师做贽见的礼。蔡太师心中十分欢喜,正日独独请了西门庆一个,并亲自走出轩下相迎。

有了蔡太师这个靠山,一个不学无术的混混居然成了权倾一方的“重要人物”,连地方官见了他也要矮三分,真是莫大的讽刺。第六十九回文嫂对林太太夸西门庆之富贵:

县门前西门大老爹,如今现在提刑院做掌刑千户,家中放官吏债,开四五处铺面:缎子铺、生药铺、绸绢铺、绒线铺,外边江湖又走标船,扬州兴贩盐引,东平府上纳香蜡,伙计主管约有数十。东京蔡太师是他干爷,朱太尉是他旧主,翟管家是他亲家。巡抚、巡按多与他相交,知府、知县是不消说。家中田连阡陌,米烂成仓。

在政治腐败的同时,社会风气也日益堕落,淫风炽盛。明谢肇淛《五杂俎》云："今之娼妓布满天下，其大都会之动以千万计，其他穷州僻邑，在在有之，终日倚门献策，卖笑为活，生计至此，亦可怜矣。两京教坊，官收其税，谓之脂粉钱。隶郡县者则为乐户，听使令而已。唐、宋皆以官伎佐酒，国初犹然，至宣德初始有禁，而缙绅家居者不论也。故虽绝迹公庭，而常充牣里闬。又有不隶于官，家居而卖奸者，谓之土妓，俗谓私窠子，盖不胜数矣。"就像李国文先生所说的那样："要是能通过时光隧道，回到万历年间，那时的北京也好，南京也好，及至大小城市，妓院娼馆，充斥市廛，神女娈童，诱色卖身，媚药秘方，大行其道，淫具亵器，公开买卖。而在街市集镇，茶楼酒肆，那些御女之道，房中之术，淫秽文字，春宫图画，更是堂而皇之地大明大摆。因此，实际上全社会对于淫荡，已到了毫不以为耻的田地。"[82]

出现这样的状况，乃是统治阶级腐朽、堕落的结果。这其中尤以明武宗朱厚照为甚。

朱厚照为前文所述恪守一夫一妻制的明孝宗朱祐樘的儿子，但他在两性关系上，却反其道而行之，极其荒淫无耻。

朱厚照不满足于三宫六院，寻求更加刺激的性生活。他设置"豹房"，作为他的起居之所。广搜天下美女，供其淫乐。这里充斥着教坊司的女乐、扬州美女、高丽美女、西域舞女乃至于妓女、寡妇等各色女子。豹房成了朱厚照的淫乐窝。

但是，豹房还不能让他餍足。于是，他便四处游幸，常常带着江彬等人到处寻花问柳。走到哪里，便将罪恶带到哪里。他经常在夜间闯入百姓家逼令女子作陪，遇到中意的，还要带回宫去，有时竟塞满了几十车，百姓怨声载道。史书载，朱厚照"每夜行，见高屋大房即驰入，或索饮，或搜其妇女，民间苦之"。

朱厚照的荒淫很是罕见，有学者认为，朱厚照实际上就是西门庆的原型，不无道理。

明代统治者不遗余力地倡行"程朱理学"，钳制人们的思想，束缚人们的生活。明代提倡节烈观念，到处树立贞节牌坊。《古今图书集成》收入的烈女节妇，唐代只有 51 人，宋代增至 267 人，而明代竟达 36 000 人。统治阶级尽可能多地占有女色，却对百姓提倡禁欲主义。嘉靖年间规定："至于庶人，必年四十以上无子，方许奏选一妾"；"民年四十以上无子者，方听娶妾，违者答四十”。

统治阶级自身的纵欲无度，毒化了整个社会风气。清代周吉士《寄园寄所寄》记载，“严分宜（严嵩）父子溺器，皆以金银铸妇人，而坐其中，粉面彩衣，以阴受溺”；“严世蕃吐唾，皆美婢以口盛之，方发声，婢口已巧就，谓之香唾盂”；“严氏籍没，郡司奉台使檄往，见榻下堆弃新白绫汗巾无数，不省其故，袖其一出，以咨众。有知者掩口曰：‘此秽巾，每与女人交，辄弃其一，岁终数之，为淫筹焉。’”。贪官污吏，满嘴仁义道德，一肚子的男盗女娼，导致世风日下。在明代，无处不见程朱理学，又无处不见对金钱、权势、女色的追求。

《金瓶梅》就是那时社会的真实写照。在书中，涌现出了许多淫夫淫妇，爬灰、通奸、乱伦、卖淫、娈童癖，无处不有；到处都是金钱与权力的交易，到处都是金钱与色相的交易。《金瓶梅》就像一部伟大的社会解剖学教科书，将那个荒诞而又黑暗的社会揭露得体无完肤。

西门庆便在这样的社会背景下粉墨登场，他所依靠的不外乎就是“潘、驴、邓、小、闲”。《金瓶梅》第三回王婆对西门庆说：“大官人，你听我说，但凡挨光的两个字最难。——怎的是挨光？似如今俗呼偷情就是了。——要五件事俱全，方才行的，第一，要潘安的貌；第二，要驴大行货；第三，要邓通般有钱；第四，要青春年少，就要绵里藏针一般软款忍耐；第五，要闲功夫。此五件唤做‘潘、驴、邓、小、闲’，都全了，此事便获得着。”西门庆道：“实不瞒你说，这五事我都有。”拥有“潘、驴、邓、小、闲”的西门庆成了特殊时期“皮肤滥淫”的集大成者，他用他那丑陋而荒淫的一生，全方位地践行了“皮肤滥淫”的所有内容。在两性关系上，他成为那个时代一个地地道道的“三无产品”——无禁区、无节制、无情感。

在西门庆的理念中，是没有任何禁区的。他的眼中只有金钱和权力。通过赚取更多的金钱而获得权力，通过权力而获得更多的金钱，从而维持他那极度好色、纵欲的荒淫生活。任何正常的社会，都有一定的制度和伦理，规范和制约人们的生活，但在明朝中后期，这种制约已经失效，所以才会出现西门庆那种无法无天的人物。

据《明会典》卷79载，明太祖朱元璋登上皇位以后不久便下诏：“民间寡妇三十以前夫亡守制，五十以后不改节者旌表门闾，除免本家差役。”不许寡妇改嫁,很不人道;但寡妇守节可以让整个家庭得到实际利益,免除了差役,还有精神上的奖励,这就是立贞节牌坊。所有这一切,都是以寡妇本人精神上、生理上的巨大痛苦为代价的。一时间,到处都出现了贞节牌坊。还有的地方,虚报寡妇的年龄以获取利益。

可是在西门庆那里,我们看到,朱元璋不许寡妇再嫁的基本原则已经不再管用。西门庆的妾之中就有三个寡妇:孟玉楼是正宗的寡妇;而潘金莲和李瓶儿却是半路“出家”,“被”寡妇了。西门庆贪图潘金莲的美色,与王婆一起,设计用毒药害死了潘金莲的丈夫武大郎,然后将潘金莲公开地娶回家;李瓶儿的丈夫花子虚是西门庆的拜把子兄弟,西门庆却与李瓶儿私通,气死了花子虚。西门庆就这样制造了两个寡妇。这样的行为,如果放在明初,犯者肯定会被“剥皮实草”,可西门庆的那个时代,却能够堂而皇之,逍遥法外。

人类与动物的区别之一,就是人类用婚姻制度规范两性关系。正常社会,就是帝王、贵族广蓄妻妾,实行一夫多妻制,根据的还是婚姻制度。但是,人的动物本能总是有一种冲破婚姻制度束缚的冲动。正如蒙太尼指出的那样:“自从婚姻问世以来,人们就总想冲破已有婚姻习俗的制约……”[83]西门庆便“勇敢”而无所顾忌地冲破了。

李瓶儿是西门庆拜把子兄弟的妻子,中国人的伦理有“朋友妻不可欺”一条,西门庆与李瓶儿勾搭成奸,不仅违反了婚姻制度,而且也有悖人伦。

宋惠莲是西门庆的仆人来旺儿的媳妇,西门庆却暗地里与宋惠莲通奸。来旺儿“出差”回来,发现奸情,气不过,对自己的老婆说:“有人亲眼看见你和那没人伦的猪狗有首尾。”一日,来旺儿吃醉了,痛骂西门庆奸污他老婆,说:“只休要撞到我手里。我教他白刀子进去,红刀子出来。”而且将潘金莲也骂了。潘金莲对西门庆道:“左右的皮靴儿没有反正,你要奴才老婆,奴才暗地里偷你的小娘子(指来旺儿与西门庆的妾孙雪娥私通),彼此换着做!”为了达到占有宋惠莲的目的,西门庆栽赃陷害来旺儿,说他偷了银子,硬是买通衙门,判了来旺儿的流刑。宋惠莲没有想到西门庆的心肠如此歹毒,上吊自杀。宋惠莲上吊被救下,西门庆进来看她坐在地上哭泣便说:“好犟孩子!冷地下冰着你。你有话对我说,如何这等智拙?”惠莲把头摇着,说道:“爹,你好人儿!你瞒着我干的好勾当儿,还说什么孩子不孩子!你原来就是个弄人的刽子手!把人活埋惯了。害死人,还看出殡的!……你就信着人干下这等绝户计?”

西门庆的伙计韩国道的老婆王六儿与小叔通奸,被邻人抓获,准备送官,按律目叔嫂通奸处绞刑,西门庆包揽词讼,抓奸者成了贪图王氏姿色的翻墙入室者被拘。被拘四家父兄凑了40两银子央应伯爵向西门庆求情,应伯爵拿出15两给西门庆书房里的书童儿,让西门庆饶了那帮人。西门庆却趁机打起了王六儿的主意。他让媒婆冯妈妈帮他勾搭韩国道的老婆,见左右无人,悄悄在婆子耳边,如此这般:“你闲了,到他那里取巧儿和他说,就说我上覆他,闲中我要到他那里坐半日,看他意如何,肯也不肯。我明日还来讨回话。”那婆子掩口哈哈笑道:“你老人家,坐家的女儿偷皮匠,逢着的就上……”而韩国道更是不可理喻,他从东京回来,王六儿告诉他和西门庆勾搭的事情,韩国道却说:“等我明日往铺子里去,他若来时,你只推我不知道。休要怠慢了他,凡事奉他些儿! 如今好容易赚钱,怎么赶的这个道路!”潘金莲对韩国道的讥刺可谓是入木三分:“谁不知道他汉子是个明王八! 又放羊(纵妻淫乱),又拾柴(得好处),一经把老婆丢与你,图你家买卖,要赚你的钱使。你这傻行货子,只好四十里听镜响罢了!”

李瓶儿死了,西门庆哭得死去活来,仿佛痛不欲生,可却在妓女爱月的唆使下“刮刺上”王三官儿的娘林太太,然后还准备再打王三官儿标致的娘子的主意。林太太40岁不到,生的好不乔样,描眉画眼,打扮得狐狸也似的。他儿子整日在院里,他专在家,只送外卖,假托个姑姑在庵里打斋,但去就在说媒的文嫂儿家落脚。文嫂单管与他做牵头。西门庆便让玳安去打听文嫂住处,两人便勾搭成奸。

再后来,西门庆见伙计贲四的娘子风流,也悄悄勾搭上了。

西门庆对于勾引别人的老婆总是有着特殊的嗜好。就像潘金莲讥讽的那样:“若是信着你意儿,把天下老婆都耍遍了罢。贼没羞的货,一个大眼里头行货子! 你早是个汉子是个老婆,就养遍街……属皮匠的,缝着的就上。”李瓶儿死后,西门庆不久就与李瓶儿生前雇佣的奶妈如意儿如胶似漆,他对如意儿说:“我的儿,你达达不爱你的别的,只爱你这好白净皮肉儿,与你娘的一般样儿。我搂着你,就如同搂着他一般!”他在和如意儿性交时的即兴对白很能说明问题。西门庆问道:“章四儿淫妇,你是谁的老婆?”妇人道:“我是爹的老婆。”西门庆教与他:“你说是熊旺的老婆,今日属了我亲达达了。”那女人回应道：“淫妇原是熊旺的老婆，今日属于我的亲达达了！”

随心所欲地占有女人，冲破婚姻制度的约束，西门庆的心理得到巨大满足，回归到了动物的状态。

《金瓶梅》第七十八回，正月十二西门庆在家中请名官堂客饮酒，西门庆悄悄在西厢房放下帘来偷瞧，只见何千户的娘子蓝氏不上二十岁，生的长挑身材，打扮得如粉妆玉琢……这西门庆不见则已，一见魂飞天外，魄丧九霄，未曾体交，精魄先失……看着林太太与蓝氏上轿离去，这西门庆是饿眼将穿，馋涎空咽，恨不能就要成双。正巧接见来爵儿媳妇，西门庆见这媳妇生的乔样，安心已久，虽不及来旺媳妇宋氏风流，也颇充得过第二，于是乘着酒兴搂入房中……此时，西门庆已是病入膏肓，快到生命的终点，却依然如故。

就是这样一个毫无廉耻的主，有时却也装出一副正人君子的样子。《金瓶梅》第六十九回，西门庆施诈将教唆林太太儿子王三官儿的小张闲等五个光棍教训了一通，回来后，对妻子月娘道：“人家倒运，偏生出这样不肖子弟出来。你家父祖何等根基，又做招宣，你又现入武学，放着那功名儿不干，家中丢着花枝般媳妇儿——是东京六黄太尉侄女儿——不去理论，白日黑夜，只跟着这伙儿光棍在院里嫖弄，把他娘子头面都拿出来使了。今年不上二十岁，年小小儿的，通不成器！”月娘道：“你不曾溺泡尿看看自家影儿。老鸦笑话猪儿黑，原来灯台不自照。你自道成器的，你也吃这井里水，无所不为，清洁了些什么儿？还要禁的人！”几句说得西门庆不言语了。

西门庆如此没有禁忌地为所欲为，这是一个社会极度腐败的写照，这个社会已经为一张密密麻麻的关系网所覆盖，使得像西门庆这样的流氓恶棍如鱼得水。

苗青杀害自己的主人，因为重金贿赂西门庆而被西门庆庇佑，逍遥法外。《金瓶梅》第四十八回，苗青弑主事发，巡按山东监察御史曾孝序参劾西门庆贪赃枉法：

> 理刑副千户西门庆：本系市井棍徒，夤缘升职，滥冒武功，菽麦不知，一丁不识。纵妻妾嬉游街巷，而帷薄为之不清；携乐妇而酣饮市楼，官箴为之有玷。至于包养韩氏之妇，姿其欢淫，而行检不修；受苗青夜赂之金，曲为掩饰。而赃迹显著……

听闻此言，西门庆准备了金镶玉宝石闹妝一条和300两银子，急急派人到东京找蔡太师的管家翟谦打点。结果，御史的参劾以蔡太师批“该部知道”而不了了之。再后来，弹劾西门庆的曾孝序被蔡太师弄权罢官，与西门庆有一面之交的蔡御史劝新任山东巡按宋御史去拜见西门庆，说：“清河县有一相识西门千兵，乃本处巨族。为人清慎，富而好礼。亦是蔡老先生门下，与学生有一面之交……”“为人清慎，富而好礼”，真乃莫大讽刺。

《金瓶梅》第五十七回，李瓶儿为西门庆生下一个儿子，月娘对西门庆说道：“哥，你天大的造化，生下孩儿！你又发起善念，广结良缘，岂不是俺一家儿的福？只是那善念头怕他不多，那恶念头怕他不尽。哥，你日后那没来由不正经、养婆儿没搭煞、贪财好色的事体，少干几桩也好。攒下些阴功，与那小的也好。”西门庆笑道：“你的醋话儿又来了。却不道天地尚有阴阳，男女自然搭配。今生偷情的、苟合的，都是前生分定，姻缘簿上注名，今生了还。难道是生刺刺搊搊，胡扯歪斯缠做的？咱闻那佛祖西天，也只不过要黄金铺地；阴司十殿，也要些楮镪营求。咱只消尽这家私广为善事，就使强奸了嫦娥，和奸了织女，拐了许飞琼，盗了王母的女儿，也不减我泼天富贵！”

是的，在那个人妖颠倒、魑魅魍魉当道的时代，谁能阻挡住西门庆们的“泼天富贵”？“动物是没有道德的，它们可以说是生活在‘善与恶的彼岸’”[84]，但动物的无道德，是基于自然主义，是因为没有道德规范，所以不受约束；而人之所以为人，是因为人要受道德的约束。冲破道德体系，明显地带有主观故意。一个人没有道德，不知道廉耻，再加上没有社会机制的约束，其荒淫无耻的追求永远也不会停止。

西门庆官运亨通，由副转正。《金瓶梅》第七十回，兵部奏本中如是说：

> 理刑副千户西门庆，才干有为，英伟素著。家称殷实而在任不贪，国事克勤而台工有绩。翌神运而分毫不索，司法令而齐民毕仰。宜加转正，以掌刑名者也。……

人与动物的区别之一就是性生活的意义和质量有了根本性的改变。如前所述，动物性交的目的和意义在于繁衍种类，而很少或没有性享乐的因素。一般动物性交的时间都很短暂，以狒狒为例，从交尾到排精的时间只有七八秒钟，雄性臀部冲击的次数至多为 15 次，常常到不了 15 次。[85]匆匆几次就结束，当然谈不上快感。所以，许多动物发情期一结束，雌雄两性便“各奔东西”，一直要等到下一个发情期才再次相会。由猿进化为人的结果之一，就是人类的性生活有了经久不衰的吸引力和诱惑力。“驱使一个男人和一个女人交流性爱的性本能……是遗传下来的所有人类本能中最强盛的本能，只有饥饿本能可以在强度上与性本能相提并论。”[86]所以中国古人说：“食色，性也。”性成为享乐的一个巨大的驱动力和源泉，那些性特权者，一旦不受任何机制的约束，总是最大化地追求性的享受，拓展性享受的范围和内容，力求花样翻新，以最大限度地满足感官刺激。西门庆便是其“杰出”的代表，在“皮肤滥淫”方面，没有止境，毫无节制。

西门庆的性生活可以说是五花八门，恐怕可以这样说，人世间凡是与淫有关的，他都要践行一番。

西门庆对于娼妓有着特殊的偏爱，嫖娼成为他荒淫生涯的一个重要的组成部分。

进入文明社会后，娼妓这个“产业”总是经久不衰，这是源于男人的性心理倾向。娼妓是群婚的遗存，与娼妓的性交，能够体味不受伦理道德和社会制度约束的动物性本能放纵。

周越然先生在《言言斋性学札记》中讲了一则趣闻，西方女子忌讳“袜钱”二字，“一男子于结婚后，自向其妻述以往之历史，云：‘我旧时常谒妓院，而妓女常问我要钱，谓之袜钱。’言毕后，戏以一元给其妻，并曰：‘这是我给你的袜钱。’妻非独不怒，且甚喜悦。是后，夫欲行周公之礼之前必以一元与其妻，曰‘袜钱，袜钱’。数年后，夫失业，无假袜钱可给，其妻虽常常尽职，然觉乏趣也。呜呼，习惯之力大矣哉！”[87]

正是由于人的动物本能中有着群婚乱交、杂交的基因，上至帝王，下至达官贵人，很多人对嫖娼都是乐此不疲。这是本性使然。

如晚清慈禧太后的儿子同治皇帝便耐不住宫廷寂寞，到妓院寻花问柳，染上了性病——花柳病，一命呜呼。

宋代，宋仁宗以前禁止官吏狎妓。但到了宋徽宗，却带头嫖娼。《贵耳集》载：“道君幸李师师家，偶遇周邦彦先在焉。知道君至，匿于床下。道君自携新橙一颗云：‘江南初进来。’遂与师师谑语，邦彦悉闻之，隐括成《少年游》词。李师师因歌此词，道君问谁作，云：‘周邦彦词。’道君大怒。”李师师是中国古代的名妓，周邦彦是宋代著名的词人，才华横溢，风流倜傥。君臣同狎一妓，君吃臣醋，留下风流故事。

中国历史上的骚人墨客有着狎妓的传统，当然，中国古代娼与妓有别。前者仅仅做皮肉交易，后者具有才艺，能够让人产生联想、幻想。如李白、白居易、苏东坡等，都喜爱狎妓，但他们的狎妓生涯在很多时候都与文化有关，吟风弄月，对酒当歌，乃是一种风流自在而放任潇洒的生命状态。

但西门庆偏爱娼妓，却只是为了皮肉之欢。他短暂的一生，有许多时间是在勾栏度过的。不在家，就在妓院，妓院仿佛就是他的第二个家。《金瓶梅》第十二回载，西门庆梳栊李桂姐，半月不归家。他花银子包养了娼妓李桂姐，后来闻知李桂姐私下与浙江商人勾搭，便在妓院“打、砸、抢”一番，从此疏远李桂姐，而与另一个娼妓郑爱月鬼混。西门庆不仅嫖娼，还将妓女娶回来做妾。如李娇儿，就是娼妓出身。还有先前的卓丢儿也是，“包了些时也娶来家居住”。

西门庆的滥淫还表现在他具有娈童癖。娈童癖就是与清俊的男孩子发生性关系，属于鸡奸。他的娈童癖与现在的同性恋有所不同。同性恋是一种性倾向，对异性冷淡，而对同性产生性的渴望。西门庆显然不是同性恋者，他之所以娈童，完全是出于一种变态的淫欲，《金瓶梅》中有不少这样的描述。

第三十四回，西门庆见自己的仆童——书童吃了酒，脸上透出红白来，红馥馥唇儿，露着一口糯粳牙儿，如何不爱？于是淫心辄起，搂在怀里，两个亲嘴咂舌头。那小郎口噙香茶桂花饼，身上薰的喷鼻香……

而路过西门庆府上的安进士也好这一口。第三十六回：“原来安进士（安忱）杭州人，喜尚南风（男风）。见书童儿唱的好，拉着他的手儿，一递一口吃酒。”

第七十一回，西门庆进京谢恩，住在何公公家中，梦见李瓶儿，第二日，独宿难耐，半夜将王经叫上床，脱的精赤条条搂在被窝里，两个口吐丁香，舌融甜唾……

第七十七回，西门庆聘温葵轩为先生，温却屡屡鸡奸画童，西门庆遂辞退该人，并对应伯爵说：“又提什么温老生儿，通是个狗类之人！”

温先生鸡奸画童被西门视为狗类之人，西门庆自己是什么东西呢？

当然，西门庆滥淫的对象主要还是女人，他有一妻五妾、四个通房丫头、九个姘妇、三个妓女；为了获得快感，无所不为，十八般器具悉数搬上场。

第三十八回，“西门庆见妇人（王六儿）好风月，一经要打动他，家中袖了一个锦包儿来，打开里面，银托子、相思套、硫磺圈、药煮的白绫带子、悬玉环、封脐膏、勉铃，一弄儿淫器”，以助长自己的淫兴。

周越然先生说：“人兽之不同，一有恋爱，一无恋爱也。兽之步骤三：（一）吸引，（二）接近，（三）体交。人重恋爱，然亦不能不作体交，不过于体交之前，吸引、接近之后，当有所谓‘预备’或‘开端’者，即男女互相谈话，互相亲密，互相敬重是也。打野鸡及玩韩庄（咸肉庄，系上海之低等妓女之别称）者，实行兽之三个步骤，着重阴性肉体，不重女性智力，故世人轻之而笑骂之。人之恋爱，究是何事，爱理司曰：‘恋爱者，欲与情之合也。’由此可知，男女之间色欲与交情并重，二者缺一，非走入兽途，必结合不坚。”[88]也就是说，人与动物的最大区别就在于，人有感情，而动物没有感情。性行为也是如此，人类的性行为应该与感情相联系；而动物只是出于条件反射。西门庆与女性的性关系显然是无感情，而只是出于纵欲的需求。

《金瓶梅》第二回说西门庆“调占良人妇女。娶到家中，稍不中意，就令媒人卖了；一个月倒在媒人家丢去二十余遍，人都不敢惹他”。第七回亦云：“此人单管挑贩人口，惯打妇熬妻，稍不中意，就令媒人卖了。”西门庆只是将女人当作玩物一样，可扔可弃。潘金莲、李瓶儿、孙雪娥，都曾被西门庆剥光衣服、跪在地上，挨过鞭子。

西门庆与王婆、潘金莲合谋毒死了武大郎，西门庆与潘金莲一番山盟海誓后，便将潘金莲丢在一边，娶了孟玉楼，沉浸在“新婚燕尔”之中。《金瓶梅》第八回载，西门庆头上原插着潘金莲给他的簪子，西门庆娶孟玉楼为三房后头上就换了孟玉楼的簪子。六月十二西门庆娶了孟玉楼后便将潘金莲丢在一边。七月将尽，还不见西门庆人影，潘金莲不免心焦。第三十八回写西门庆包养王六儿之后，将潘金莲冷落在一边。潘金莲不胜寂寞，雪夜弹琵琶诉说怨恨：

常记的当初相聚，痴心儿望到老。谁想今日他把心变了，把奴一旦轻抛不理……

西门庆所占有的这些女人，实际上都是他的性奴、发泄淫欲的工具。西门庆只顾自己纵欲，从来不顾女人的死活。

为了迎合西门庆的淫欲，西门庆的女人被迫养成了变态的心理，千方百计地讨西门庆的欢心。

西门庆的情感终于在李瓶儿死的时候表现过一回，也是唯一的一回。

第六十二回载，西门庆见李瓶儿病重，连衙门也不去了，李瓶儿却劝道："我的哥哥，你依我，还往衙门去，休要误了，你公事要紧。我知道几时死，还早呢。"西门庆道："我不在家守你两日儿，其心安忍！你把心来放开，不要只管多虑了。刚才他花大舅和我说，教我早与你看下副寿木，冲你冲，管情你就好了。"李瓶儿点头儿，便道："也罢。你休要信着人，使那憨钱，将就着使十来两银子，买副熟料材儿，把我埋在先头大娘坟旁，只休要把我烧化了，就是夫妻之情。早晚我就抢些浆水，也方便些。你偌多人口，往后还要过日子呢！"西门庆不听便罢，听了如刀剜肝胆，剑挫身心相似……

李瓶儿凌晨死去，这西门庆也顾不得什么身底下血渍，两只手抱着他香腮亲着，口口声声只叫："我的没救的姐姐，有仁义好性儿的姐姐！你怎的闪了我去了，宁可教我西门庆死了罢。我也不久活于世了，平白活着做什么！"在房里离地跳的有三尺高，大放声号哭。……西门庆伏在他身上，抓脸儿那等哭，只叫"天杀了我西门庆了！姐姐，你在我家三年光景，一日好日子没过，都是我坑陷了你"。西门庆抚尸大恸，哭了又哭，把声都呼哑了，口口声声只叫"我的好性儿有仁义的姐姐"不住。连茶也不喝饭也不吃，骂丫头，踢小厮，月娘等无法，家仆玳安出主意，请了伯爵和谢希大来劝，西门庆方才止住。

可是这种人情味的一面，如昙花一现。没多久，他就与如意儿朝夕寻欢作乐，又勾引上了林太太，并且打林太太儿媳的主意。至于鸡奸、嫖娼等等，照旧进行。这说明，西门庆在本质上已体会不到什么是人类的真正感情，他的人性已被兽性泯灭。他对李瓶儿的感情，是一种扭曲了的、变态的情感。这不是两个平等相爱的人的感情，而是主人对奴隶的一种恩宠、赏赐，一个温驯和善的奴隶当然会得到主人更多的怜爱。就像如意儿所说的那样，李瓶儿的确是"好性儿"，"好也在心里，歹也在心里。姊妹之间，算来没有个面红耳赤。有件称心的衣裳，不等的别人有了，他还不穿出来。这一家子那个不叨贴娘些儿"。李瓶儿在西门庆心目中，不过如宠物一般，或是一件精美的收藏品，失去了当然可惜。这显然不是正常的人与人的感情。也许，在一个相对健康的社会，西门庆的人性会得到发展，他的动物本能会得到有效的抑制;但身处淫荡成风的时代,他只能不由自主地在兽性的道路上越走越远。是那个时代导致了西门庆情感的最终丧失。

在那个礼崩乐坏的特殊时代,无禁区、无节制、无情感的西门庆,就这样全方位地展现了他那“皮肤滥淫”的流氓形象。

第五章　意淫与人文精神

与"皮肤滥淫"相对立的是"意淫"。

"意淫"这个词并非曹雪芹首创,它是一个古老的词汇,但用途并不广泛,最初只与医学和养生有关。如《三元》道经引用之《名医论》有云:"彭祖曰:男不可无女,女不可无男。若念头正直无可思者,大佳,长年也。又曰:人能一月再泄精,一岁二十四泄,得寿二百岁。名医论曰:思欲无穷,所愿不得,意淫于外;为白粗短而下,因是入房太甚,宗筋纵驰。"它表述的意涵是男女两性之合乃出于天经地义,凡是念头正直而可无邪思者,方登无欲无念最高奥妙境界,也才能长生不老。若是等而下之,一月再泄,一岁二十四泄,至少能活二百岁。[89]

曹雪芹在《红楼梦》中赋予"意淫"以全新的意义。书中对于意淫的诠释并没有多少文字。前引第五回,曹雪芹借警幻仙姑之口这样论述意淫:"如尔则天分中生成一段痴情,吾辈推之为'意淫'。'意淫'二字,惟心会而不可口传,可神通而不能语达。汝今独得此二字,在闺阁中,固可为良友;然于世道中未免迂阔怪诡,百口嘲谤,万目睚眦。"脂砚斋批注云:"按宝玉一生心性,只不过是体贴二字,故曰'意淫'。"这之中,"痴情"、"体贴"是意淫的表现形式,也就是外在的表现。虽然"惟心会而不可口传,可神通而不可语达",但我们可以透过意淫的"载体"——贾宝玉,分析他的言行,从而发现意淫的本质。这就是人文精神。

人文精神,中西方有不同的表现形式,但其本质却是一致的。人文精神是一种普遍的人类自我关怀,表现为对人的尊严、价值、命运的维护、追求和关切,对人类遗留下来的各种精神文化现象的高度珍视，对一种全面发展的理想人格的肯定和塑造。纵观人类历史，人文精神的萌发和进一步的发展过程即是一步步发现人的过程，就是肯定、提升和完善人性的过程。

在人类历史上，妇女的命运最为坎坷、艰辛与悲惨，曹雪芹对女性寄予了深切的同情和关怀，为女子名，为女子传，充分表现了他的人文情怀。具体有以下这样几个主要方面：

首先，主张男女平等，反对男尊女卑。

男女平等的问题自从母系氏族社会结束，便开始产生。而“100多万年以前，我们的祖先是处在男女平等的状态”[90]。在母系氏族社会，妇女无论在物质生产、社会生活，还是在维系氏族的血缘关系上，都起着举足轻重的作用，受到格外的尊敬，妇女居于主体的地位。

但是，母系氏族社会是以生产力极端低下作为基础的，是与石器时代的生产活动相适应的。在生产力极度低下的条件下，男女两性之间生理机能方面的差异并没有因为劳动分工的不同而显现出来，男人狩猎，女人采集植物、抚养后代，具有同样重要的意义。随着生产力的提高和社会分工的发展，男子在生产中起到越来越大的作用，妇女则日益退居到次要地位。与女人的生育、家务劳动相比，男人的劳动便具有了更加重要的意义，显得更加优越。女性的作用被贬低或者被忽视了。“分娩的女人无法懂得创造的自豪，她觉得自己是模糊力量的玩物，而且在经历痛苦折磨的分娩，对她仿佛是一个无用乃至令人讨厌的偶然事件。但在任何情况下，分娩和哺乳都不是一种活动，而是一种自然功能，它们和任何设计无关。这就是女人据此找不出任何高度肯定她的生存理由的原因——她被动地服从她的生物学命运。家务劳动，由于可以和母性事务协调一致，注定要由她来干，同时又把她禁锢在重复性和内在性之中，它们千篇一律地、日复一日地重复着，这种情况经历了一个又一个世纪，几乎毫无变化延续下来。家务劳动产生不出任何新的东西。”“男人的情况则完全不同。他不像工蜂，靠单纯的生命过程和生物学行为，而是借助于超越动物本性的行动，去维持群体的生计。Homo faber［劳动人］从最初就是一个发明者：他用来武装自己、敲下果实和打死动物的枝条和棍棒，立即变成了他进一步把握世界的工具。他并不只限于把从海里捕到的鱼带回家：首先他必须用树干制成独木舟，用它去征服水的王国；为了获取世界的财富，他兼并了世界本身。在这种主动性当中，他考验了他的力量；他树立了目标，开辟了达到目标的道路。一句话，男人作为生存者得到了自我实现。为了维持，他创造；他突破现在，开创未来。所以捕鱼和狩猎具有神圣性。远征的成功借节日和凯旋仪式来加以庆祝，男人从中得到了对他作为一个人地位的承认。今天，当他建成一个大坝或一座摩天大楼或一座原子反应堆时，也表现出同样的自豪。他工作不仅是为了保存既定的世界；他冲出既定的疆界，为新的未来奠定了基础。”波伏娃得出结论：“因为男人高于动物之处不在于给予生命，而在于用生命来冒险。这就是人类没有把优越性赋予去分娩的那个性别，却赋予了去屠杀的那个性别的原因。”[91]

男子取得了对剩余产品和私有财产的支配权以后，“它一方面使丈夫在家庭中占据比妻子更为重要的地位；另一方面，又产生了利用这个增强了的地位来改变传统的继承制度使之有利于子女的意图。但是，当世系还是按母权制来确定的时候，这是不可能的。因此，必须废除母权制，而它也就被废除了”[92]。

波伏娃认为，女人的贬值是人类历史上的一个必然阶段，因为她的威望不是建立在她本身的积极价值上面，而是建立在男人的弱点上面。女人体现了自然的那令人不安的神秘，所以男人在摆脱自然的束缚的同时，也摆脱了女人的控制。[93]比如，生殖崇拜就是建立在神秘感的基础之上。

生产力的发展，财富的增加，使男子劳动的重要性日益突出，财富也日益掌握在男子手中，女子由于生理机能方面与男子的差异而处于从属地位，进而导致社会地位的差异和人格的贬值，这的的确确是一个悲剧。正如恩格斯所说：“母权的被推翻，乃是女性具有世界历史意义的失败。丈夫在家中也掌握了权柄。而妻子则被贬低，被奴役，变成丈夫淫欲的奴隶，变成单纯的生孩子的工具了。”[94]

进入阶级社会，广大妇女便处于被奴役、被统治的悲惨境地。

《摩奴法典》把女人规定为一个应当处在奴隶地位的恶人：“小姑娘、青年妇女，虽在自己家内，也决不随己意处理事情”；“妇女少年时应该从父；青年时从夫；夫死从子；无子从丈夫近亲族，没有这些近亲族，从国王，妇女始终不应该随意自主”[95]；“妇女以合法婚姻与之结合之男子，无论男子品位如何，妇女本人也取得这些品位，有如河流与海洋结合。不悖于丈夫，思想、语言、身体都纯洁的妇女，死后抵达和丈夫一样的住所，被善人称为贤德的妇女”[96]。

从此以后，女性的地位一落千丈，成了男性的私有财产，成为男子的附属品。例如，在古罗马，家庭的概念起初甚至不是指夫妻及子女，而是指奴隶；也就是说妻子和儿女都是男性家长的财产和奴隶。在古西亚，妻子多由购买而来，家庭的本质属性仍然是财产关系。

“既然妻子和役畜或一份动产一样也是男人的财产，丈夫当然可以随心所欲地娶许多个妻子。一夫多妻制只受经济的限制。丈夫可以随意抛弃他的妻子，社会几乎不向她们提供保护。另一方面，女人受着十分严格的贞洁观念的支配。在母系社会，尽管也有禁忌存在，但仍允许有很大的行动自由。几乎不要求少女保持婚前的贞洁，也不认为通奸是件多么严重的事情。相反，在女人变成男人的财产以后，男人却要求她是一个处女，要求她绝对忠诚，否则就会受到极刑的惩罚。胆敢把继承权交给和某个陌生人所生的后代，这是一种最严重的罪行。所以男性家长有权处死有罪的配偶。只要存在着私有财产，妻子方面对婚姻的不忠，就会被看做是最大的叛逆罪，所有的法典至今在通奸问题上仍在坚持着不平等原则，它们的论点都建立在这样的基础上，即把私生子带到家里的妻子，其过失是十分严重的。”[97]

在圣经时代，犹太人的习俗和阿拉伯人如出一辙。族长实行一夫多妻制，他们几乎可以随意抛弃自己的妻子。年轻的妻子在交给丈夫时必须是处女，否则要受到严厉的惩罚；妻子若通奸便会被乱石砸死；她始终受着家庭义务的束缚。

妻子成为丈夫的私有财产，这是导致买卖妻子现象出现的原因。一直到近代，西方国家依然有卖妻的现象存在。这种冷酷无情的做法可能起源于古代盎格鲁—撒克逊人的法律，它规定：如果一个自由民拐走别人的妻子，他必须付一笔偿命钱为这个受侵害的丈夫另买一个妻子，并把她送到此人家里。在英国，直到19世纪中期，离婚制度都没有确立，这是人们买卖妻子的一个重要原因。在买卖妻子的许多记载中，有一件早期发生的事情听了让人发笑：1553年，玛丽女王颁布法令，规定所有结婚的牧师都要彻底改变其生活方式。在此之后，一个名叫托马斯·斯诺德尔的牧师为保住自己的牧师薪俸，迫不及待地把自己的妻子卖给了一个杀猪的屠夫。

在18世纪买卖妻子的风气较为盛行之际，男人卖妻子只收一先令甚至更少的钱。赖利·司各特记录了当时的实际情况和具体价格："1796年3月30日的《泰晤士报》曾提到一个名叫琼·李斯的人，他只收了别人的6便士就把妻子卖掉了。1859年在英国达德利的一个集市上，有数百人参与了一起拍卖妻子的交易，当时拍卖成交的最高价格仅相当于一品脱啤酒……这些价格虽然很低，但还不至于降到分文不取的程度，人贩子们看来还是有点'良心'的。譬如1882年在艾尔弗雷顿，有一次拍卖妻子收价格只值一杯啤酒的钱，可见这个丈夫是多么希望摆脱他的老婆啊。"

1832年的年鉴上记载了一起拍卖妻子的事件：一个叫约瑟夫·汤普森的农民结婚仅三年就对夫妻生活感到厌烦，在征得妻子同意后，决定同她分离。按照当时流行的观念，他只要把老婆拿到外面拍卖，就可以达到脱离关系的目的，因为当时的婚姻契约从法律上讲是不能打破的。他把妻子带到卡莱尔市，当着买主的面宣布拍卖开始。到了中午，来了许多参加拍卖交易的人，这位妻子22岁上下的年纪，穿着整整齐齐，她坐在一把橡木的大椅子上，脖子上套着一根草绳。

等了近一个小时后，汤普森终于以20先令的价钱，外加一只纽芬兰犬，和一个名叫亨利·米尔的人拍板成交，卖掉了自己的妻子。这对夫妻就这样分离了。而地方当局很少对人贩子提出起诉。买卖妻子的现象到19世纪才绝迹。[98]

在父权制社会，男尊女卑成了一条不可更改的铁的规则。古希腊哲学家亚里士多德有一句著名的箴言："自然界总是力求创造男人，它只在力不从心或是偶然的场合才造出女人。"

在古希腊，妇女生活的方方面面都被置于男人的监护之下。没出嫁之前，她的父兄可以约束她的行为，为她的生活负责，包括为她准备出嫁的妆奁。结婚后，她的丈夫可以控制她。即便是寡居也不能使女人脱离从属于男人的地位，因为当她的丈夫死后，她的儿子就有权代表她。富有的希腊家庭的妻子通常大门不出二门不迈，大部分时间都呆在阁楼的房间里，和家庭的其他成员隔离。如果妻子未被管教好，那是丈夫的失职。苏格拉底明确阐述了女人和动物之间的关系，他说，如果妻子很糟糕，丈夫应该受到指责，因为他没有把她管教好，这好比一匹烈马，如果野性难驯，那当然是骑手的过错。

基督教的观念形态对压迫女人起了不小的作用。圣·保罗告诫女人不要抛头露面，要处处小心谨慎，“因为，男人不属于女人，但女人却属于男人；没有一个男人是为女人创造的，但创造女人却是为了男人”，“丈夫是妻子的统领，这甚至和基督是基督教徒的统领一样……所以，就像基督徒要服从基督那样，让妻子也完全服从她们自己的丈夫吧”[99]。

在中国，对妇女有“三从四德”的道德规范。所谓“三从”，《仪礼·丧服·子夏传》曰：“妇人有三从之义，无专用之道。故未嫁从父，既嫁从夫，夫死从子。”

所谓“四德”，最早见于《礼记·昏义》：“妇人先嫁三月，祖庙未毁，教于公宫；祖庙既毁，教于宗室。教以妇德、妇言、妇容、妇功。教成祭之，牲用鱼，芼之以蘋藻，所以成妇顺也。”《后汉书》卷84的解释是：“清闲贞静，守节整齐，行己有耻，动静有法，是谓妇德。择辞而说，不道恶语，时然后言，不厌于人，是谓妇言。盥浣尘秽，服饰鲜洁，沐浴以时，身不垢辱，是谓妇容。专心纺织，不好戏笑，洁齐酒食，以奉宾客，是谓妇功。此四者，女人之大德，而不可乏之者也。”

在七种情况下，丈夫可以休弃妻子，这就是著名的“七出”。《大戴礼记·本命》有关于七去的表述：“不顺父母，为其逆德也；无子，为其绝世也；淫，为其乱族也；妒，为其乱家也；有恶疾，为其不可与共粢盛也；口多言，为其离亲也；盗窃，为其反义也。”

而到了东汉女学者班昭那里，更是在观念上将对妇女的禁锢和统治强化到极端的地步。《后汉书》卷84载有班昭《女诫》七篇原文，即：卑弱第一，夫妇第二，敬慎第三，妇行第四，专心第五，曲从第六，和叔妹第七。其核心思想是“男以强为贵，女为弱为美”。

而在日本，受中国的影响，在明治维新前作为女人必读的“圣经”——《女大学》也有“七出”之说。妻方不能提出离婚（除丈夫在一定年限以内行踪不明，事实上不成为夫妇的场合以外），连离婚、“离缘”这些话都没有。法律上相当于离婚的用语是“弃妻”，即丈夫休弃妻子。和三从并行的有七出，即妻子如果有了下列任何一条的情形，即（一）无子、（二）奸通、（三）不孝翁姑、(四)口舌(说丈夫和夫家的人的坏话)、(五)盗窃、(六)妒忌、(七)恶疾,就要被离弃。又有所谓"义绝",即如妻子打骂了丈夫的祖父母或父母或杀死丈夫的兄弟姊妹伯叔婶母等人(又如丈夫打了妻子的父母人等,或杀害妻子的兄弟时),就非离婚不可。[100]

在日本,妇女遭受的奴役比中国更甚。统治阶级强调:妇女没有别的主君,应该认定丈夫是主君,恭恭敬敬地侍候他,不能简慢。总之,做妇女的道理就是顺从别人。丈夫生气的时候要顺从他。妇以夫为天,违逆丈夫,就要遭天罚。[101]

日本学者具原益轩(1630—1714)曾写道:"一个女人必须将其丈夫看作主君,并以最高的宗教和最深的爱慕为他服务。一个女人最重要的义务——她的始终的义务,就是顺从。"[102]

一个女人,不仅要对长辈顺从,对丈夫顺从,就是对自己的儿子也同样要顺从。日本的小男孩们可以将他们的母亲当作拳击袋一样对待而不遭反对。他们可以捶她们的乳房,扯她们的头发以发泄自己的愤怒和不快。男孩们恨不能激起某种回击,却没有遇到任何反抗。这就像落到一张蹦床上一样,只能使人的火气越来越大。日本母亲很少直接或按情理惩罚孩子:她们怎么可能这样做呢?既然连她们自己都缺乏一种理性的教育制度。[103]

顺从,这是东西方任何一个国家的统治者对被奴役的女性都提出的道德要求,要求她们逆来顺受,做温驯的奴隶。

格里塞尔达的故事成为13、14世纪文学、民间故事和婚姻手册中的经典范例。格里塞达尔是一位美貌的乡下姑娘,嫁给了一位侯爵,这位侯爵让她经历了一连串不同寻常的考验。首先,他夺走了她刚生下不久的女儿,告诉她,自己决定让这个孩子死掉。格里塞尔达谦恭地答道,她将尊重侯爵的决定。4年后,她生下了一个漂亮的男孩。然而,孩子刚刚断奶,侯爵就告诉她,自己的臣民不希望未来的领主由一个乡下女人所生,所以他还要把这个儿子带走并杀死他。格里塞尔达答道,她对丈夫的爱阻止她有任何惹他不高兴的想法。

12年后,侯爵宣布说,他要休掉格里塞尔达,另娶一名出身高贵的年轻姑娘,他想让她帮着准备婚庆典礼。她马上同意了,当她看到那个年轻姑娘如此美丽时,高兴得叫出声来。就在婚礼将要举行的前夕,侯爵把秘密说了出来，原来这个光芒四射的年轻“新娘”就是格里塞尔达的亲生女儿，这些年来，她和她的弟弟一起由姑母抚养长大。当格里塞尔达从幸福的眩晕中苏醒过来以后，她便和侯爵“相亲相爱、平静安宁、琴瑟和谐地生活在一起”，白头到老。[104]

而在印度，“寡妇自焚”的习俗则将这种“顺从”推到灭绝人性的地步。

公元前数千年前，印度就开始有“寡妇自焚”的风俗，但这一风俗仅限于成年女子。自从印度独立以来，国情已发生了很大变化，尤其是在占印度人口 80% 的农村，民俗已大有改观。但是，在印度的婚姻关系中，一个印度教徒的妻子依然要把丈夫捧为地上的神明，而且数千年来一直如此。女子必须像祭司供神那样对待丈夫，心甘情愿地顺从丈夫的意愿。在印度教经书中有一些带有宗教色彩的古诗，其中谈到女子结婚后要尽的义务，即她生活中要遵守的规矩：作为丈夫，尽管他相貌丑陋、年老体衰、举止寒酸、性情暴躁、荒淫无耻、道德沦丧、酗酒无度、赌博成性、声名狼藉、寻花问柳、不顾家小、疯疯癫癫、默默无闻，尽管他是个瞎子、聋子、哑巴或跛子；总之一句话，不论他怎样不健全，妻子都应该将他捧为神明，竭尽全力地关心和爱护他，不计较他这些弱点，不得对他流露出半点不满的情绪。

妻子只有在丈夫吃饱后才能吃饭，如果丈夫斋戒，她也得斋戒；如果丈夫不摸食物，她也不许动食物；如果丈夫苦恼，她也要苦恼；如果丈夫快活，她也应该分享其中的乐趣……如果丈夫死去，她也应该同亡夫一起躺在火葬的干柴上，让自己活活烧死。做到这些，所有人才会称赞她是个贤德的妻子……

这种暴虐的陈腐教诲尽管一直受到开明的印度领袖圣雄甘地和博学家尼赫鲁等人的强烈谴责，但这些教义根深蒂固，还不能在 100 多年的时间里彻底根除。

“寡妇自焚”的习俗是被统治印度的英国人于 1829 年最先废止的，然而在维多利亚女王执政时期，在印度，没有孩子的寡妇被迫自焚的事件仍不断发生。在废止令颁布之前，这种骇人听闻的习俗在印度各地十分流行，仅 1815—1825 年的 10 年间，就有 6 000 多个寡妇用此种方式自杀。

历史学家对“寡妇自焚”的行为做了各种各样的描述。例如，一个印度将军的两个遗孀，在即将同自己的亡夫尸体一块进行火葬时，为随夫殉节之事而争论不休，结果其中一人由于已怀孕而得以幸免；另一人则梳妆打扮得像新娘一样，走向火葬用的一堆干柴，她的亲属唱着赞美她的圣歌，在她面前引路。18 世纪初，印度的马拉瓦亲王 80 岁时才死去，他的遗体裹着华丽的服装，摆放在一个铺满干柴的大坟坑里，他的 47 个遗孀也被推进这个坟坑活活地用火烧死了。[105]

父权制社会，是女人的地狱、男人的天堂。古希腊雄辩家德摩斯梯尼说："我们有提供精神享乐的高级妓女，有提供肉体享乐的妾，还有妻子为我们生儿子。"在广大妇女被禁锢、奴役，要求严守贞洁观念的同时，只要经济条件许可，男子便可以恣意纵欲。男性不仅是女性精神上的压迫者、统治者，而且也是肉体的剥削者和掠夺者。正如恩格斯所说："个体婚制在历史上绝不是作为男女之间的和好而出现的，更不是作为这种和好的最高形式而出现的。恰好相反，它是作为女性被男性奴役，作为整个史前时代所未有的两性冲突的宣告而出现的。""在历史上出现的最初的阶级对立，是同个体婚制下的夫妻的对抗的发展同时发生的，而最初的阶级压迫是同男性对女性的压迫同时发生的。"[106]

男性作为性剥削者，实际上是"把妇女客体化，变成了性；这种性导致了对妇女的暴力，把妇女变成可以在市场上交换的商品。性剥削是使对妇女的压迫变得社会规范化的基础"[107]。在性这个问题上，男女之间没有平等可言。"当社会被性所充斥，性就被视为与妇女同样的东西了，性是从那里被得到、拥有、索取的。在社会的性别化过程中，妇女是被性化了的身体。社会的性别化构成了女性，把她作为一种'要素'，一种性的获得品。作为性化了的身体，妇女变成了通用的，很容易从她们那里得到性，她们相互之间没有区别。相比之下，男性可能需要性，他们追求它，得到它，拥有它，常常滥用它，有时他们甚至还因它而受到利用。但男性不是性别化的对象；无论从整体还是从个体来看他们都不是，不是性化的身体。实际上，男性的身体没有被贬低，变成生物学意义上的男性身体或变成他们的欲望。当男性的性欲被认为是受到一种需要（而他们的性欲需要是被培养起来的）的驱使时，男性的特征是由他所做的事情形成的，而不是由他们的身体的功能导致的。"[108]纵观整个人类的历史，女性因为被变得只有她们的身体，她们便被认为是次要的，是另类，因而是处于从属地位的。这明显地是性侵犯，它侵害了女性人权的尊严和平等。

卖淫、嫖娼“只不过是人类性生活的处理品”[109],真正获利,得到某种畸形快感的只是嫖客而非妓女。日本江户时代烟花柳巷是一个女性向男性提供性服务的制度化的地方。因此,这里盛行的房中术就成了作为妓女的女性向男性提供快乐的技术手段,而且妓女本人在每次进行性活动期间还需要消耗很大的体力才能与服务对象的男性分享到性的快乐。“妓院中高超的房中术,只是使男性欢乐的方法,而不是使妓女自己享受快感的技巧。实际上,妓女行业在本质上是一种劳动而不是享受。妓女要避免过度劳累,因此,若嫖客不是为自己心爱的对象,性交就是一种处理业务的行为。”[110]

实际上,卖淫和强奸虽然表现方式不同,但实质却一样,都是对女性的性剥削和掠夺。“卖淫是从男性的角度来购买的性。强奸是从男性的角度来夺取的性。男性从卖淫者那里买来的性与他们在强奸中得到的性是一样的,都是灵与肉分离的性,都是从对于男性来说并非人类女性的身体中得到的性。是男性决定了这是他们要付钱或是强取的性,还是征得同意的性。”[111]虽然卖淫常常被说成是性自由的象征,但它只是满足了男性的淫欲,无疑,这是一种是反动的、退化的性行为。在现代,一个卖淫女曾这样讲述她的经历:“卖淫就像是强奸,就像我15岁时被强奸一样。我曾经离开过自己的身体。我是说那个男人强奸我时,我就是这样做的。我望着天花板,我忍耐着,我让自己麻木……因为我不想感受到我正在感受到的东西。我非常害怕。后来在我当妓女时我一直是这样做的。让自己的感觉麻木。我甚至会觉得我不在自己的身体里。我的确是离开了自己的身体,随着我的思想和感觉去了别的什么地方,直到这一切结束、他从我身上下来为止。我不知道除了说它像强奸之外还能怎么描述它。它对我来说,就是强奸。”[112]

文艺复兴时代和欧洲的宗教改革运动使妇女的屈辱地位有所缓和。妇女又像古代那样,成了美感欣赏的对象。但是,传统的夫权仍然保留下来了。妇女还是从属于自己的老爷——永世不移的一家之主。

妻子们获得实质性的保护,免于被丈夫凌辱,或者说,爱情开始高于服从,是17、18世纪随着工业革命和启蒙运动的展开、人文精神的再度兴起,而首先从西欧开始的。17世纪,一种明显不同的婚姻制度在西欧渐渐地扎下了根,它把许多特点结合到了一起,这些特点不仅使它跟世界上任何其他地方的婚姻都不一样，而且还使它能够非常迅速地转变。

对丈夫的统治权的撼动、真正实现男女平等，经历了一个曲折的过程。连资产阶级革命最伟大的预言家也认为妇女是价值不大的个人。卢梭强调说男子和妇女的能力“正在逐渐平衡”，可是他同时又赞成传统的男性权力。卢梭说：“妇女的第一个品质，也是最重要的品质，就是温顺”，“妇女永远应该从属于男子或者男子的见解”。卢梭最后必然会得出基督教的信条：“妇女之被创造出来，就是为了听命于男子，因此妇女自幼年时起就应该学会容忍，甚至不公平也要容忍。”

拿破仑在女权问题上也背弃了革命的成果。他对这个问题的看法接近卢梭。他声称，培养妇女只有一个目的，就是养育下一代英雄人物。[113]

在欧洲，妇女解放运动起始于法国革命，它是民主运动的一部分。18 世纪中叶，资产阶级“女权主义”提出了为妇女争自由、争平等的口号。奥兰普·德·古日发表了一篇女权主义宣言，呼吁普选权、女人担任公职的权利、平等的财产权，以及丈夫与妻子一起做出决定的权力。同年，埃塔·帕默提出：“丈夫与妻子的权力必须是平等的分离的。”[114]

在中国，一直到 1919 年的五四运动，才真正有了解放妇女的行动。但是，早在 18 世纪，曹雪芹就在他的长篇巨著《红楼梦》中，初步表达了男女平等的思想。

贾宝玉与丫环奴婢相处的一个特点，就是“作小服低”。能够做到“作小服低”的并非只有贾宝玉一人，但由于出发点不同，同样是作小服低便有了不同的性质。

比如，我国西周末代君王周幽王也是一个善于作小服低之人，他宠爱的妃子褒姒不笑，为了让美人一笑，周幽王便“烽火戏诸侯”，博得褒姒一笑，但也导致了自己身死国亡。周幽王的作小服低，说到底，还是皮肤滥淫在作怪，正如警幻仙姑所说：“不过悦容貌，喜歌舞，调笑无厌，云雨无时，恨不能尽天下美女，供我片时之趣兴……”褒姒一笑，周幽王的淫欲便得到了刺激和满足。

贾宝玉的作小服低却是民主与平等观念的萌芽，他对社会地位低下的丫环奴婢的关心、呵护，动机非常单纯而干净，并不像贾赦、贾珍、贾琏、薛蟠之流，出于好色的目的，并不是作为占有女性身体的一种手段，而是出于对妇女人格的尊重，体现了朴素的人文精神。

在这方面，《红楼梦》有不少的描写。他和丫环奴婢之间没有等级之高下，没有人格之尊卑，而是相互关心、体贴。

第十九回，宝玉留酥酪待袭人回来吃，袭人回来后，宝玉便命人取酥酪来，丫环们回说是宝玉的乳母李奶奶吃了。宝玉才要说话，袭人怕宝玉生气，便忙笑道："原来是留的这个，多谢费心。前儿我吃的时候好吃，吃过了好肚子疼，足闹的吐了才好。他吃了倒好，搁在这里倒白糟蹋了。我只想风干栗吃。你替我剥栗子，我去铺床。"宝玉听了，信以为真，方把酪酥丢开，取栗子来，自向灯前检剥。

第三十回，宝玉与金钏儿嬉笑，王夫人大怒，打了金钏儿，宝玉无趣，进大观园来，见一个女孩子在蔷薇花架下，有哽咽之声，不停地用手中的簪子在地上画"蔷"字，只见这女孩子大有林黛玉之风。伏中阴晴不定，扇云可以致雨。忽一阵凉风过了，唰唰的落下一阵雨来。宝玉看着那女子头上滴下水来，纱衣裳登时湿了。宝玉想着："这时下雨，他这个身子，如何禁得骤雨一激！"因禁不住便说道："不用写了。你看下大雨，身上都湿了。"

那女孩听说，倒唬了一跳，抬头一看，只见花外一个人叫他不要写了，下大雨了。一则宝玉脸面俊秀；二则花叶繁茂，上下俱被枝叶隐住，则露着半边脸，那女孩子只当是个丫头；再不想是宝玉，因笑道："多谢姐姐提醒了我。难道姐姐在外头有什么遮雨的？"一句话提醒了宝玉，"哎哟"了一声，才觉得浑身冰凉。低头一看，自己身上也都湿了。说声"不好"，只得一气跑回怡红院去了，心里还记挂着那女孩没处避雨。

第三十五回，傅家的两个婆子来瞧宝玉，宝玉最讨厌与"勇男蠢妇"交往，但为顾及到傅家的那个美人傅秋芳的面子，这才让两个婆子进来说话。丫环玉钏儿手里端着汤，站在旁边只顾听话。宝玉又一边说话，一边吃饭，一面伸手去要汤。两个人的眼睛都看着别人，不想伸猛了手，便将碗撞落，将汤泼了宝玉手上。玉钏儿倒不曾烫着，唬了一跳，忙笑道："这是怎么说！"慌得丫头们忙上来接碗。宝玉自己烫了倒不觉得，却只管问玉钏儿："烫了那里了？疼不疼？"玉钏儿和众人都笑了。玉钏儿道："你自己烫了，只管问我。"宝玉听说，方觉自己烫了。众人上来，连忙收拾。过后，那两个婆子见没了人，一行走，一行谈论。这一个笑道："怪道有人说，他家宝玉是外像好，里头糊涂，中看不中吃，果然竟有些呆气。他自己汤烫了手，倒问人疼不疼。这可不是个呆子？”那一个又笑道：“我前一回来，听见他家里许多人抱怨，千真万真的有些呆气。大雨淋的水鸡似的，他反告诉别人：‘下雨了，快避雨去罢。’你说可笑不可笑？”

第四十四回，贾琏与鲍二家的通奸，被凤姐当场拿获，琏、凤二人拿平儿煞气，宝玉作为一个主子，却“同情弱者”，尽心而周到地体贴了平儿一回。

他将平儿劝到怡红院中来，忙对她道：“好姐姐，别伤心，我替他两个赔个不是罢。”平儿笑道：“与你什么相干？”宝玉笑道：“我们兄弟姊妹都一样。他们得罪了人，我替他赔个不是，也是应该的。”又道：“可惜这新衣裳也沾了，这里有你花妹妹的衣裳，何不换了下来，拿些烧酒喷了熨一熨。把头也梳一梳。”一面说，一面吩咐了小丫头子们舀洗脸水，烧熨斗来。

平儿素习只闻人说，宝玉专能和女孩儿们交接。宝玉素日因平儿是贾琏的爱妾，又是凤姐的心腹，故不肯和他厮近，因不能尽心，也常为恨事。平儿今见他这般，心中也暗暗的掂掇：果然话不虚传，色色的想得周到。又见袭人特地开了箱子，拿出两件不大穿的衣裳来与他换，便赶忙脱下自己的衣服，忙去洗了脸。

宝玉一旁笑劝道：“姐姐还该擦上些脂粉，不然倒像是和凤姐姐赌气了似的。况且又是他的好日子，而且老太太又打发了人来安慰你。”平儿听了有理，便去找粉，只不见粉。宝玉忙走至妆台前，将一个宣瓷盒揭开，里面盛着一排十根玉簪花棒，拈了一根与平儿。又笑向他道：“这不是铅粉。这是紫茉莉花种，研碎了兑上香料制的。”平儿倒在掌上看时，果见轻、白、红、香四样俱美，摊在面上也容易匀净，且能润泽肌肤，不似别的粉青、重、涩、滞。然后看见胭脂也不是成张的，却是一个小小的白玉盒子，里面盛着一盒，如玫瑰膏子一样。宝玉笑道：“那市卖的胭脂都不干净，颜色也薄。这是上好的胭脂，拧出汁子来，淘澄净了渣滓，配了花露蒸叠成的。只用细簪子热挑一点儿，抹在手心里，用一点水化开，抹在唇上；手心里就够打颊腮了。”平儿依言妆饰，果见鲜艳异常，且又甜香满颊。宝玉又将盆内开的一枝并蒂秋蕙用竹剪刀撷了下来与她簪在鬓上……由此可见宝玉的细心、体贴专用于女儿身上。

第五十一回，袭人因母亲病重而回家，夜间晴雯和麝月伏侍宝玉。麝月出去看月亮，晴雯也悄悄地跟着出去，因没有穿外衣而着凉。宝玉让晴雯将他的被子掖一掖，晴雯听说，便上来掖了一掖，伸手进去渥一渥时，宝玉笑道："好冷手！我说看冻着。"一面又见晴雯两腮如胭脂一般，用手摸了一摸，也觉冰冷。宝玉道："快进被来渥渥罢。"

至次日，晴雯果觉有些鼻塞声重，懒怠动弹。宝玉道："快不要声张！太太知道了，又叫你搬了家去……我叫人请了大夫，悄悄的从后门进来瞧瞧就是了。"

先请了一个太医，开了药方，宝玉看时，上面有紫苏、桔梗、防风、荆芥等药，后面又有枳实、麻黄。宝玉道："该死，该死！他拿女孩儿也像我们一样的治，如何使得！凭他有什么内滞，这枳实、麻黄如何禁得？快打发他去罢！再请一个熟的来。"

一时茗烟请了王太医来，先诊了脉，说的病症与前相仿，只是方子上没有枳实、黄麻等药，倒有当归、陈皮、白芍等，药之分量较先也减了些。

宝玉喜道："这才是女孩儿们的药，虽然疏散，也不可太过。旧年我病了，却是伤寒，内里饮食停滞。他瞧了，还说我禁不起麻黄、石膏、枳实等狼虎药。我和你们一比，我就如那野坟圈子里长的几十年的一棵老杨树，你们就如秋天芸儿进我的那才开的白海棠。连我都禁不起的药，你们如何禁得起？"

宝玉为丫环、奴婢打抱不平的事，在《红楼梦》中也有许多描述。

第五十八回，藕官为死去的菂官烧纸钱，满面泪痕，蹲在那里，手里还拿着火，守着些纸钱灰作悲。宝玉忙问道："你与谁烧纸钱？快不要在这里烧。你或是为父母兄弟，你告诉我名姓，外头叫小厮们打了包袱、写上名姓去烧。"藕官见了宝玉，只不做一声。

一婆子恶狠狠起来拉藕官。宝玉忙辩解道："他并没有烧纸钱，原是林妹妹叫他来烧那些烂字纸的。你没看真，反错告了他。"藕官正没了主意，见了宝玉，正添了畏惧，忽听他反替遮饰，心内转忧成喜，也便硬着口说道："你很看真是纸钱了么？我烧的是林姑娘写坏了的字纸！"那婆子听如此说，亦发狠起来，便弯腰向纸灰中拣那不曾化尽的遗纸，拣了两点在手内，说道："你还嘴硬，有据有证在这里。我只和你厅上讲去！"说着，拉了袖子就拽着要走。

宝玉忙把藕官拉住，用拄杖敲开那婆子的手，说道："你只管拿了那个回去。实告诉你，我昨夜做了一个梦，梦见杏花神要和我要一挂白钱，不可叫本房人烧，要一个生人替我烧了，我的病就好的快。所以我请了这白钱，巴巴的和林姑娘烦了他来，替我烧了祝赞。原不许一个人知道的，所以我今日才能起来。偏你看见了。我这会子又不好了，都是你冲了。你还要告他去！藕官，只管去。见了他们，你就照依我的话说。等老太太回来，我就说他故意来冲神祇，保佑我早死。"藕官听了，亦发得了主意，反倒拉着婆子要走……

对于身份、地位低下的女子，宝玉总是尽心尽力地呵护、照顾。

第六十二回，荳官等将香菱的新裙子弄脏了，宝玉跌脚叹道："若你们家，一日糟蹋这一百件，也不值什么。只是头一件，既系琴姑娘带来的，你和宝姐姐每人才一件，他的尚好，你的先脏了，岂不辜负他的心。二则姨妈老人家嘴碎，饶这么样，我还听见常说你们不知过日子，只会糟蹋东西，不知惜福呢。这叫姨妈看见了，又说个不清。"香菱听了这话，碰在心坎儿上，反倒喜欢起来了，因笑道："就是这话了。我虽有几条新裙子，都不和这一样。若有一样的，赶着换了，也就好了，过后再说。"

宝玉道："你快休动，只站着方好，不然连小衣儿、膝裤、鞋面都要拖脏。我有个主意。袭人上月做了一条和这个一模一样的，他因有孝，如今也不穿。竟送了你。换下这个来，如何？"

过后宝玉心想："可惜这么一个人，没父母，连自己本姓都忘了，被人拐出来，偏又卖与这个霸王。"便心生怜悯。

像这样体贴、呵护丫环奴婢的事情，《红楼梦》中俯拾皆是。脂砚斋评价："按宝玉一生心性，只不过是体贴二字，故曰'意淫'。"由上可见，体贴只是意淫的外在表现，它的实质是民主与平等的人文精神。

在当今时代，做到民主、平等地对待女性，被认为理所当然，也比较容易做到，而且广泛地被认为是一种美德。但在曹雪芹所生活的时代，封建礼教森严，妇女被奴役的命运没有丝毫的改变，她们处于非常悲惨的境地。曹雪芹主张男女平等，甚至主张女尊男卑，有着非同寻常的意义，这是对封建礼教与传统伦理纲常的背离和批判。

其次，用审美的眼光看待女性。

在矮化、贬低女性人格的同时，以男权为主导的社会总是对女性竭力丑化甚至妖魔化。

如前所述，由于社会分工的不同，男性生理方面的优越性逐渐显示出来，并导致母权社会的瓦解和父权社会的确立，从而使妇女处于被奴役的地位。女性被认为是次等的、劣等的和无关轻重的性别。

中国的孔圣人说："唯小人与女子难养也，近之则不逊，远之则怨。"（《论语·阳货》）

毕达哥拉斯说："有一个善的本原，它创造了秩序、光明和男人；有一个恶的本原，它所创造的是混乱、黑暗和女人。"男人和女人生来便有天壤之别。

柏拉图说："妇女在数量上超过男子的程度相当于她们的本质按长处说不如我们的男子的程度。"所以，妇女在理想国中只能居于从属地位。

亚里士多德也持类似的看法。他在《政治论》一书中有时也为妇女鸣不平，但他认为妇女只不过是软弱的、不完善的人。亚里士多德对妇女通常持"中间路线"。他不把妇女和奴隶等同起来，但他把妇女归入儿童、未成年人一类。因为妇女也有思维能力，不过"程度极浅薄"。一般说来，亚里士多德认为妇女是发育不全的人。因此，他给予妇女在家庭中的从属地位。丈夫是名副其实的一家之主。亚里士多德说："丈夫像一个国君一样统治着妻子，像一个皇帝统治着孩子。"

在古代雅典，妻子处于未成年人的地位。法律规定她的义务，用古希腊剧作家埃斯库罗斯的话来说，是做自己老爷的一条"忠实的狗"。有些古代的哲学家甚至"证明"，妇女"不属于人类"。她常常被看成是动物，有时甚至被说成是植物。

笼罩在妇女头上的歧视和诅咒到罗马帝国时期依旧保存着。妇女无权决定自己的命运。俯首帖耳仍旧被宣扬为妇女最崇高的美德。古罗马诗人卡图鲁斯建议丈夫们给这头"桀骜不驯的牲口"带上笼头。罗马的法律禁止妇女担任任何职务（无论是私人的，还是公共的职务）。

基督教的道德观念也充满着神秘主义色彩和反对女权的精神。这种道德观念也不断地咒骂女性，从而贬低女性的人的本质。在奴隶制时期卫道士的詈骂之外，现在又加上了封建制时代的宗教诅咒。教会人士把女性的吸引力看成是魔鬼的手指。这就使他们喋喋不休地咒骂爱情的美妙和它巨大的生命力。

乔尔丹诺·布鲁诺不无嘲讽地描述了亚里士多德保守的追随者的观点。在他写的《论原因、本原和一》一书中，老学究波里尼宣称妇女是“消极的形式”。这是把亚里士多德的哲学观点用于男女两性。波里尼说：“物质和妇女是缺乏更改的混沌，是犯罪物，是强盗的森林，是肮脏的物体……我要说，女性是调皮的、脆弱的、朝三暮四的、娇滴滴的、渺小的、不正派的、受人鄙视的、低贱的、卑劣的、遭人唾弃的、不体面的、凶狠的、有害的、可耻的、冷漠的、不成体统的……这是铁锈，是荨麻，是莠草，是瘟疫……”[115]

甚至在资本主义时代，关于所谓的妇女低能的伪科学理论亦层出不穷。代表人物有叔本华、尼采、斯特林堡等人。

叔本华说：“只有因为性欲的冲动而使理性变得迷惘起来的男子，才会认为体格矮小、窄肩宽臀的女性是美丽的。女性的全部美貌就在于这种性欲……妇女就其本质而言，是注定要听人差遣的，她需要一位主人……女性最出类拔萃的代表也从来没有产生过……任何堪称伟大和独具风格的作品。”“大自然用尖爪利齿武装了狮子，用长牙武装了大象，用獠牙武装了野猪，赋予公牛以尖角，赋予墨鱼以搅浑水的物质，而赋予妇女的则是……装腔作势的本领。从这个天生的根本缺点……派生出虚伪、不忠、背叛、忘恩负义。”

另一个狂热仇视妇女的人是弗里德里希·尼采，他和叔本华不同的是，他并不蔑视两性在肉体上的结合。他鼓吹肉欲方面的暴戾行径，宣称为了实现超人的理想，应当不停地生孩子。在这出神秘的戏剧中，男子通常是“圣者”，而妇女不过是“母鹅”。他在《扎拉图斯拉加如是说》一书中继续写道：妇女不懂得“友谊”，妇女是“猫”，充其量只是“奶牛”。“一个真正的男子有两重愿望：占有玩具和经历危险。因此他才需要女人，因为女人是最危险的玩偶……男子的幸福是‘我要’，女人的幸福则是‘他要’。”尼采还写道：“妇女最大的本领是撒谎。”她求解放的愿望来自“有学问的愚钝公驴”的影响。妇女一旦革除了“怕男子”的习惯，希望获得自由，她就丧失了自己“最富有女性的本能”。尼采认为，男人应该把女人看做“占有的对象、应该关锁起来的私有物”。因而尼采得出结论：“是去找女人吗？别忘了带上你的鞭子。”

在这方面首屈一指的当数奥托·魏宁格。按魏宁格的说法，男子是精神生物，而妇女则纯粹是肉体生物，男子的性生殖器官数量很少，而且限于严格的部位，而妇女则是“性欲本身”。男子首先是创立存在的纯精神领域，而妇女却“只关心性生活”。魏宁格说，妇女“没有本性”，这种缺乏本性就是妇女唯一的本性。妇女也许正因此而显得难以捉摸。一个纯粹的女人是“一具空的容器”，是绝对的“子虚乌有”，是“虚构”。“男子对妇女的关系犹如主体对客体的关系。妇女是男子的所有物或是孩子的所有物。”这个幼稚的动物性别是不懂得什么叫人的自由的。

在描绘妇女的道德面貌时，魏宁格使用了他调色板上最阴暗的色彩。“妇女没有道德”，缺乏同情心，没有自尊感，不识羞耻，不知礼节而又好奇心重。魏宁格认为，妇女的自然体现实际上只有两种类型。由于“妇女需要的是性交，而不是爱情”，因此，她看待性交其一是作为母亲（获得孩子的手段），其二是作为妓女（获得快感的手段）。

魏宁格的最终结论是：男子“犹如上帝”，而妇女被贬低为动物。他说：“不论某个男子何等卑贱，他总是大大超过最高尚的妇女。而且大到无法比拟的程度。”[116]

在日本，镰仓时代武士权力鼎盛时期，女人被蔑为下等人，为传代而“借用的洞”。[117]

自进入文明社会开始，人类就一直在动物性本能的冲动和文化制约这一对矛盾中困惑，有时甚至对那种过度的淫欲感到恐惧。纵欲是男性的特权，但纵欲过度便又导致社会退化。所以，纵欲、禁欲，交替呈现。纵欲时，女性是男性淫荡、泄欲的对象和工具；禁欲时，女性则是淫荡的化身和罪恶的根源，我国古代就有“红颜祸水”一说。商纣王非常无道，荒淫奢靡，但后人却将商纣王失政的根源归之于他宠幸的妲己，妲己被描绘成狐狸精一样的角色。

实际上，在淫这个问题上，男性向来居于主动地位，而女性则处于被动地位。在某种程度上，淫乱的起因总是因为男性纵欲的心理需求，而女性则是满足了这种需求。

日本学者大井正在《性与婚姻的冲突》中有一段很形象的描述：“性欲和

性冲动，对人，尤其对男人来说，它会超越或无视季节限制随时发生，然而生殖当然要由女性去完成，并需要有10个月的怀胎时间。在这段期间里，或在分娩后的一段时间，女人要对自我的性欲及性行为加以限制。……在性欲、性冲动、性交方面，男性有很大的自由，也很便利，而女性则由于月经和妊娠、生育的关系，在这方面会遇到某些不利因素。”“因此，从性行为发生过程和生殖的联系上看，在性行为发生过程中应受到‘淫乱’或‘淫秽’谴责的对象首先是男性。汉字‘淫’的词源充分显示出了这方面的含义。‘㸒’是由‘爪（手）+壬（妊娠）’组成的意会文字，意为‘向妊娠的女性下手，沉迷色情’。……由此可见，所谓‘淫’就是对那些向因怀孕而必须节制性交的女性要求性交，从而妨碍生育的男性行为进行责难的词汇。”[118]

但是，淫的罪过却总是被推到女性头上。远离女人，也就是远离了罪恶。这便是禁欲主义的理论根据。

基督教的道德观由于注重性的纯洁性，从而极大地降低了妇女的地位。一般那些道德家都是男人，因此女人都成了妖妇……既然女人都是妖妇，那么，就应当减少她们引诱男人的机会。结果，那些有地位的女人更加受到约束；同时，那些没有地位的女人则被视为是有罪恶的，而受到极大的鄙视。[119]

在中世纪早期，教会把女人视为邪恶的化身。特图里安把女人定义为“建立在阴沟之上的庙宇”；圣奥古斯丁怀着恐惧提请人们注意性交和排泄是两种器官污秽的结合……圣奥古斯丁曾这样断言：“自从人类堕落以来，两性的结合就一直伴随着性欲，因此它将本源之罪传播给人们的子女。”圣奥古斯丁认为，丈夫同妻子的性行为与他同一个妓女发生的性行为没有什么本质上的不同，两者都是有罪过的。200年后，教皇格利高里批准了圣奥古斯丁的训诲，从此，即使夫妻结婚后性交，也被看成是一种罪过。

这个时期，教会的抑制法正以一个足以制造一场特大精神病的规模强制推行。这部法则基于一个残酷而又荒谬的反自然观念，即人类的性爱充其量不过是一种令人遗憾的必需；它甚至要求已婚夫妇都要尽量避免拥抱。性交活动其实不可鄙，即使性交活动完全是为了生殖的目的而产生的快意仍旧可鄙。有人发明了一种沉重的睡衣，在这种睡衣的某个合适的位置上再开个洞，丈夫就顺着这个小眼儿向妻子授精。[120]

正统的基督教徒深信,婚姻爱情从一开始就是一种罪恶,早期的基督教徒还给妇女安上了一个罪名,说她们像人类的母亲夏娃一样,是引诱人的大魔鬼。亚历山大城的学识渊博的神学家克莱门特甚至这样宣称:“每个女人在想到自己是一个女子时都应感到羞愧。”[121]

格利高里改革派尖刻地指责女人使男人陷入她们性欲的“黏液”中。11世纪中期,一位赫赫有名的改革家写道,女人是“母狗、母猪、嚎叫的枭、夜猫子、母狼、吸血鬼”,她们用“令人馋涎欲滴的魔鬼的肉体”,引诱神职人员。他咆哮道:“听我说,婊子们,你们那淫荡的吻,你们那供肥猪们纵乐的场所!离开你们的神职丈夫和情人,要不然,你们就得面临被奴役的命运。”[122]

“女性的一身就是外生殖器。”换言之,她除了是一个巨大的性器以外什么都不是。她不是一个拥有“隐私部分”的女性,她本身就是一个隐私部分……[123]

万恶淫为首,让妇女承担淫的罪名,并以此作为禁欲的根据,这体现了父权社会男性的话语霸权。

改变对于女性禀赋的看法,源于工业革命和启蒙运动之后,人文主义的再度兴起。“人们反复探讨男女关系的一种全新理解,这种理解不会放纵平等所带来的‘混乱’,但也不会过于严格地坚持女人的从属地位。结果浮现出来的是介于平等主义婚姻观与家长制婚姻观之间的一种奇特妥协。人们开始认识到,两性各有其明显不同的特征。据说,男人和女人在各自的天性上完全不同,以至于无法比较优劣。必须根据他们各自的、完全不同的条件去欣赏他们。按照这一观点,女人不再被看作低男人一等。事实上,她们如今被赋予了独一无二的道德价值,需要得到保护,使之不会因为男人的世俗领域而受到玷污。因此,把女人排除在政治之外并非要维护男人的特权,而是尊重和顺从女性特殊禀赋的标志。”[124]

在西北欧,过去盛行一种夫妻在生产中合作养家的模式,在这里,丈夫是家庭经济活动的“老板”,是家庭工场的统治者。而新的劳动分工,将妻子们从曾经的等级制中解放了出来,将婚姻的基础从共享劳动转移到共享爱情上来,改变了丈夫与妻子是工作搭档的古老观点,认为夫妻是感情的伴侣。妻子之所以应该留在家里,并不是因为男人有权支配她们,而是因为家庭是一个让女人能够躲避经济与政治生活混乱的庇护所。反过来,家庭的领域又成了丈夫们可以逃避乏味的工资世界中物质主义急务的一个地方。

整个中世纪，女人一直被认为是性欲旺盛的性别，被她们的激情所吞噬的受害者，比男人的受害者更多。然而，19 世纪初，出现了一种新观念，强调女人与生俱来的性纯洁。对女人内在纯洁的强调，是 19 世纪所独有的。其结果是，女人——或者至少是“好”女人——被一反常态地无性化了，这样的女人，就是男人想娶的那种女人，也是女孩们希望成为的那种女人。然而，考虑到基督教对性的猜疑根深蒂固，可以说，认为女人本质上是无性的这种新观念使她们的名声大为改观。女人曾经被认为是魔鬼的陷阱，相反，如今却被认为在性方面是清白无辜的，她们的纯洁应该激发所有正派男人控制他们自己的性冲动和卑鄙下流的欲望。[125]

很多男人真心相信，女人，尤其是自己的妻子，拥有比他们自己更强大的对错感和更准确的道德指南针。1839 年，西尔维斯特 · 贾德写道：“男人的习惯，太商业太拘束了，太忙乱太嘈杂了，太野心勃勃太令人厌恶了。”一位浸信会牧师催促自己的儿子尽快结婚，这样，每天早晨他妻子就可以“在他耳边嘀咕一些更神圣、更善良的思想，鼓励他献身于家庭”。人们认为，男人和女人是互补的，他们只有通过婚姻的结合才能得以完整。

许多社会精英认为，女人比男人更优雅、更文明，所以他们需要把家庭的价值扩展到客厅之外去，进入大街小巷。到 19 世纪末，女性改革者声称，女人应该把她们的持家技巧应用于社会，扫清世界上的邪恶。[126]

文艺复兴以来，一直到资产阶级革命，并没有完全消灭中世纪的宗教虚伪。对性的诅咒和对再造生命的自然规律的禁欲主义的、市侩的假惺惺依然笼罩在人们头上。所以，关于女性“性纯洁”的观念仍有不足，它没有突破基督教关于性的禁锢，有着很大的局限性。许多 19 世纪的医学和宗教权威都曾警告，性生活如果达到了每周一次那么频繁的话，就会让男人成为他的性激情的“奴隶”。1833 年，畅销作家西尔维斯特 · 格雷厄姆警告他的读者：“一个男人跟一个女人结了婚，并完美地控制了对她的情欲，仅凭这个事实，也决不能防止来自性生活过度的邪恶，如果他跟妻子性交超过了夫妇纯洁……的限度的话。”西尔维斯特认为：“可以说，对保持健康和精力充沛来说，一个普遍的标准是：你放纵性欲的频率不要超过一年 12 次。”[127]但是，关于女性纯洁的命题使得人们对于女性的认识和态度大大改观，提升了女性的地位和价值，为人们发现女性的美好打开了一扇窗口，向着男女平等、妇女解放迈出了一大步。

非常巧合的是，18世纪的中国，正是专制主义统治的时代，封建的伦理道德禁锢着人们的思想，妇女的地位依然极度低下，妇女在人格上、精神上都被贬低。可是，贾宝玉却发出了“女儿是水作的骨肉，男人是泥作的骨肉。我见了女儿，便觉清爽；见了男子，便觉浊臭逼人”的呐喊，可谓振聋发聩。

在贾宝玉心目中，女性的美是至高无上、无可比拟的。他认为：“原来天生人为万物之灵，凡山川日月之精秀，只钟于女儿，须眉男子只不过是些渣滓浊沫而已。因有这个呆念在心，把一切男子都看成混沌浊物，可有可无。”这是对丑化女性观念的批判和纠正。皮肤滥淫者眼中的女人的美只是外表，他们只是关注到她们的容貌、声音、身材、姿态等等，仅仅停留在“色”的范畴。而贾宝玉眼中的女性美，包含外在的美，但超越了外在的美，那是大自然给予女性与生俱来的禀赋。男性通过改造自然、征服自然，使这个世界充满了竞争和活力，如果男性展现的是力量，是创造力，那么女性展现的就是柔美、婉约、细致、温柔、母性，还有诗意。好色之徒只是“悦容貌，喜歌舞”，而贾宝玉却看到了女性的本质美。男性的力量与女性的柔美构成了一个完整的世界，缺一不可。可是，以男权为中心的专制社会却将女性的美扭曲、磨灭和糟蹋了。就像18世纪以来，由于人文主义在欧洲再度兴起，人们重新发现女性美的特质那样，贾宝玉在专制制度下的中国，用他的慧眼也重新发现了女性的美，这是一种具有大自然禀性的大美。生活在女儿丛中的贾宝玉，为这种美所滋养、陶醉，产生了纯净而美好的情怀。

在《红楼梦》中，我们处处可以感受到贾宝玉对于女性美的欣赏与痴迷，纯净而无邪。

第十五回，为秦可卿送葬，在一村庄歇息。贾宝玉看到纺车，想去摆弄。只见一个约有十七八岁的村庄丫头跑了来，乱嚷：“别动坏了！”众小厮忙断喝拦阻。宝玉忙丢开手，赔笑说道：“我因为没见过这个，所以试他一试。”那丫头道：“你们那里会弄这个，站开了。我纺与你瞧。”秦钟暗拉宝玉，笑道：“此卿大有意趣。”宝玉一把推开，笑道：“该死的！再胡说，我就打了。”说着，只见那边老婆子叫道：“二丫头，快过来！”那丫头听见，丢下纺车，一径去了。宝玉便觉怅然无趣。

外面旺儿预备下赏封，赏了本村主人。庄妇等来叩赏。凤姐并不在意，宝玉却留心看时，内中并无二丫头。一时上了车，出来走不多远，只见二丫头怀里抱着他小兄弟，同着几个女孩子说笑而来。宝玉恨不得下车跟了她去，料是众人不依的，少不得以目相送，争奈车轻马快，一时展眼无踪。

第十九回，元妃省亲后，贾珍请贾母等到东府看戏。贾宝玉见一个人没有，突然想起："这里素日有个小书房，内曾挂着一轴美人，极画的神，今日这般热闹，想那美人自然是寂寞，须得我去望慰他一回。"对女性美的痴迷竟到了如此的地步。

第三十九回，刘姥姥为了讨贾母高兴，编了故事讲给大家听："我们村庄上种地种菜，每年每月，春夏秋冬，风里雨里，那里有个坐着的空儿？天天都是在那地头子上作歇马凉亭，什么奇奇怪怪的事不见呢！就像去年冬天，接连下了几天雪，地下压了三四尺深。我那日起的早，还没出房门，只听外头柴草响。我想着，必定是有人来偷柴草来了。我爬着窗眼儿一瞧，却不是我们村庄上的人。"贾母道："必定是路过的客人们冷了，见现成的柴，抽些烤火去，也是有的。"刘姥姥笑道："也并不是客人，所以说来奇怪。老寿星当个什么人？原来是一个十七八岁的极标致的小姑娘，梳着溜光的头，穿着大红袄儿，白绫裙子……"

正巧，远处失火了，可宝玉却忙着问刘姥姥："那女孩儿大雪地里作什么抽柴草？倘或冻出病来呢？"贾母道："都是才说抽柴草，惹出火来了，你还问呢！别说这个了，再说别的罢。"宝玉听了，心中虽不乐，也只得罢了。

宝玉心中只记挂着抽柴草的故事，背地里拉住刘姥姥，细问那女孩儿是谁。刘姥姥只得继续瞎编："那原是我们庄北沿地埂上有一个小祠堂里供的，不是神佛，当先有个什么老爷。"说着，又想名姓。宝玉道："不拘什么名姓，你不必想了，只说原故就是了。"

刘姥姥道："这老爷没有儿子，只有一位小姐，名叫茗玉。小姐知书识字，老爷、太太爱如珍宝。可惜这茗玉小姐生到十七岁，一病死了。"宝玉听了，跌足叹息，又问后来怎么样。刘姥姥道："因老爷、太太思念不尽，便盖了这祠堂，塑了这茗玉小姐的像，派了人烧香拨火。如今日久年深的，人也没了，庙也烂了，那个像就成了精。"宝玉忙道："不是成精，规矩这样人是虽死不死的。"

刘姥姥瞎编不要紧，可忙坏了呆公子，又问刘姥姥地名、庄名，来往远近，坐落何方。刘姥姥便顺口胡诌了一通。宝玉信以为真，逼着小厮茗烟去察看并亲自去烧香祭拜。

第二十八回，林黛玉只因昨夜晴雯不开门一事，错疑在宝玉身上。至次日，又可巧遇见饯花之期，一腔无名正未发泄，又勾起伤春愁思，因把些残花落瓣去掩埋，由不得感花伤己，哭了几声，便随口念了几句。不想宝玉在山坡上听见是黛玉之声，先不过是点头感叹，次后听到"侬今葬花人笑痴，他年葬侬知是谁"、"一朝春尽红颜老，花落人亡两不知"等句，不觉恸倒在山坡之上，怀里兜的落花撒了一地。

贾宝玉试想林黛玉的花颜月貌，将来亦到无可寻觅之时，宁不心碎肠断！既黛玉终有无可寻觅之时，推之于他人，如宝钗、香菱、袭人等，亦可以到无可寻觅之时矣。宝钗等终归无可寻觅之时，则自己又安在哉？且自身尚不知何在何往，则斯处、斯园、斯花、斯柳，又不知当属何等蠢物，杳无所知。逃大造，出尘网，方可解释这段悲伤。

大凡美的事物，如春花秋叶，总是容易凋零和消失，让人伤感和痛惜。贾宝玉的心理表现乃是一种对于女性美的刻骨铭心的感受。对于相对一般的女子贾宝玉都能如痴如醉地审美，而对于像林黛玉这样满腹才情、秀外慧中而又与他志同道合的女子，贾宝玉对美的感受简直到了可以忘却生命、忘却尘世的地步。就像第十九回他对袭人所说的那样："只求你们同看着我，等我有一日化成飞灰，——飞灰还不好，灰还有形有迹，还有知识。——等我化成一股轻烟，风一吹便散了的时候，你们也管不得我，我也顾不得你们了。那时凭我去，我也凭你们爱那里去就去了。"

又如第三十四回，宝玉挨了贾政的板子，遍体鳞伤，宝钗、黛玉和众姐妹都伤心不忍，宝玉心中大为感动，想："我不过捱了几下打，他们一个个就有这些怜惜悲感之态露出，令人可玩可观，可怜可悯。假若我一时竟遭殃死了，他们还不知是何等悲感呢！既是他们这样，我便一时死了，得他们如此，一生事业纵然尽付东流，亦无足叹惜，冥冥之中若不怡然自得，亦可谓糊涂鬼矣！"

爱屋及乌，连具有女性气质的男性，如秦钟、北静王水溶、蒋玉菡、柳湘莲等，也成了贾宝玉欣赏的对象，贾宝玉倾心结交的也是这些具有阴柔之美的男性。如北静王水溶年未弱冠，生得形容秀美，性情谦和且才貌双全，风流潇洒，每不以官俗国体所缚；蒋玉菡妩媚温柔；而柳湘莲原是世家弟子，读书不成，父母早丧，素性爽侠，不拘细事，酷好耍枪舞剑，赌博吃酒，以至眠花卧柳，吹笛弹筝，无所不为，因他年纪又轻，生得又美，不知身份的人，都误认作优伶一类。

这其中尤以秦钟女性气质更为突出。第七回写秦钟："较宝玉略瘦巧些，眉清目秀，粉面朱唇，身材俊俏，举止风流，似在宝玉之上，只是羞羞怯怯，有女儿之态，腼腆含糊，慢向凤姐作揖问好。"宝玉一见秦钟人品，心中便有所失，痴了半日，自己心中又起了呆意，乃自思道："天下竟有这等人物！如今看来，我竟成了泥猪癞狗了。可恨我为什么生在这侯门公府之家，若也生在寒儒薄宦之家，早得与他交接，也不枉生了一世。我虽如此比他尊贵，可知锦绣纱罗，也不过裹了我这根死木头；美酒羊羔，也只不过填了我这粪窟泥沟。'富贵'二字，不料遭我荼毒了！"

而且，贾宝玉也最喜欢别人将他比着女孩儿。

第十五回，贾府将秦可卿的灵柩送往铁槛寺，凤姐儿因记挂着宝玉，怕他在郊外纵性逞强，不服家人的话，贾政管不着这些事，惟恐有个闪失，难见贾母，因此便命小厮来唤他。宝玉只得来到她的车前。凤姐笑道："好兄弟，你是个尊贵人，女孩儿一样的人品，别学他们猴在马上。下来，咱们姐儿两个坐车，岂不好？"王熙凤将宝玉比着女孩儿，正说到宝玉心坎上，让他很是受用。所以脂砚斋批注："非此一句宝玉必不依，阿凤真好才情。"

再如第四十三回，大年初二，凤姐过生日，宝玉却偷偷溜出去祭奠金钏儿，茗烟亦摸不着头脑，一直到城外的水仙庵，一齐来到井台上，将炉放下。茗烟站过一旁。宝玉掏出香来焚上，含泪施了半礼，回身命收了去。

茗烟也是个鬼灵精，他答应着，且不收，忙爬下磕了几个头，口内祝道："我茗烟跟二爷这几年，二爷的心事，我没有不知道的。只有今儿这一祭祀，没有告诉我，我也不敢问。只是这受祭的阴魂，虽不知名姓，想来自然是那人间有一、天上无双的极聪明、极俊雅的一位姐姐妹妹了。二爷心事不能出口，让我代祝：你若芳魂有感，香魄多情，虽然阴阳间隔，既是知己之间，时常来望侯二爷，未尝不可。你在阴间保佑二爷来生也变个女孩儿，和你们一处相伴，再不可托生这须眉浊物了。"说毕，又磕了几个头，才爬起来。一席话，说得宝玉眉开眼笑，一边踢茗烟，一边说："休胡说，看人听见笑话。"

对女儿钟爱之深，恋慕之切，最让贾宝玉悲伤叹息的是身边的女儿出嫁或者是遭到不幸。

第五十八回，宝玉因想道："能病了几天，竟把杏花辜负了！不觉已到'绿叶成阴子满枝'了！"因此仰望杏子不舍。又想起邢岫烟已择夫婿一事，虽说是男女大事，不可不行，但未免又少了一个好女儿。不过两年，便也要"绿叶成阴子满枝"了。再过几日，这杏树子落枝空，再几年，岫烟也未免乌发如银，红颜似槁了，因此不免伤心，只管对杏流泪叹息。

第七十九回，宝玉得知邢夫人等回了贾母将迎春接出大观园去等事，越发扫去了兴头，每日痴痴呆呆的，不知作何消遣。又听得说，要陪四个丫头过去，更又跌足自叹道："从今后，这世上又少了五个清洁人了。"

在这个肮脏的世界，女儿一旦出嫁，要么同流合污，要么被玷污、扭曲，将不再葆有纯净之美，怎么能不令贾宝玉痛心疾首？而对于那些迫害女儿的事情，贾宝玉更是深恶痛绝。

第七十七回，司棋被周瑞家的带出大园，可巧正值宝玉从外而入，一见带了司棋出去，又见后面抱着些东西，料此去再不能来了。忙拦住，问道："那里去？"周瑞家的等皆知宝玉素日行为，又恐唠叨误事，因笑道："不干你事，快念书去罢。"宝玉道："好姐姐们，且站一站，我有道理。"周瑞家的便道："太太分付，不许少捱一刻，又有什么道理。我们只知遵太太的话，管不得许多。"

司棋见了宝玉，因拉住哭道："他们做不得主，你好歹求求太太去。"宝玉不禁也伤心含泪，说道："我不知你们做了什么大事，晴雯也气病了，如今你又去，这怎么的好？"周瑞家的听了宝玉之言，忙发躁向司棋道："如今你已有事，不是伏侍小姐的了，若不听话，我就打得它了。别想着往日有姑娘护着，任你们作耗。越说着，还不好好儿的走，如今又和小爷们拉拉扯扯的，成什么体统！"那几个不由分说，拉着司棋便出去了。

宝玉恨得只瞪着他们，看已去远了，方指着恨道："奇怪，奇怪，这些人只一嫁了汉子，染了男人的气味，就这样混帐起来，比男人更可杀了！"守园门的婆子听了，也不禁好笑起来，说："这个宝二爷，说的也不知是些什么，也不知从那里学来的这些话，叫人听了，又可气，又好笑。"因问道："这样说，但凡女儿个个都是好的了，女人个个都是坏的了？”宝玉点头道：“不错，不错！”

宝玉对女儿的痴情与钟爱，却是与淫丝毫无涉。正如余英时先生所说：“曹雪芹写宝玉情淫俱备，清浊兼资，正是为了他所创造的两个世界。因为只有这样的宝玉才可以构成这两个世界之间的接榫。而宝玉与袭人偷演警幻所训之事出现在第六回，在作者而言，也必有深意。依我个人的推测，这正是要表明此后宝玉在大观园中和那些清净女孩子们‘各不相扰’，乃由于不为，非不能。倘没有第六回的点破，则读者恐怕反而要疑惑到别处去了。‘清净无为’，斯老氏所谓‘知我者希，则我贵矣’。若‘清时有味是无能’，则岂非如李宫裁之灯谜‘观音未有世家传——虽善无征’乎？”[128]意淫，不否定性欲，但由于对于女性审美的最主要的方面是基于心灵、情感、气质，因而超越了性欲，也就超越了人的动物本能。皮肤滥淫者对于女性的考量，只是基于性欲。薛蟠见林黛玉风流婷婷，骨头都酥了，何至于此？除了性欲还是性欲。癞蛤蟆见到天鹅总是有一种莫名的冲动和亢奋，但只是幻想能够吃肉，而不是欣赏。

第十九回，彼时，黛玉自在床上歇午，丫环们皆出去自便，满屋内静悄悄的。宝玉揭起绣线软帘，进入里间，只见黛玉睡在那里，忙走上来推他道：“好妹妹，才吃了饭又睡觉。”将黛玉唤醒。黛玉见是宝玉，因说道：“你且出去逛逛。我前儿闹了一夜，今儿还没有歇过来，浑身酸疼。”宝玉道：“酸疼小事，睡出来的病大。我替你解闷儿，混过困去就好了。”黛玉只合着眼，说道：“我不困，只略歇歇儿，你且别处去闹会子再来。”宝玉推他道：“我往那里去呢，见了别人就怪腻的。”

黛玉听了，嗤的一声笑道：“你既要这里，那边去老老实实的坐着，咱们说话儿。”宝玉道：“我也歪着。”黛玉道：“你就歪着。”宝玉道：“没有枕头，咱们在一个枕头上。”黛玉道：“放屁！外头不是枕头？拿一个来枕着。”宝玉至外间，看了一看，回来笑道：“那个我不要，也不知是那个脏婆子的。”黛玉听了，睁开眼，起身笑道：“真真你就是我命中的天魔星！请枕这一个。”说着，将自己枕的推与宝玉，又起身将自己的再拿了一个来，自己枕了。二人方对面倒下。这种情形让人神清气爽，顿然忘俗。

脂砚斋批注：“若是别部书中写此时之宝玉，一进来便生不轨之心，突萌苟且之念，更有许多贼形鬼状等丑态邪言矣。此却反推醒，毫不在意，所谓说不得淫荡是也。”换了西门庆、薛蟠之流，情形可想而知。

第二十一回，次日天明时，宝玉便披衣靸鞋，往黛玉房中来。进去看时，却不见紫娟、翠缕二人，只见他姊妹两个尚卧在衾内。那林黛玉严严密密裹着一幅杏子红绫被，安稳合目而睡。那史湘云却一把青丝拖于枕畔，被只齐胸，一弯雪白的膀子掠于被外，又带着两个金镯子。宝玉叹道："睡觉还是不老实！回来风吹了，又嚷肩窝疼了。"一面说，一面轻轻地替他盖上。《红楼梦》中的男子，也只有贾宝玉才能如此。在他心目中，对女性心生淫欲乃是一种不可饶恕的亵渎与玷污。

第六十三回，宝玉过生日，众姐妹和丫环开夜宴，芳官吃得两腮胭脂一般，眉梢眼角越添了许多丰韵，身子图不得，便睡在袭人身上，道："好姐姐，心跳的很。"袭人道："谁许你尽力灌起来。"小燕、四儿也图不得，早睡了。晴雯还只管叫。宝玉道："不用叫了，咱们且胡乱歇一歇罢。"自己便枕了那红香枕，身子一歪，便也睡着了。袭人见芳官醉得很，恐闹他唾酒，只得轻轻起来，就将芳官扶在宝玉之侧，由他睡了。自己却在对面榻上倒下。

大家黑甜一觉，不知所之。及至天明，袭人睁开眼一看，只见天色晶明，忙说："可迟了。"向对面床上瞧了一瞧，只见芳官头枕着炕沿上，睡犹未醒，连忙起来叫他。宝玉已翻身醒了，笑道："可迟了！"因又推芳官起身。那芳官坐起来，犹发怔揉眼睛。袭人笑道："不害羞，你吃醉了，怎么也不拣地方儿乱挺下了。"芳官听了，瞧了一瞧，方知是和宝玉同榻，忙笑的下地来，说："我怎么吃的不知道了？"宝玉笑道："我竟也不知道了。若知道，给你脸上抹些黑墨。"宝玉如此作为，可与柳下惠坐怀不乱一比。

这样一种对待女性的态度，很多人感到不解，甚至认为贾宝玉有呆病、痴病，等等。倒是贾宝玉的祖母能够理解他。第七十七回，贾母笑道："我也解不过来，也从未见过这样的孩子。别的淘气都是应该的，只他这种和丫头们好却是难得。我为此也耽心。每冷眼查看，他只和丫头们闹，必是人大心大，知道男女的事了，所以爱亲近他们。既细细查试，究竟不是为此，岂不奇怪？想必他原是个丫头，错投了胎不成。"

其实，贾宝玉不是错投了胎，而是他看到的常人所无法看到的女性之美，也就是类似于大自然的气质之美，而这样的美是没有一丝淫欲掺杂的。曹雪芹曾自号"梦阮"，表示了他对魏晋之际名士阮籍的心仪与效仿。阮籍对待女性的态度与贾宝玉非常相似：邻家有个漂亮女孩死了，女孩生时阮籍连话也没有和她说过，然而他却为女孩送葬。阮籍常去吃酒的酒店主妻子很美，酒后阮籍常常睡卧在她的旁边。店主暗中考查，并没有发现什么事情。阮籍的嫂嫂要回娘家，阮籍给她送行。究其原因，"'意淫'正是一个艺术地对待由性别携带而来的全部诗意之美的概念……这是一个将'性感'艺术化地对待的概念，它超越于'沉重的肉身'，超越于'视觉霸权'，而最终从嗅觉达至心灵契合的惊喜、羞怯与战栗，这是一种'人迹罕至'之美……"[129]

18世纪，东西方都有关于对于女性天赋进行审美的观念出现，是巧合，又不是巧合。因为，用审美的目光看待女性，是人文精神的必然，也是发现、健全、升华人性的一个发展方向，只不过曹雪芹超越了与他同时代的人，而显得格外卓著。

第三，执著地追求爱情。

爱情是什么？神话中说，从前人是一种"圆球状的"特殊物体，他有四只手，四条腿，观察相反方向的两副面孔，一颗头颅，四只耳朵。人的胆大妄为使奥林匹克山上的众神忐忑不安。宙斯于是决定把人一分两半，就像"在腌制花揪果之前把它剖开，或是用一根头发切开鸡蛋那样"，使分开之后的每一个人不是用四条腿，而是用两条腿走路，这样人就变得软弱一些了。在人的身体被分成两半以后，"每一半都急切地扑向另一半"，他们"纠结在一起，强烈地希望融为一体"。这样就产生了尘世的爱情。[130] 爱情是人类精神的一种最深沉的冲动。

费尔巴哈说过："爱就是成为一个人。"爱情是人与动物最根本的区别，动物异性之间没有爱情，只有短暂的、受大脑皮层条件反射驱使的性欲，是爱情使人类的两性关系发生质的变化，最终摆脱兽性的困扰和纠缠。

爱情有这样几个方面的特质：

爱情是平等的。这种平等是人格上的平等。爱情是两个自由人的爱情，只有身心自由的两个人，才能使爱情成为现实。两个奴隶之间可能会有爱情产生，但由于没有人身的自由，所以爱情没有实现的可能。主人和奴仆之间也不会有爱情，至多只是一方面的怜悯、施舍、恩赐，另一方面的忠诚、报效和牺牲，但这并不是爱情。

爱情是专一的。爱情是崇高道义的弘扬，它要求一定的道德自律。"只有人才把道德带进了两性关系。他一旦爱上了一个人，就承担了尊重这种亲昵的友谊，并且要把它看做最大的幸福而珍惜它的义务。当一个人体验到真正的爱情时，他就会再现出自我牺牲的精神和巨大的道德力量。”[131]“生命诚可贵，爱情价更高”，“问世间情为何物？直教人生死相许”，都是对这种道义、道德承诺的最好表述。持久的爱情必须建立在炽热的爱的基础之上，但一个男人会永远爱自己的妻子吗？这是人们反复提出的一个重要问题。对此巴尔扎克作了肯定的回答：“一个男人可以办到这一点，要是说他不能持久地爱一个女人，这是荒唐的，就像一个著名的小提琴师在演奏一首乐曲时，需要用多把小提琴才能拉出动人心弦的曲调一样没有任何道理。爱情是一首精神意识的诗歌，它是男人命运中至关重要的事情，爱情应该是崇高的，否则将毫无意义。”[132]

爱情是审美的。爱情“就是像一道看不见的强劲电弧一样在男女之间产生的那种精神和肉体的强烈倾慕之情”[133]。爱情是男女双方心灵的碰撞，它会源源不断地创造出美的意境和情境，让人产生愉悦、温馨、美妙的享受和情感体验。所以，爱情是作为男女关系上的一种特殊的审美感而发展起来的。爱情创造了美，使人对美的领悟能力敏锐起来，促进对世界的艺术化认识。好色与爱情的一个区别就是是否专一，专一除了道德层面上的意义外，也有审美层面上的因素。好色，只是专注于外在的条件，但一个人的容貌总会随着年龄的增长而“减色”，林黛玉最终会变成贾母。而且即使是最美貌的女人，如果每天都面对，也会产生视觉疲劳，就像天天吃山珍海味一样，总有乏味的时候。所以汉成帝尽管一度宠爱赵飞燕，但有了新欢合德（赵飞燕的妹妹）之后，还是将赵飞燕冷落一边。唐明皇为了得到杨玉环，不惜乱伦，硬是从儿子手里将儿媳抢将过来。但天长日久之后，兴味便不如从前，于是与杨玉环的几个姐姐发生性关系。只有爱情能够保持一对男女之间长久的那种心驰神往的关系，因为爱情是直达心灵的，美便不断地创造出来。

爱情的这些主要特质是与人文精神相契合的，它所表现的是人的价值、生命的价值。事实上，也只有在17、18世纪，伴随着工业革命和启蒙运动，人文主义再度兴起，人们对于爱情才有了一种全新的认识和看法。而在此前几千年的漫长岁月里，爱情，要么被曲解、异化，要么被否定、扼杀。

迄今为止，人类共经历了三种婚姻形态：性欲婚姻、利益婚姻、爱情婚姻。

与原始社会相适应，人类的婚姻形态为性欲婚姻，人类婚姻的基础仅仅只是性欲，只是为了繁衍后代。比如，我国云南永宁摩梭族的走访婚，男女双方互称"阿肖"，意为"躺下的朋友"，男女之间只是一种性交关系。这样的婚姻谈不上爱情，因为双方都可以拥有若干性的伙伴，可以随时更换，不可能做到专一，所以也就无爱情可言。

进入文明社会，一夫一妻制取代了原始社会的群婚。但一夫一妻制在本质上只是广大贫苦阶层的一夫一妻制，与此相伴随的是特权阶层的一夫多妻制。一夫一妻制是以爱情为基础的婚姻的必要条件，因为原始社会的乱婚群婚产生不了爱情，爱情是两个具有相对稳定关系的男女之间的事。

"在数千年的时间里，总是有人坠入爱河，有时候甚至是爱上自己的配偶。但从根本上来说，婚姻跟爱情没多大关系。它是一项太过重要的经济和政治制度，为政治利益和经济利益而结婚的这套体系，实际上在世界各地盛行了几千年。"[134]"婚姻中的爱情被视为一笔额外的红利，而不是一件必需品。"[135]婚姻并不是结婚男女双方两个人的事，而是家族或家庭为了扩大自己的利益而刻意作出的安排。当婚姻把两群人而不是两个人结合起来的时候，那么，它所表达的东西，就远远超过了交配与繁殖的生物功能了。它是这些功能的转化。几千年以来，人们一般没有机会选择是否结婚、跟谁结婚，几乎完全不能选择是否要孩子。很多婚姻只能以一方的死亡而终。中国古代的婚姻便讲究"门当户对"，婚姻要听从父母之命、媒妁之言，个人没有任何选择的自由。

人类学家克劳德·列维·斯特劳斯断言，联姻"并不是建立在男人与女人之间，而是借助女人建立在男人之间"，女人只不过是建立这种关系的媒介而已。[136]婚姻在许多时候只是一种手段而已，比如中国古代的和亲政策，就是借助联姻，从而实现边疆的安宁。汉代的王昭君远嫁匈奴、唐代的文成公主与松赞干布成婚就是如此。欧洲中世纪的君主们竞相联姻，目的只不过是通过联姻扩大自己的政治、军事势力，从而使自己处于更加有利的地位。

将婚姻作为一种手段，不仅是君王们常用的手段，普通阶层也常常如此。比如在古代中国，一介书生，寒窗苦读，哪怕家境再穷困潦倒，一旦中举，便可以迎娶一位名门闺秀，从而获得更高的社会地位。人们广为流传的陈世美就是典型。陈世美家有妻子儿女，但中了状元后，却贪图富贵，娶了皇帝的女儿，成为驸马，不仅抛弃妻子儿女，还想杀掉他们以免他们阻碍了自己的富贵之路，最终被包青天铡于龙头铡之下。

中世纪英国的乡村家庭，例如诺福克地区的富户帕斯顿家族，将自己家的男婚女嫁视为扩充家族财富的资本，专门用来捞钱或买地产；要不就用来巴结有权有势的靠山。

一些历史学家认为，古代社会中，在爱情基础上选择婚配对象是只有下层阶级的人才能享有的奢侈，但绝大多数普通人都懂得谨慎择偶的重要性，实际的需要通常会战胜感情的需要。即使下层阶级的人可以自由地选择自己的配偶，也很少把美貌和魅力作为择偶的主要标准。对于未来的媳妇来说，坚实有力的臂膀可比修长匀称的大腿重要得多。[137]

在利益婚姻中，爱情往往以悲剧告终。

我国宋代大诗人陆游和表妹唐婉从小青梅竹马，结婚后琴瑟和谐，心心相印。然而，两人的亲密感情却引起陆母的妒忌和不满，她强迫陆游和唐婉离婚。虽然陆游和唐婉的感情很深，一次又一次地向母亲恳求，但都遭到母亲的责骂。迫于封建礼教的压制，陆游万般无奈，只得忍痛与唐婉分离。后来，陆游依母亲的心意，另娶王氏为妻，唐婉也迫于父命嫁给同郡的士子赵士程。

十年后的一个春天，陆游游山阴城沈家花园时意外地遇到唐婉及其改嫁后的丈夫赵士程。心爱之人，却已作人妇，陆游悲痛不已。饮过唐婉送来的一杯酒之后，陆游在粉墙上留下了千古绝唱《钗头凤》：

> 红酥手，黄藤酒。满城春色宫墙柳。东风恶，欢情薄。一怀愁绪，几年离索。错，错，错。　春如旧，人空瘦。泪痕红浥鲛绡透。桃花落，闲池阁。山盟虽在，锦书难托。莫，莫，莫！

而唐婉的答词也让人痛断肝肠：

> 世情薄，人情恶，雨送黄昏花易落。晓风干，泪痕残。欲笺心事，独语斜阑。难，难，难！　人成各，今非昨，病魂常似秋千索。角声寒，夜阑珊。怕人寻问，咽泪装欢。瞒，瞒，瞒！

《罗密欧与朱丽叶》是英国大剧作家莎士比亚的剧本，描写的是一对年轻人的爱情悲剧。

凯普莱特和蒙太古是一座城市的两大家族，却相互敌视，时常械斗。蒙太古家的儿子罗密欧，儒雅大方，令人喜爱。有一天，他听说自己喜欢的一个女孩要去凯普莱特家赴宴，为了见一眼这位女孩，他和自己的朋友戴上面具，混进了凯普莱特家的宴会场。可是，他却被凯普莱特家的独生女儿朱丽叶深深吸引。这天晚上，罗密欧向朱丽叶表示了自己的爱慕之情，朱丽叶也对罗密欧有好感，但双方都不知道对方的身份。真相大白之后，罗密欧欲罢不能，他翻墙进了凯普莱特的果园，正好听见了朱丽叶在窗口情不自禁呼唤罗密欧的名字。两人一见钟情。

第二天，罗密欧去见附近修道院的神父，请他帮助，成就他和朱丽叶的婚事。神父答应了罗密欧的请求，希望能借此化解两家的矛盾。罗密欧通过朱丽叶的奶娘把朱丽叶约到了修道院，在神父的主持下结成了夫妻。这天中午，罗密欧在街上遇到了朱丽叶的堂兄提伯尔特。提伯尔特要和罗密欧决斗，罗密欧虽不愿，但他的朋友为了荣誉而和提伯尔特决斗，被提伯尔特杀死。罗密欧大怒，拔剑为朋友报仇，杀死了提伯尔特。结果，罗密欧被驱逐，并被禁止回来，否则就遭处死。朱丽叶很伤心，罗密欧亦不愿离开。这天晚上，罗密欧偷偷爬进了朱丽叶的卧室，度过了新婚之夜。天一亮，罗密欧就不得不开始了他的流放生活。

罗密欧刚一离开，出生高贵的帕里斯伯爵就来求婚。凯普莱特非常满意，命令朱丽叶下星期四就结婚。朱丽叶去找神父想办法，神父给了她一种药，服下去后就像死了一样，但42小时后就会苏醒过来。神父答应她派人让罗密欧到时挖开墓穴，让她和罗密欧远走高飞。朱丽叶依计行事，在婚礼的头天晚上服了药，第二天婚礼自然就变成了葬礼。神父马上派人去通知罗密欧。可是，罗密欧在神父的送信人到来之前已经知道了朱丽叶去世的消息。他在半夜来到朱丽叶的墓穴旁，杀死了阻拦他的帕里斯伯爵，掘开了墓穴，他吻了一下朱丽叶之后，就掏出随身带来的毒药一饮而尽，倒在朱丽叶身旁死去。等神父赶来时，罗密欧和帕里斯已经死了。这时，朱丽叶已醒来，看见死去的罗密欧，也不想独活人间，她拔出罗密欧的剑刺向自己，倒在罗密欧身上死去。

像这样的悲剧，无论是在艺术作品中，还是在现实生活中，都是不绝如缕，展示了以爱情为婚姻基础的艰难历程。爱情被排除在婚姻之外，是利益婚姻主导下的法则。

在古希腊和罗马，哲学家们甚至说，一个以“过度”的热情爱恋自己妻子的男人就是“奸夫”。数百年后，天主教和新教的神学家们也坚持认为，彼此深爱着对方的夫妻犯有偶像崇拜罪。

在古代的印度，结婚之前就坠入爱河被认为是破坏性的、简直是反社会的行为。希腊人认为相思病是一种典型的精神病。在欧洲，这种观点被中世纪的卫道士们所采纳。中世纪的法国人把爱情定义为“心智错乱”，可以通过性交来治疗，对象既可以是患者所爱的人，也可以是别的什么人。

即使到了18世纪，法国随笔作家蒙田还写道，一个只爱恋老婆的男人，是一个笨到了家的男人，以至于没有一个别的女人会爱上他。[138]

当希腊的男人们为自己已经去世的妻子写下那些颂扬文字时，他们很少谈及他们之间相爱的情形，或者妻子身上让他们引以为贵的个人品质。对妻子最常见的颂词就是她表现出“自制”的优点；在希腊思想里，“自制”的品德是与妇女的贞洁以及妻子为丈夫看家守业的能力紧密相连的。在希腊法律中，男人如果勾引他人的妻子，是要被处死的；而如果强奸他人之妻，却罪不至死，只要交纳一定的罚金即可。雅典人是这样理解的：强奸犯并没有对强奸之人的丈夫构成财产上的威胁，因为那个女人应该不会爱上强奸犯。但是，如果“一个人通过劝诱的方式达成了奸淫的目的”——立法者如此说道——那么他就不光进入了那个女人的身体，而且还进入了她的丈夫家的储藏室。[139]

在漫长的专制时代，爱情以一种扭曲和畸形的方式出现。

亚里士多德认为，男人和女人之间没有爱情，只有男人和男人之间才会有爱情。因为爱情是一种高尚的情感，而妇女是不具备这种情感的。

而在日本，同性恋是武士传统的一部分，女人被视为下等人，不配享有爱情，只有男人之间的爱情才配得上一名真正的武士。

恩格斯说：“如果说，在自由民男女之间确实发生过爱情关系，那只是就婚后通奸而言的。”“第一个出现在历史上的性爱形式，亦即作为热恋，作为性的冲动的最高形式（这正是爱的特征），而第一个性爱的形式，那种中世纪的骑士之爱，正是极力要破坏夫妻的忠实……”在中世纪，浪漫的爱情的目标并不是那些可以和他发生性关系的女人，而是那些有极高的尊严，而与她们的浪漫的情人有着不可逾越的道德上或风俗上的障碍的女人。教会的工作就是使人们接受性的本质是不圣洁的。教会的工作做得十分彻底，以至于一个男人对任何女人都不可能产生富有诗意的感觉，除非那女人是可望而不可及的。骑士的爱常被看做是柏拉图式的，但实际上封建的丈夫是些监护人和暴君，妻子则在追求婚外的情人。

爱情被统治者敌视和排斥，是因为爱情是对现行伦理和制度的颠覆，爱情呈现的是另外一种价值理念，一种向往自由和平等的价值理念。

在日本，娼妓界有一个规矩不可侵犯，娼妓与嫖客之间只能是游戏，不能摘淫乐区的禁果。这个禁果就是爱情，而不是性交。真的落入情网会被看成极不文明，甚至粗野。“游戏一旦激起了严肃的个人感情时便成了对等级制度的一个直接威胁。另一个与艺妓相爱的危险是会导致经济破产，这在越来越商业化的社会里是一种严重的犯罪。”[140]

在日本人心目中，妓女是自我奉献的母亲，是命运的牺牲品。

例如，一套由著名漫画家上村一雄创作的连环画《幸子之幸》十分流行。这套书最初发行于 1977 年，但画中的故事发生在 50 年代初期东京的一家妓院里，因此充满了怀旧情绪。主人公幸子，是一位可爱的充满母性的妓女。

一天，有位学生进屋来向幸子打听一位长得一脸苦相、钱迷心窍的妓院鸨母。幸子为那青年斟了一杯茶，告诉了他有关这位女人的一切。他变得越来越激动，直到最后歇斯底里地脱口叫出：“是她！是她！15 年了，我终于找到了她，母亲！母亲！”

但他的母亲拒绝认他，要他立即离开。他居然敢对一位老妇人耍花招，显然企图得到她的钱。那个青年狂笑着，并大喊：“我怎么这么傻，花了这么多年时间却一无所获，一无所获！”

幸子救了那位学生。她将他带进自己的屋里，并以和蔼可亲的声音低低地说道：“我将做你的母亲，我活着就是为了这个。”她逐步将她的双腿尽力分开，然后慢慢移动到他那挂满泪痕的脸前，就像在脱衣舞厅中一样。她温柔地说：“仔细看看吧，这就是他们所谓‘男人的家’，我就是你的家，我亲爱的孩子，我就是你的母亲。”

“啊，”他喃喃地孩子般地哼着，并问，“妈妈，我可以吸你的奶吗?”故事以一个特写画面结束，他那酣睡的脸埋在幸子的怀中，幸子深思着：“今晚，那位老夫人的儿子进入了我的身体，现在他熟睡了，看上去这么安详。在那个时刻我也幸福；也许有一天我也将成为母亲……”[141]

在日本，男孩小时候可以放任、放纵，但到了六七岁以后，就要受到礼义、人情等诸多约束，在潜意识中，仍然有那种放任和放纵的冲动，而在妓女那里，可以找回这样的感觉。所以妓女只具有功能和器具的作用，与爱情无关。

但爱情往往是不由自由的，这是男女双方心灵最深沉的冲动，男子与妓女产生爱情并为此殉情的事情时有发生。1722年(享保七年)吉宗将军颁布了《禁止殉情》的法令，想以此来遏止情死事件的发生。“情死”之风对被称为“明贤君主”的吉宗震动很大。如果说性自由真像人们所说的那样——“使人堕落的根源是妓女行业的存在”，那么，情死只能是封建婚姻制度的附属品。

不过，情死所包含的对自由恋爱的追求，却明显是对封建婚姻理念的反抗。情死虽然以性爱为出发点，但从其以死来保全人格的最终目的来看，情死促进了人对性爱做出根本的反省。情死主要是为了冲破以往的以繁衍子孙为目的的婚姻观念的束缚。[142]

改变人们对于爱情的观念，使爱情成为婚姻的基础，是由于生产力的发展，推动生产关系变革的结果。17世纪开始，欧洲的一系列政治、经济和文化变革逐渐侵蚀婚姻的古老功能，鼓励人们在个人感情的基础上选择自己的配偶。但直到18世纪晚期，在西欧和北美，自由选择和为爱情而结婚的观念才作为一种文化理想而赢得了胜利。

一般情况下，世界上很多地区的佣人通常是由那些终生为奴的人担当的，而在欧洲西北部，有很大一部分年轻人在成家立业、经营自己的生意或土地之前，都经历过一段服务于他人的时期。在16、17世纪的北欧，各地都有三分之一到二分之一的年轻人有过做佣人的经历。根据一项研究结果，在18世纪初，约有60%的15～24岁的英国年轻人都在人生的某段时期有过当佣人的经历。女孩子也和男孩一样，会离开自己的家庭，出去当佣人，这也是西欧的另一个典型特征。

在16、17世纪的欧洲城镇，出现了很多“老处女”和“老童男”。很多妇女的初婚年龄都在三十几岁甚至四十几岁。在西欧，由于婚姻能够使生产关系得以确立，而不仅仅是为现存的家族企业增添一名女成员而已，所以婚姻的主要目的不再像曾经的罗马时代那样，必须是“为了诞育合法子女的缘故”[143]。

由于在婚前就离开父母和亲属独自生活，这使得西欧的妇女们在婚后有了更强的独立性。西欧婚姻体系给予妇女更多的机会，去改善婚姻中的关系；也促使她们挑战父权统治，而不是在这种社会制度下委曲求全，达到自己的目的。再者，西欧的妻子和女儿们比世界上其他社会体系中的妇女拥有更多的继承权。这样，一种明显不同的婚姻制度在西欧开始生成，它把许多特点结合到了一起，这些特点不仅使它跟世界上任何其他地方的婚姻都不一样，而且还使它能够非常迅速地转变。

18世纪，随着工业革命的扩展和启蒙运动的出现，一个划时代的变化开始呈现。个人择偶取代包办婚姻成为社会的理想，社会鼓励个人为爱情而结婚。5 000年来破天荒头一遭，婚姻被看作是男女双方之间的私人关系，而不是一个庞大的政治经济联盟体系中的一环。衡量一桩婚姻是否成功，不再根据它所牵涉的财产的多寡，它所获得的有价值的姻亲有多少，或者它所生育的儿女有多少，而是依据一个家庭是否很好地满足了其个体成员的情感需求。历史学家杰弗里·瓦茨写道，18世纪的启蒙运动“通过让爱情成为选择配偶最重要的标准，从而进一步提升了婚姻的品格”[144]。

与此同时，中国仍然处于“利益婚姻”的汪洋大海之中，封建的伦理纲常坚如磐石。曹雪芹在他的巨著《红楼梦》中，通过主人公贾宝玉，表达了对于爱情的执著追求。

《红楼梦》第二回即云：“都道是金玉良缘，俺只念木石前盟。空对着山中高士晶莹雪；终不忘，世外仙姝寂寞林。”金玉良缘是指贾宝玉与薛宝钗的婚姻，木石前盟是指贾宝玉与林黛玉的爱情。

按照利益婚姻的标准，薛宝钗显然比林黛玉更具优势。贾薛两家都位列“四大家族”，第四回“护官符”云：“丰年好大雪（薛），珍珠如土金如铁。”可见薛家之富，虽没有到达富可敌国的地步，但也是挥金如土。而林黛玉父母双亡，寄人篱下，虽然继承了一笔遗产，但并不像薛家财产可以不断增值、扩充，显然无法相比。贾薛两家联姻，可以扩大双方的权势与利益，所以在一般人看来，贾宝玉与薛宝钗当然是金玉良缘。

按照封建伦理道德，薛宝钗也符合正统的要求。林黛玉与贾宝玉偷偷地看“禁书”如《西厢记》之类，显然违背了封建社会的道德规范。第四十二回，林黛玉因为在贾母举行的家宴上行酒令，一不小心将《牡丹亭》和《西厢记》里的词说了出来，宝钗出于至诚，准备开导黛玉。宝钗对黛玉说：“你跪下，我要审你。”黛玉不解何故，因笑道：“你瞧，宝丫头疯了！审问我什么？”宝钗冷笑道：“好个千金小姐！好个不出闺门的女孩儿！满嘴里说的是什么？你只实说便罢。”黛玉不解，只管发笑，心里也不免疑惑起来，口里只说：“我何曾说什么来？你不过要捏我的错儿罢了。你倒说出来我听听。”宝钗笑道：“你还装憨儿。昨儿行酒令，你说的是什么？我竟不知那里来的。”

黛玉一想，方想起来，昨儿失于检点，把《牡丹亭》《西厢记》说了两句，不觉红了脸，便上来搂着宝钗，笑道：“好姐姐，原是我不知道。随口说的。你教给我，我再也不说了。”宝钗笑道：“我也不知道，听你说的怪生的，所以请教你。”黛玉道：“好姐姐，你别说与别人，我以后再也不说了。”

宝钗见他羞得满脸飞红，满口央告，便不肯再往下追问，因拉他坐下吃茶，款款地告诉他道：“你当我是谁，我也是个淘气的。……男人们读书不明理，尚且不如不读书的好，何况你我。就连作诗写字这等事，这不是你我分内之事，究竟也不是男人分内之事。……你我只该做些针黹纺绩的事才是，偏又认得了字，既认得了字，不过拣那正经书看也罢了，最怕见了些杂书，移了性情，就不可救了。”一番堂堂正正的话，说得黛玉口服心服，从此引为知己，彼此再无芥蒂。

再从个人条件来看，薛宝钗显然也具有优势。从书中看，林、薛的才情、相貌不分高下，可谓双峰并峙。但薛宝钗的性格比较易于相处，而林黛玉乃是典型的“小心眼儿”，口齿伶俐，有时甚至尖酸刻薄，动不动耍小性子，常常莫名其妙地抹眼泪。第五回如是写：薛宝钗“品格端方，容貌丰美，人多谓黛玉所不及”，且“行为豁达，随分从时，不比黛玉孤高自许，目无下尘，故比黛玉大得下人之心。便是那些小丫头子们，亦多喜与宝钗去顽笑”。而且，林黛玉还有病。第三十二回，林黛玉悲叹：“近日每觉神思恍惚，病已渐成，医者更云气弱血亏，恐致劳怯之症。……但恐自不能久待；你纵为我知己，奈我薄命何!”

尽管薛宝钗拥有如此优越的条件,但贾宝玉却将他的爱情毫无保留地给了林黛玉。这是因为,贾宝玉在人格上追求自由,在精神上是封建社会纲常伦理的叛逆。而这一切都得到了林黛玉的认可和支持,却遭到薛宝钗的规劝和讽谏,要贾宝玉走“仕途经济”之路,而这是贾宝玉最反感和讨厌的。林黛玉是贾宝玉志同道合的知己,他们有着相同的价值观和人生观;薛宝钗与贾宝玉恰恰相反。

第三十二回,贾宝玉直截了当地指出了薛、林之间的差异。

史湘云对宝玉说:“自然你能会宾接客,老爷才叫你出去呢。”宝玉道:“那里是老爷,都是他自己要请我去见的。”湘云笑道:“主雅客来勤。自然你有些警他的好处,他才只要会你。”宝玉道:“罢,罢,我也不敢称雅,俗中又俗的一个俗人,并不愿同这些人往来。”

湘云笑道:“还是这个性情改不了。如今大了,你就不愿读书去考举人、进士的,也该常常的会会这些为官做宰的人们,谈谈讲讲些仕途经济的学问,也好将来应酬世务,日后也有个朋友。没见你成年家只在我们队里搅什么!”宝玉听了,道:“姑娘,请别的姊妹屋里坐坐,我这里仔细脏了你知经济学问的。”

袭人道:“云姑娘快别说这话。上回也是宝姑娘的话也没说完,见他走了,登时羞的脸通红,说又不是,不说又不是。幸而是宝姑娘,那要是林姑娘,不知又闹的怎么样,哭的怎么样呢。提起这些话来,真真的宝姑娘叫人敬重,自己讪了一会子去了。我倒过不去,只当他恼了。谁知过后还是照旧一样,真真有涵养,心地宽大。谁知这一个反倒同他生分了。那林姑娘见你赌气不理他,你得赔多少不是呢。”

宝玉道:“林姑娘从来说过这些混帐话不曾?若他也说过这些混帐话,我早和他生分了。”袭人和湘云都点头笑道:“这原是混帐话。”

贾宝玉本来是很愿意亲近女儿的,但宝钗一劝他“求上进”便气不打一处来。第三十六回写道,那宝玉本就懒与士大夫诸男人接谈,又最厌峨冠礼服贺吊往还等事……却每每甘心为诸丫环充役,竟也得十分闲消日月。或如宝钗辈有时见机导劝,反生起气来,只说:“好好的一个清净洁白的女儿,也学得钓名沽誉,入了国贼禄鬼之流。这总是前人无故生事,立言建辞,原为导后世的须眉浊物。不想我生不幸，亦且琼闺绣阁中亦染此风，真真有负天地钟灵毓秀之德！”因此祸延古人，除《四书》外，竟将别的书焚了。众人见他如此疯癫，也都不向他说这些正经话。独有林黛玉自幼不曾劝他去立身扬名等语，所以深敬黛玉。

道不同，不与为谋，一个总是规劝他去走“仕途经济”之路，一个深深厌恶之，贾宝玉怎么会去爱薛宝钗？

贾宝玉对林黛玉的爱情，显示出了专一的品格。第二十八回的一段描写大有意趣。

宝钗因往日母亲对王夫人等曾提过“金锁是个和尚给的，等日后有玉的方可结为婚姻”等语，所以总是远着宝玉。昨日见了元春所赐的东西，独他与宝玉一样，心里越发没意思起来。幸亏宝玉被一个黛玉缠绵住了，心心念念的只记挂着黛玉，并不理论这事。

此刻忽见宝玉笑道：“宝姐姐，我瞧瞧你的那串红麝串子？”可巧宝钗腕上笼着一串，见宝玉问他，少不得褪下来。宝钗原生的肌肤丰泽，容易褪不下来。宝玉在旁边看着雪白一段酥臂，不觉动了羡慕之心，暗暗想道：“这个膀子要长在林妹妹身上，或者还得摸一摸，偏生长在他身上。”正是恨没福得摸，忽然想起“金玉”一事来，再看看宝钗形容，只见脸若银盆，眼似水杏，唇不点而红，眉不画而翠，比黛玉另具一种妩媚风流，不觉就呆了。

爱美之心，人皆有之。“食色，性也。”但爱情受道德道义的规范和约束，爱情不否认性欲，却强调灵与肉的统一，所以“这个膀子要长在林妹妹身上，或者还摸一摸，偏生长在他身上”。这是道德的自律，与皮肤滥淫者有着本质的区别。显然，在贾宝玉的心目中，爱情的分量超出了美貌的分量。

贾宝玉对爱情的追求达到了超越生命的高度。

第三十回，贾宝玉问林黛玉：“你往那里去呢？”林黛玉道：“我回家去。”宝玉笑道：“我跟了去。”林黛玉道：“我死了。”宝玉道：“你死了，我做和尚！”林黛玉一闻此言，登时将脸放下来，问道：“想是你要死了，胡说的是什么！你家倒有几个亲姐姐、亲妹妹呢，明儿都死了，你几个身子去做和尚？明儿我倒把这话告诉别人去评评。”

第五十七回，紫娟戏说林黛玉要回苏州，引得贾宝玉大大地疯癫了一场，让人有些忍俊不禁。但宝玉病愈之后对紫娟说的一番话，却让人感受到了一种透心彻骨的悲怆和沉重。他惟恐紫娟不知他的真心，咬牙切齿地说："我只愿这会子立刻我死了，我心迸出来，你们瞧见，然后连皮带骨一概都化成一股灰。灰还有形迹，不如再化一股烟。烟还可凝聚，人还看见，须得一阵大乱风，吹的四面八方都登时散了，这才好！"

贾宝玉最终用自己的行动实践了对爱情的庄严承诺。第二十一回脂砚斋批注曰："宝玉恶劝，此是第一大病也。宝玉重情不重礼，此是第二大病也。……宝玉之情，今古无人可比固矣。然宝玉有情极之毒，亦世人莫忍为者，看至后半部，则洞明矣。此是宝玉三大病也。宝玉有此世人莫忍为之毒，故后文方有'悬崖撒手'一回。若他人得宝钗之妻、麝月之婢，岂能弃而为僧哉？""情极之毒"非宝玉之病，他是用生命在向吃人的封建礼教抗争。

虽然贾宝玉和林黛玉的爱情以悲剧告终，但这却敲响了封建制度，包括封建婚姻制度的丧钟，因为，以爱情作为婚姻的基础，是人类发展的方向和必然结果。爱情婚姻如星星之火，必将燎原。

主张男女平等，反对男尊女卑，用审美的眼光看待女性，执著地追求爱情，这样几个方面与人文精神相契合，使"意淫"具有了全新的内容和意义。

第六章　人性与兽性的纠结

人类自进入文明社会以来，就一直在摆脱动物本能的控制，一步一步地发现人性，提升人性，扩展人性，张扬人性，虽然其过程极为艰难，就像在泥泞中跋涉，时常徘徊，甚至倒退，但总的趋势是朝着人性化的方向前进。每一个人，都有潜藏着的人性因素，即使像西门庆那样的流氓、恶棍，也会在极少的场合表现出人性的一面，只是这种人性的一面被扭曲、异化，由于太深地陷入兽性之中，人性被掩盖或者泯灭了。人，不管是作为个人，还是类，都处在人性与兽性的矛盾与纠结之中，苦苦地挣扎。有的人成功了，如贾宝玉；有的人沦落了，如西门庆；还有的人付出了高昂的代价，才找到自己的皈依。《源氏物语》的主人公光源氏属于最后一种。

对于表现在光源氏身上的人性与兽性的纠结，可以用一句话来形容，即贾宝玉的禀赋，西门庆的行为。这显然是一对不可调和的矛盾，光源氏自始至终都处于这一对矛盾带来的痛苦、彷徨与困惑之中。

光源氏的确有许多和贾宝玉相似的地方，这主要表现在他的气质和禀赋。

光源氏和贾宝玉一样，有一种女性的气质，体现的是阴柔之美。

对于贾宝玉的美貌，《红楼梦》第三回是这样写的："面若中秋之月，色如春晓之花，鬓若刀裁，眉似桃瓣，睛若秋波。虽怒时而若笑，即瞋视而有情。越显得面如敷粉，唇似施脂；转盼多情，语言常笑。天然一段风骚，全在眉梢；平生万种情思，悉堆眼角。"贾宝玉的美，就连动辄呵斥他的父亲贾政有时也不得不刮目相看。第二十三回:“贾政一举目,见宝玉站在跟前,神采飘逸,秀色夺人;看看贾环,人物委琐,举止荒疏;忽又想起贾珠来。再看看王夫人只有这一个亲生的儿子,素爱如珍,自己的胡须将已苍白。因这几件上,把素日嫌恶、处分宝玉之心不觉减了八九……”

关于光源氏的貌美,《源氏物语》有许多描写。一生下来,见多识广的人见了他都吃惊,对他瞠目注视,叹道:“这神仙似的人也会降临到尘世间来!”七岁上开始读书,便“聪明颖悟,绝世无双……所有的人都想:这小小年纪就有那么风韵娴雅、妩媚含羞的姿态,真是个非常可亲而又必须谨慎对待的游戏伴侣”。书中常用“昳丽”二字形容光源氏之美,不用说普通人,就是远离尘世的僧人和尼姑,见了光源氏也常常是“怦然心动”。如第五回,僧都说:“这位天下闻名的光源氏,你想拜见一下么?风采真美丽啊!像我这样看破了红尘的和尚,拜见之下也觉得世虑皆忘,却病延年呢……”老尼姑等人,因为她们从来不曾见过如此俊秀的美男子,相与赞叹道:“这不像个尘世间的人。”而且,越是随着年龄的增长,光源氏的美越是动人。在光源氏 40 岁的寿宴上,人们看到他的“娇艳之相”,疑心这 40 祝寿是算错了年岁。而到了 50 开外,光源氏“容貌比昔年更添光彩”。第九回,桃园式部卿亲王看到源氏公子的容姿,想道:“这个人年龄越长,相貌越是光彩焕发,竟像有鬼神附在他身上似的。”他有些不可思议,反而觉得毛骨悚然了。

贾宝玉常常被人误认为是女孩儿。第三十回写道,一则宝玉脸面俊秀;二则花叶繁茂,上下俱被枝叶隐住,则露着半边脸,那女孩子只当是个丫头,再不想是宝玉,因笑道:“多谢姐姐提醒了我。难道姐姐在外头有什么遮雨的?”

贾宝玉的“阴柔之美”有时连老祖宗贾母也看花了眼。第五十回,贾母和众孙儿孙女赏雪,只见宝琴背后又转出一个披大红猩毡的人来。贾母道:“那又是那个女孩儿?”众人笑道:“我们都在这里,那是宝玉。”

光源氏的遭遇也和贾宝玉差不多,人们一不小心就将他看成美女。第二回如是写:“此时他身穿一套柔软的白衬衣,外面随意地披上一件长礼服,带子也不系。在灯火影中,这姿态非常昳丽,几令人误认为美女。为这美貌公子择配,即使选得上品上之上品的女子,似乎还够不上呢。”因为光源氏过于娇美,兵部卿亲王竟动了好色之心。第七回,兵部卿亲王听见源氏公子来访，便出来与他相见，觉得公子此次格外亲昵，情深意真，实甚可爱。他再也没有想到要把公子招为女婿，而倒是动了轻佻之心，但愿他变作女子才好。

光源氏和贾宝玉一样，都是多愁善感之人，感情细腻缠绵，时而“感时花溅泪”，这样的描写在书中有很多处。两个人都是多才多艺，琴棋书画都精通。贾宝玉尤其擅长于吟诗作对。元春省亲前，大观园落成，贾政说道：“这匾额、对联，倒是一件难事。论理，该请贵妃赐题才是。然贵妃若不亲睹其景，大约亦必不肯妄拟。若直待贵妃游幸过再请题，偌大景致，若干亭榭，无字标题，也觉寥落无趣，任有花柳山水，也断不能生色。”贾政听塾师称赞宝玉专能对对联，虽不喜读书，偏倒有些歪才情似的，今日偶然撞见这机会，有心试试宝玉，便命他跟来。于是贾宝玉一展才华，精彩纷呈，尽管贾政总是板着面孔，却掩饰不住内心的喜悦。如题罢“沁芳亭”，贾政命宝玉再作一副七言对联。宝玉听说，立于亭上，四顾一望，便机上心来，乃念道：“绕堤柳借三篙翠，隔岸花分一脉香。”贾政听了，点头微笑，众人称赞不已。而光源氏在音乐舞蹈方面却是独领风骚。《源氏物语》第七回写光源氏舞蹈：“源氏中将的秀丽的姿态中，添了经霜增艳的各色菊花的美饰，今天大显身手，于舞罢退出时重又折回，另演新姿，使观者感动得不寒而栗，几疑此人非世间现象。无知无识的平民，也都麇集在树旁、岩下，夹杂在山木的落叶之中，观赏舞乐；其中略解情趣的人，也都感动得流泪。”

像贾宝玉和光源氏这样具有女性气质和外表之美的男子，很自然对女性有着极大的吸引力，或者用今天的话来说，就是杀伤力。况且，日本还有对于美貌少年崇拜的传统，“在日本，对美貌少年的崇拜不仅限于女孩子们和同性恋者。美少年的理想与艺妓及男扮女装的演员都在日本的审美意识中占据着同样的地位”[145]。

但是，贾宝玉和光源氏对于女性的态度却是截然不同的。贾宝玉对女性的态度如上文所说，体现的是人文精神，因而他成为女儿们的“闺阁良友”；而光源氏对于女性的态度却是基于“皮肤滥淫”，在某种程度上展示的是赤裸裸的兽性，虽然众多女性被他所吸引，但最终他的所作所为却成为女性痛苦的根源。当然，光源氏的纵欲经历了一个变化、发展的过程。而且由于他的禀赋中“情”的因素的作用，使他又不完全等同于西门庆；而且正是由于“情”的作用，他在人性与兽性的纠结和痛苦挣扎中，最终摆脱了兽性，回归了人性，但付出了高昂的代价，而且是一个生命的代价。可以说，光源氏与贾宝玉相似的地方，就是他与西门庆不同的地方；而他与西门庆相似的地方，恰恰又是他与贾宝玉不同的地方。光源氏就处于这样的一种矛盾之中。

光源氏和贾宝玉都在少年时期经历过一次“性启蒙”，启蒙的导师，都是年长的女子，而且彼此经历的都是不伦之恋。

贾宝玉的“性启蒙”导师是他的堂侄媳秦可卿，但那是在梦中，在警幻仙姑的引导下，贾宝玉与秦可卿交合。梦醒之后，他在“不越礼”的情况下，与袭人同领梦幻中所经历的事情。此后便“干干净净”，在女儿丛中“清静无为”，并专注于与林黛玉的爱情。可见，爱情能够洁净人的灵魂。

而光源氏的“性启蒙”却是在现实之中，与继母，也就是父皇的妃子——藤壶女御发生乱伦关系。这样的乱伦关系可以归因为“俄狄浦斯情结”。“俄狄浦斯情结”出自希腊神话。在古希腊神话中有这么一个预言：底比斯王的新生儿（也就是俄狄浦斯），有一天将会杀死他的父亲而与他的母亲结婚。底比斯王对这个预言感到震惊万分，于是下令把婴儿丢弃在山上。但是有个牧羊人发现了他，把他送给邻国的国王当儿子。俄狄浦斯并不知道自己真正的父母是谁。长大后他做了许多英雄事迹，赢得伊俄卡斯忒女王为妻。后来国家瘟疫流行，他才知道，多年前他杀掉的一个旅行者是他的父亲，而现在和自己同床共枕的是自己的亲生母亲。俄狄浦斯王羞怒不已，他弄瞎了自己的双眼，离开底比斯，独自流浪。

俄狄浦斯情结又称恋母情结，是精神分析学的术语。精神分析学的创始人弗洛伊德认为，儿童在性发展的对象选择时期，开始向外界寻求性对象。对于幼儿，这个对象首先是双亲，男孩以母亲为选择对象而女孩则常以父亲为选择对象。小孩做出如此的选择，一方面是由于自身的本能，同时双亲的刺激也加强了这种倾向，即是由于母亲偏爱儿子和父亲偏爱女儿促成的。在此情形之下，男孩早就对他的母亲发生了一种特殊的柔情，视母亲为自己的所有物，而把父亲看成是争得此所有物的敌人，并想取代父亲在父母关系中的地位。同理，女孩也以为母亲干扰了自己对父亲的柔情，侵占了她应占的地位。

比较符合上述弗洛伊德论点的是我国六朝宋孝武帝刘骏对母亲路太后的恋情，因为路太后从小就陪伴在刘骏的身边，母子相依为命而导致这样的结果。前面提到的古罗马荒淫的帝王尼禄则是另外一种类型。尼禄是“被恋母”了，他的母亲极其专断，想操控儿子的一切，当她发现儿子喜爱上了不是由她安排给儿子的女人，便赤身裸体地出现在儿子的面前，勾引儿子，发生性关系。光源氏的恋母情结则提供了另外一个版本，他的恋母情结是因为从小母爱的缺失。

光源氏的母亲桐壶更衣深受光源氏的父皇桐壶帝的宠爱，但由于缺少有力的后援人，而遭到其他嫔妃的妒忌，在光源氏小的时候便抑郁而终。后来，皇上终于找到了一个与桐壶更衣容貌相像的女子，就是先帝的四公主。于是娶进宫来，封为藤壶女御。《源氏物语》写道：在所有嫔妃之中，“藤壶女御年龄最幼，相貌又最美，见了源氏公子往往含羞躲避。但公子朝夕出入宫闱，自然常常窥见姿色。母亲桐壶更衣去世时，公子年方三岁，当然连面影也记不得了，然而听那典侍说，这位藤壶女御相貌酷似母亲，这幼年公子便深深恋慕，因此常常亲近这位继母。皇上对此二人无限宠爱，常常对藤壶女御说：‘你不要疏远这孩子。你和他母亲异常肖似。他亲近你，你不要认为无礼，多多地怜爱他吧。他母亲的声音笑貌，和你非常相像，他自然也和你非常相像。你们两人作为母子，并无不相称之处。’源氏公子听了这话，童心深感喜悦，每逢春花秋月、良辰美景，常常亲近藤壶女御，对她表示恋慕之情”。12 岁行加冠礼时，他便和左大臣的女儿葵姬结婚。这桩婚姻属于典型的“利益婚姻”，父皇让光源氏娶左大臣的女儿，实际上是为他找一个靠山，一个有力的后援人。但夫妻双方没有感情可言，光源氏时时住在宫中，实际上是找机会与继母藤壶女御接近。“他心中一味认为藤壶女御的美貌盖世无双。他想：‘我能和这样的一个人结婚才好。这真是世间少有的美人啊！’”

但是，加冠成人礼举行过以后，光源氏便不能再像少儿时那样随意亲近藤壶，这使他非常苦闷。终于有一次，他和藤壶女御发生了性关系，这让藤壶女御非常痛苦，抱恨终天，决心永不再犯。可是，在光源氏 18 岁的时候，藤壶女御已被封为妃子，光源氏却又逮到了机会。一次藤壶妃子身患小恙，暂时出宫，回三条娘家休养。光源氏颇想乘此良机，与藤壶妃子相会。他催促藤壶妃子的侍女王命妇，要她想办法。王命妇用尽千方百计竟不顾一切地把两人拉拢了。此次幽会后，藤壶妃子悲叹自己命苦，病势加重了。更让他痛苦的是，这次幽会竟让藤壶妃子有了身孕，并生下一个和光源氏长得一模一样的小皇子。藤壶女御忧心如焚，痛不欲生。

如果说光源氏与藤壶妃子的乱伦关系是出于恋母情结而有情可原的话，那么，与此同时，他的一系列纵欲的举动则让人瞠目结舌了。在纵欲方面，光源氏与西门庆非常相似，没有禁区可言，也没有止境，什么社会制度、伦理规范的概念，一概全无；大有凡是女人，只要他想得到便非要发生性关系不可的架势。而且，很多时候他的做法比西门庆更干脆、更直接。西门庆与女人发生关系，多少还要作一些铺垫，多少还有一点前奏曲，做一些"准备工作"。如西门庆为了将潘金莲搞到手，便费尽心机，花银子收买王婆，设计引潘金莲上钩。与潘金莲成其"好事"前，还有调戏的过程，如故意将筷子掉到地上，然后去捏潘金莲的三寸金莲，等等。但很多时候，这一切光源氏全都省略了，他的方式就是"直奔主题"，不论妍丑如何，不论知情与否，便强行发生性关系。仿佛这个时期的日本男人，在与女人相处的时候，除了性交，便不知道其他的方式，表现了一种"原始的野蛮"，而这样的野蛮恰恰发生在看上去温文尔雅、长得像美女的光源氏身上，真是不可思议。而且，和西门庆一样，光源氏对于别人的女人总是有一种特殊的"爱好"。

如第二回，他因为要"回避中神"而到仆从纪伊守家去借宿。纪伊守立刻遵命，但他退下来对旁的人说："我父亲伊豫介家里最近举行斋戒，女眷都寄居我家，屋里狭窄嘈杂，生怕得罪了公子呢。"当光源氏得知纪伊守的后母空蝉也住在他的家中，便动了色情的心思。便于夜深人静时分，悄悄钻入空蝉的房中，强行与她发生了性关系。还编了一套谎言对空蝉说："太唐突了，你道我是浮薄浪子一时冲动，确也难怪。其实我私心倾慕，已历多年；常想和你馨吐衷曲，苦无机会。今宵幸得邂逅，因缘非浅。万望曲谅愚诚，幸赐青睐！"说得婉转温顺，魔鬼听了也会软化。光源氏还想继续和空蝉保持联系，空蝉却越发痛苦了，她说："我觉得这不是事实，竟是做梦。你当我是个卑贱的人，所以这样作践我，教我怎不恨你？我是有夫之妇，身分已定，无可奈何的了。"为了能够再次与空蝉发生关系，他笼络收买了空蝉的弟弟小君。他对小君说："你这孩子不知道：你姐姐认识伊豫介这个老头子以前，先和我相识了。不过，她嫌我文弱不可靠，因此嫁了那个硬朗的老头子，真是欺侮我！如今你就做我的儿子吧。你姐姐所依靠的那个老头子，寿命不长了。"

小君听了,心中想道:"原来如此!姐姐不理睬他,也太忍心了。"

光源氏遭空蝉冷遇,欲罢不能,在空蝉弟弟小君的帮助下,又偷偷溜进纪伊守家,试图寻找机会,却窥见空蝉与继女轩端荻在下棋。只见轩端荻穿着一件白色薄绢衫,上面随随便便地披着一件紫红色礼服,腰里束着红色裙带,裙带以上的胸脯完全露出,样子落拓不拘。肤色洁白可爱,体态圆肥,身材修长,鬓髻齐整,额发分明,口角眼梢流露出无限爱娇之相,姿态十分艳丽。她的头发虽不甚长,却很浓密;垂肩的部分光润可爱。全体没有大疵可指,竟是一个很可爱的美人儿。源氏公子颇感兴趣地欣赏她,想道:"怨不得她父亲把她当作盖世无双的宝贝!"继而又想:"能再稍稍稳重些更好。"而光源氏也才看清空蝉的面容,只见她常常用袖掩口,不肯让人分明看到她的颜貌。光源氏觉得倘就五官一一品评,这容貌简直是不美的。然而全体姿态异常端严,比较起艳丽的轩端荻来,情趣深远,确有牵惹心目之处。

夜里,空蝉与轩端荻睡在一起,光源氏又悄悄摸进空蝉的房中,空蝉发现后逃脱了,但光源氏却强行与睡得朦朦胧胧的轩端荻发生了性关系,他心里竟如此想:"睡在这里的人,倘是黄昏时分灯光之下窥见的那个美人,那么势不得已,将就了吧。"事毕,光源氏又装作多情,对轩端荻私立盟誓。

夕颜是光源氏妻兄头中将的情人,因为受头中将岳父家的恐吓落荒而逃,躲在光源氏的大弍乳母的家附近,那条街上非常肮脏。一次,光源氏去看望大弍乳母,发现了夕颜的踪影,便让仆从惟光去打听。惟光心里想:"我这主子的老毛病又发作了。"几经周折,光源氏终于占有了夕颜。但是,夕颜毕竟是他人的女人,光源氏"孤衾独寝之夜,他总是提心吊胆,忧虑万状,痛苦不堪,生怕此女子在这夜间逃走了",于是在一个夜晚,将夕颜带到一个荒芜的邸宅,不料夕颜却突然死亡。

胧月夜是光源氏皇兄的妃子。在胧月夜入宫前的一个春天,皇上于南殿举行樱花宴会。源氏公子忽然听到廊下有一个非常娇嫩而美妙的声音,迥非寻常女声可比,源氏公子喜出望外,待她走近,便闯出门去,一把拉住了她的衣袖。那女子好像很害怕的样子,叫道:"呀,吓死我啦!是谁呀?"源氏公子答道:"你何必这样讨厌我呢?"源氏公子将她抱进房里,关上了门。胧月夜因为事出意外,一时茫然若失,浑身颤抖,喊道:"这里有一个陌生人!"源氏公子对她说:"我是大家都容许的。你喊人来,有什么用处呢?还是静悄悄的吧。”光源氏便这样强行与皇兄的女人发生了关系。事后才知道这女子是皇兄的母亲弘徽殿女御诸妹中之一人,他想:“此人还是处女,想必是五女公子或六女公子了。帅皇子的夫人三女公子和头中将所不爱的夫人四女公子,听说都是美人。倘是这两个人,更加有味儿了。”胧月夜入宫后,光源氏还偷偷地与她约会,重温旧梦。与处女发生性关系还不够刺激,与别人的妻子发生性关系才有味儿,这反映了动物本能的作用,打破婚姻制度的限制,随意地与女人发生性关系,这是群婚杂交基因的冲动。胧月夜入宫后,真正成为“别人的女人”,光源氏便偷偷地与她约会,重温旧梦。

与此同时,光源氏还与自己的婶母,已故太子妃六条妃子发生关系。六条妃子起初拒绝光源氏的求爱,好容易被他说服,岂知说服之后,光源氏的态度忽然一变,对她疏远了。六条妃子好不伤心!她现在常常考虑:未曾发生关系以前他那种一往情深的热爱,如今何以没有了呢?这妃子是个深谋远虑、洞察事理的人。她想起两人年龄太不相称,深恐世人谣传,两人为此疏远,更觉痛心。每当源氏公子不来、孤衾独寝之时,总是左思右想,悲愤叹息,不能成眠。后来,六条妃子为了摆脱与光源氏的这种令人痛苦的关系,陪伴女儿去伊势神宫当斋宫。源氏的父皇桐壶院闻此消息,对源氏公子说:“吾弟在世之日,最宠爱这位妃子。你对她倘有轻率怠慢,便是对不起她。这个斋宫,我也视同自己子女一样。无论从哪方面说,都应该尊重这位妃子。像这样任情恣意,轻薄好色,势必遭受世人讥评。”

贵族公子哥儿之间竞相追逐女人,大大刺激了畸形的欲望,源氏公子亦深爱此道。末摘花是常陆亲王的女儿,源氏公子和他的妻兄头中将只闻其名,便一起给这位小姐写信求爱。偏偏这位末摘花小姐不通人情世故,子舅俩便相互猜疑,以为对方收到了回信。后来源氏公子终于得手,却发现这位小姐长相特别难看,尤其是那个鼻子,红得刺眼,悔恨不已。

最最荒唐的是源氏公子和头中将为了一个比自己大40多岁,可以做自己祖母的老宫女争风吃醋,甚至大打出手。这个老宫女叫做源内侍,“出身荣贵,才艺优越,人望也很高。只是生性异常风流,在色情上完全不知自重。源氏公子觉得奇怪:年纪恁般老大了,何以如此放荡?试把几句戏言来挑拨她一下,岂知她立刻有反应,毫不认为不相称。源氏公子虽然觉得无聊,推想这种老女人也许另有风味,便偷偷地和她私通了。但生怕外人得知,笑他搭交这些老物，因此表面上对她疏远。这老女便引为恨事”。头中将知道此事，心想：“我在色情中也总算无微不至的了，但老女这门路却不曾想到。”他很想看看春心永不消减的模样，便和这内侍私通了。一天正好头中将也来会晤这内侍，真是狭路相逢。头中将看见源氏公子先走进去，心中非常高兴。他想乘此机会稍稍恐吓他一下，给他吃点苦头，揭穿他的假正经。两人终于扭打成一团。内侍表面上装作一个娇艳的少女，粗看倒也像模像样，但实际上却是个五十七八岁的老太婆。此时她忘记了一切，夹在两个美貌无比的20来岁的青年贵公子中间，周章狼狈地调停排解，这样子实在滑稽至极！

光源氏对女人的欲望与西门庆一样，永无止境。就像他的侍女所说：“好辛苦！日日夜夜地东偷西摸！”与这么多女人纠缠，但他始终忘不了藤壶妃子，总是想方设法找机会向藤壶妃子求欢。藤壶妃子痛苦不堪，竟至昏迷。

此外，他还与桐壶院妃子——丽景殿女御的三妹花散里，曾经在宫中有过露水因缘；不断地写信向桃园亲王的女儿槿姬求爱，但槿姬听到世间传说源氏公子是个薄情郎，于是主意坚定，决心不效别人那样受他的诱惑。公子给她信，她大都置之不答，不过难得回他一封短书。然而也不表示嫌恶，使他难堪。因此，源氏公子始终认为此人优异，欲罢不能。

但是，光源氏与西门庆不一样的是他虽然在追逐女人的时候没有禁区、没有节制，但他却有着丰富而缠绵的感情，时时流露出具有人情味的一面。如果说西门庆对待女人是“始乱终弃”的话，光源氏对待女人却是“始乱终情”。尤其是在生离死别的时候，光源氏的“情”便突出地展示出来。

夕颜暴亡，源氏公子心中无限悲痛，却毫无办法，只是紧紧抱住她，叫她：“吾爱，你活过来吧！不要教我悲痛啊！”他回肠百转地思量：“我前世作了什么孽，今世消受这性命攸关的忧患呢？罪由心生，这是我在色情上犯了这逆天背理、无可辩解的罪过所得的报应，故尔发生这罕有其例的横事吧……”

夕颜被送去火化后，源氏公子更是悲痛欲绝，抚胸冥想，越想越是悲恸。“我为什么不搭上那车子一同前往呢？如果她苏醒过来，将作何感想呢？她知道我撇了她而去，定将恨我无情吧。”他在心绪缭乱之中，念念不忘此事，不觉胸中堵塞，气结难言。他觉得头痛，身体发烧，非常痛苦。他想："如此病弱，不如死了罢休！"为了能见夕颜最后一面，他不顾身体有病，带着仆从走在崎岖的路上。见到夕颜的遗骸后，源氏公子握住了她的手说："请让我再听一听你的声音！你我两人前生结下何等宿缘，故尔今生欢会之期如此之短暂，而我对你却又如此倾心爱慕？如今你匆匆舍我而去，使我形单影只，悲恸无穷，真是太残酷了！"他不惜声泪，号啕大哭，不能自已……因为夕颜暴亡，源氏公子竟大病 20 多天。

由于是包办婚姻，源氏公子与妻子葵姬一直不和，相互冷淡有时形同路人。但是葵姬病重的时候，源氏公子却是百般体贴与呵护。光源氏握住葵姬的手，说道："哎呀，你好苦啊！教我多么伤心！"说时泣不成声。葵姬的眼色，本来非常严肃而腼腆，现在带着倦容仰望着源氏公子，凝视了一会之后，滚滚地流出眼泪来。源氏公子睹此情状，肝肠断绝，对葵姬说："唉，要谈的话实在多，不过你现在身体还很弱，应该静养。"便劝她服汤药。众侍女睹此光景，都很高兴，想道："不知他几时学会看护病人的。"

葵姬死后，源氏公子一度闭门思过，不再勾搭别的女人，只管真心地悲伤叹气，朝朝暮暮地为亡妻诵经念佛。他的妻兄头中将看见源氏公子愁容满面，哀思深重，窃自想道："原来我看错了：我以为源氏公子这几年来对阿妹并无何等深恩重爱，只因桐壶帝屡次训戒他，父亲也一片苦心地疼爱他，加之他和母亲乃姑侄之谊，有此种种关系，所以他不便抛弃，勉强敷衍，实乃一大遗憾。岂知我这看法全是误解，原来他对这正夫人是非常疼爱又重视的！"他始恍然大悟之后，便觉葵姬之死越发可惜，仿佛家里失去了光彩，何等不幸！

还有，对于那个长相奇丑的末摘花，光源氏也表现出了比较善良的一面。

当他了解到末摘花的真实情况后，便"后悔莫及"，但同时却下了决心：从今以后，永远照顾这小姐的生活。正如书中所说：这小姐的相貌如果同世间普通一般的女子一样而并无何等特殊之处，那么别的男子也会爱上她，源氏公子不妨将她抛开。现在源氏公子分明看见了她那丑陋的相貌，反而觉得非常可怜，不忍抛舍了。于是他真心诚意地周济她，时时遣使存问，馈赠物品。所馈赠的虽非黑貂皮袄，却也是绸、绫和织锦等物。小姐自不必说，老侍女等所着的衣类，连管门的那个老人所用的物品，自上至下一切人等的需要，无不照顾周到。小姐受到这种日常生活的周济，倒也并不认为羞耻，源氏公子方才安心。此后他源源不绝地供给，有时不拘形式，失却体统，彼此亦不以为异。

事实上，除了流放须磨的暂短时期外，光源氏一生都在尽心地照顾末摘花的生活，而且比对待其他人更为周到、细致与体贴。

到晚年，光源氏兴建六条院私邸，目的就是为了让他所有的女人都有安逸的居所，做到衣食无忧，老有所养。这与他的妻兄形成鲜明的对照。他的妻兄和光源氏一样，年轻时到处拈花惹草，到处“播种”，但却让他的女人和女人的孩子流落在外，夕颜便是一例，换了光源氏绝不会如此作为。晚年光源氏的妻兄终于找到了一个失散多年的女儿近江君，而近江君的母亲早已在贫困中去世。他不好好关心照顾自己的女儿，却只是将她当作解闷的笑料。近江君从小没有好的教养，加上没心没肺，总是让人啼笑皆非。有一次她竟对父亲说：“我什么都不计较。把我看得太重，叫我当小姐，我反而拘束。我情愿替爹爹倒便壶。”此外，光源氏的妻兄连自己的母亲也不好好孝顺赡养，老太君却觉得光源氏比自己的儿子还要亲，哪怕是在自己的女儿去世之后，光源氏也一直关心体贴自己的岳母。

当然，光源氏对女人的感情与贾宝玉的感情有所不同，由于没有平等与专一，所以达不到爱情的高度，只是一种怜悯、仁慈与施舍。而且，他与贾宝玉的审美眼光也大异其趣。贾宝玉的审美更重要的是基于心灵、气质与价值观，而光源氏乃是基于容貌，再进一步就是性格。他对夕颜念念不忘，乃是因为夕颜“温良驯善，和蔼可亲，与他人迥不相同”，而六条妃子与妻子葵姬都是性格刚烈骄横，所以遭源氏冷落。

促使源氏最终由西门庆向贾宝玉转化的是《源氏物语》的女主人公——紫姬，《源氏物语》作者的姓名亦与紫姬有关，因为书的女主人公非常完美，人们于是称作者为紫式部。从故事的情节发展看，源氏对紫姬的感情也在发生变化，一点一点地向爱情转化、发展；但这个过程非常艰难曲折，最后付出的是生命的代价，紫姬的死让他幡然醒悟。

与继母的乱伦关系让光源氏陷入深深的苦恼之中，他一方面不断地纠缠藤壶妃子，另一方面彻底堕落，无节制地纵欲。但这一切却在他发现紫姬后悄悄地改变了，虽然改变的程度不是那么明显。

第五回，源氏公子患疟疾去北山请高僧念咒消灾，发现了酷似藤壶女御的紫儿："其中有一个女孩，年约十岁光景，白色衬衣上罩着一件棣棠色外衣，正向这边跑来。这女孩的模样，和以前看到的许多孩子完全不同，非常可爱，设想将来长大起来，定是一个绝色美人。……源氏公子想道：'这个人长大起来，多么娇艳啊！'便目不转睛地注视她。继而又想：'原来这孩子的相貌，非常肖似我所倾心爱慕的那个人，所以如此牵惹我的心目。'"

经过一番周折，源氏公子收养了紫儿，开始按照自己的意图教养她，想将她教养成一个温驯而又富有才情的女子。他和紫儿过着既像夫妻又像父女的生活。

虽然光源氏一如既往地追逐女人，寻欢作乐，但他开始有了顾忌。回到二条院私邸，看见豆蔻年华的紫姬长得异常美好，源氏公子想道："我真是自作自受！何必去找那些女人，自寻烦恼？为什么不在家里守着这个可怜可爱的人儿呢？"紫姬进了二条院私邸后，日渐驯顺，性情温良，容姿端雅，只管天真烂漫地亲昵源氏公子。每逢公子乘夜出门，紫姬总是依依不舍，公子又觉得十分可怜。有时公子入宫侍驾，二三日不归，接着又往左大臣家滞留。紫姬连日孤居独处，闷闷不乐。此时公子不胜怜惜，似觉家里有了一个无母的孤儿，冶游也不得安心了。

在紫姬发育成熟的时候，源氏便"水到渠成"地占有了她，这让紫姬非常愤恨和恼怒，竟从此嫌恶源氏公子。她想："年来我万事信赖他，放心依附他，想不到此人如此卑鄙！"她颇感后悔，正面也不看他一眼。源氏公子向她调笑，她总是板起面孔，表示讨厌。从前那种天真烂漫的样子，现在完全没有了。

促使光源氏对紫姬的感情向爱情方面发展的是光源氏因与皇兄的妃子胧月夜偷情被发现而流放须磨之际，两人都显示出了誓同生死的情感。

第十二回，光源氏觉得这京都地方已可厌弃，然而想起了今将离去而难以抛舍之事实在甚多。其中尤其是紫姬，她那朝朝暮暮惜别伤离、愁眉不展的样子，越来越厉害，这比任何事情更使他痛心……因此，他有时考虑："索性悄悄地带她同行，便又如何？"然而在那荒凉的海边，除了惊风骇浪之外无人来访，带着这纤纤弱质同行，实在很不相宜，反而会处处为难。——如此一想，便打消此念。紫姬却说："即使是赴黄泉，我也要跟你同行。"

须磨地方异常险恶，生活极为艰苦。流放期间，紫姬的爱情支撑着源氏公子的信念，使他坚信自己能够有东山再起的机会。紫姬屡屡派人送来的衣物和信件是对光源氏最大的安慰，两人心心相印，光源氏还绘画记录下流放期间的生活。这样的真情实感颇让人感动。

但是，源氏公子在流放须磨期间却在"迫不得已"的情况下，偷偷地娶了明石姬。

明石姬的父亲明石道人原来是地方官，后来出家。他勤修佛法，十分专心，只是为了这一个女儿的前途，不免劳心苦思，常在人前泄露愁情。见光源氏流放到须磨，觉得这是女儿出人头地的一个绝好机会。但在源氏公子心中，只因久闻这美人之名，觉得此次不期而遇，似有前世宿缘。然而心念在此沉沦期间，除了勤修佛法而外，不应另起妄念。况且紫姬闻知了，亦将怪他言行不符，而不相信他的种种情话。因此觉得不好意思，并不向明石道人表示心愿。然而，"皮肤滥淫"的惯性使他又偏离了正确的轨道。他屡次听说这位小姐品质与容貌都不寻常，则又不无恋慕之念。明石姬每次回信，都无不适当之语。源氏公子便想象这女子的风韵娴雅的品质，觉得不见一面不甘罢休。直接会面后，发现明石姬仪容高雅，体态苗条，令人一见倾心。这段意外因缘，源氏公子本不敢希望其成就。今日居然能成事实，便觉此人格外可爱。紫式部评论源氏公子："大概他对于女人，一经接近，爱情便会油然而生吧。"

这显然是对与紫姬爱情的背叛。爱情拒绝花心，不管是以什么理由为借口。

此后，源氏公子便处于两难之中，既顾忌紫姬的感受，又对明石姬难以割舍。

从须磨流放回来后，源氏公子把明石姬的事一五一十地告诉了紫姬。谈到明石姬时源氏神情十分激动，紫姬看了心中不快，但她装作若无其事，信口吟诵古歌："我身被遗忘，区区不足惜，却怜弃我者，背誓受天殛。"借此聊以寄恨。源氏公子听了，觉得非常可爱，又非常可怜，心想："这样百看不厌的一个美人，我怎么竟然经年累月地与她离别了？"

但是，艰苦的流放生活结束后，光源氏回到京都，执掌朝政，好色的心态复萌，又向西门庆的兽性方向滑去，对紫姬的伤害亦越来越大，但相对于过去，他还是有所节制。

六条妃子去世前，曾恳求光源氏不要打她女儿前斋宫的主意，将她列入恋侣。源氏公子成了前斋宫的保护人，在光源氏的安排下，前斋宫入宫成了冷泉帝的梅壶女御，其间，回二条院歇息时谈及往事，梅壶女御嘤嘤哭泣起来，样子甚是可怜。光源氏在帷屏外听她因哭泣而颤动的声音，想见她是个非常温柔优雅的美人。可惜不能见面，胸中焦灼难堪。紫式部评论说："此种恶癖实甚讨厌！"

此后光源氏对梅壶女御纠缠不清，时时以言语挑逗，甚至想乘此机会，发泄胸中关闭不住的怨恨，或竟更进一步，作非礼之事。

对于过去屡屡拒绝自己的槿姬，源氏不肯就此罢手。便恢复勇气，重新向她热烈求爱。此事终于泄露出去。世人纷纷议论："源氏内大臣爱上前斋院了。源氏的姑母五公主也说这二人是天生一对。这真是一段门当户对的好因缘呵！"这些话传入紫姬耳中，起初她想："如果真有此事，他总不会瞒我。"后来仔细观察，发现公子神色大变，常常若有所思，神不守舍。她这才担心起来："原来他已相思刻骨，在我面前却装作若无其事，说起时也用戏言混蒙过去。"又想："这槿姬与我同是亲王血统，但她的声望特别高，一向受人重视。如果公子的心偏向了她，于我甚是不利呢。我多年来备受公子宠爱，无人能与我比肩，幸福已经享惯了。如今若果被他人压倒，岂不伤心！"她暗自悲叹。继而又想："那时即使不完全忘却旧情而与我绝交，也一定很看轻我。他那自幼爱护我、多年来照顾我的深情厚意，必将成为无足轻重，有无皆可了。"紫姬暗自寻思："我一向信任他，想不到夫妻之间会发生这种事情。"

对于夕颜，源氏公子一直念念不忘，意外地找到夕颜的女儿玉鬘，而玉鬘的容貌之美胜过母亲夕颜。"夕颜的风姿，只是天真活泼，温柔和悦；这个玉鬘呢，又具有高贵之相，其态度之优雅，使人见了自惭形秽。"

源氏将玉鬘当作女儿收养，却怀着不可告人之心，只是因为对紫姬有所顾忌而不敢过于放肆。但时时调戏甚至猥亵，这让玉鬘痛苦不堪，连不明真相的光源氏的儿子夕雾也看不下去。第二十五回写道，由于狂风大作，玉鬘一夜没有合眼。光源氏偎傍着她坐下来，以慰问风灾为借口，照例叨叨絮絮对她说了许多情话。玉鬘讨厌不堪，恨恨地说道："你老是讲这些难听的话，我真想教昨夜的风把我吹走，吹得不知去向才好。"……夕雾在室外，听见光源氏与玉鬘谈得很亲昵，很想看一看玉鬘的容颜。屋角的帘子里面虽然设着帷屏，但因大风之故，已经歪斜，把帘子略微揭开些，里面没有遮蔽，可以很清楚地窥见玉鬘之姿色。他看见父亲分明是在调戏这姐姐，想道："虽然是父亲，但姐姐已经不是可以抱在怀里的婴儿了！"便注目细看。他深恐被父亲察觉，拟即退去。但这景象太奇怪了，使人不肯不看。但见玉鬘坐在柱旁，面孔略微转向一旁。源氏把她拉过来，她的头发便披向一边，波浪一般荡动，甚是美观。她脸上显出嫌恶痛苦之色，然而并不坚拒，终于和颜悦色地靠近父亲身边。可见是向来习惯如此的。夕雾想道："啊呀呀，太不成样了！这是怎么一回事啊？父亲在色情上无孔不入，因此对于这个不在身边长大的女儿，也会起这种念头，怪不得这样亲密。"

而更加荒唐的是源氏竟用玉鬘作为诱饵吊那些求爱者的胃口，以满足自己变态的心理。将玉鬘接到家中后，他对紫姬说："我定要宣扬出去，叫大家知道我家有个美人。兵部卿亲王常常注目于我家的女人，如今好叫他尝尝相思滋味了。那些好色之徒到这里来，总是装得一本正经，就为了我家没有香饵之故。我要好好地教养这妮子，管教这些人都脱下假面具来。"紫姬说："哪有这种糊涂爷！找得一个女儿来，首先要她诱惑人心。真正岂有此理！"源氏说："老实说，我从前如果也像今日一般悠闲，定然教你做香饵。当时不曾考虑到，就成了这局面。"说罢哈哈大笑。

兵部卿亲王终于上钩。书中写道：源氏穷极无聊，自作主张，专想等候兵部卿亲王来访，以便偷看情状，——此种勾当兵部卿亲王一概不知……黄昏已过，天光朦胧暗淡……兵部卿亲王推想玉鬘的容貌一定比他所预期的更美，爱慕之心更加热烈了。他明言直说，向宰相君陈述他对小姐的恋慕之情，句句入情入理，落落大方，完全不是冒冒失失的急色儿口吻，其神态亦与众不同。源氏偷偷地倾听，颇感兴趣。兵部卿亲王说了一大套话，玉鬘一言不答，心中忐忑不安。此时源氏走近她的身边，把帷屏上的一条垂布撩起。同时周围忽然发出亮光。玉鬘以为拿出蜡烛来了，吃了一惊，原来源氏这一天傍晚将许多萤火虫用纸包好，藏在身边，不使光线透露出来。此时他装作整理帷屏的样子突然把萤火虫放出，因此周围忽然大放光明。玉鬘讨厌至极，连忙拿扇子遮住面孔，那侧影异常美丽。源氏玩这把戏，有个用意：突然大放光明，兵部卿亲王便可窥见玉鬘的容貌。兵部卿亲王之所以如此热诚地求爱只是为了她是源氏的女儿之故，却并未料到她的品质容貌如此十全其美。现在让他看看，好教这个急色儿恼煞，因此他做这般布置。

紫姬善妒，但凡事隐忍不发，装作若无其事。源氏却不以为意，甚至问紫姬："我有何不可信赖之处？"紫姬微笑着答道："怎么会没有！便是我自己，不知尝到了几多次难以忍受的痛苦。"源氏以为自己有所节制已经做得很好，但他怎么会知道紫姬的痛苦？

让紫姬再一次沉陷痛苦之中的是源氏娶了退位的皇兄朱雀帝的女儿三公主。朱雀帝在出家之前请求源氏娶三公主，做她的保护人，源氏本可以婉谢，却没有拒绝。第三十三回写道，紫姬目见耳闻，不能无动于衷。其实，虽然来了个三公主，紫姬未必全被压倒。然而紫姬一向专宠，无人能与她比肩；如今新来的人姿色既艳，年纪又轻，威势盛大，足可凌人，倒使她不能放心了。但她绝不形之于色，当新人入门之时，她和源氏一起准备迎接，事无巨细，都料理得十分周到。

然而，婚后三天，源氏夜夜伴三公主宿。紫姬多年以来不曾尝过独眠滋味，如今虽然竭力忍受，还是不胜孤寂之感。她越发殷勤地替源氏出门穿的衣服多加熏香。那茫然若失的神情，非常可怜而又美丽。源氏想道："我有了这个人，无论发生何事，岂有再娶一人之理。都因我自己性情轻佻，意志薄弱，行事疏忽，以致造成这个局面。"

紫姬想："近几年来，我也曾担心以后是否还会发生事情。但念如今已非少年，此念应已离绝。诚能如此，则今后便可放心。平安无事直到今日，岂知又发生了这件难于告人之事。世事如此变化无定，今后很可担心呢。"紫姬夜夜抱枕孤眠，落寞寡欢。此时她就回忆起从前源氏谪居须磨、经年阔别时的情状。她想："那时公子背井离乡，远赴异域，我但求能够知道他平安无事地同生此世，便把自身苦乐完全置之度外。我所悲伤的只是他的不幸。假如在这纠纷扰攘之时，我和他都丧了性命，则今日还有什么悲欢离合可言呢！"这想法也可聊以自慰。夜风忽起，春寒袭人，一时不能入睡。生怕睡在近旁的侍女听见了惊诧，身体一动也不动。如此独寝毕竟是痛苦的。深夜听见鸡声，不胜凄凉之感。

紫姬的眼泪将衣袖都流湿了，源氏回来，她赶紧将衣服填在身子下面，源氏伸手替紫姬取出填在身子下面的衣服。紫姬连忙把稍稍泪湿的单衫袖藏过，装作和蔼可亲、毫无怨恨的样子。

光源氏对于爱情的背叛，一点一点地折磨着紫姬，吞噬着她的生命。但温婉驯良的紫姬总是找理由为源氏开脱，也是为了解脱自己。如果说源氏在流放期间娶明石姬，后来在朱雀帝的请求下再娶三公主都是“有情可原”，对于梅壶女御和玉鬘的调戏都没有落到实处，而能够被紫姬竭力宽容的话，光源氏与胧月夜的旧情复燃则给了紫姬致命的一击，使她对人生、对爱情失去了任何的希望。

源氏晚间出去与胧月夜偷欢，早晨归来，紫姬笑着对他说：“你倒像是返老还童，比从前更加风流了！教我无依无靠，好痛苦啊！”终于不免流下泪来。可源氏却在狡辩：“你这样心绪不安，我也很痛苦呢。我若有错，你只管尽情地拧我也好，打我也好。我从来不曾教导你说：做人不可坦率。你的脾气太固执了。”

紫姬想出家为尼，脱离苦海，她对源氏说：“我现在不想再过这种烦杂的生涯了，但愿闲居静处，悉心修道。活到这年龄，世间悲欢荣辱，均已阅尽。请你体谅我心，许我出家。”却遭到拒绝。源氏总是答道：“你这想法全没道理，也太无情了。我自己早就深望出家，但念你独留在世间，何等孤寂。且我出家之后，你的生涯势必变样。为此放心不下，迁延至今尚未实行。且待我此志成遂之后，你再作打算可也。”紫姬痛苦地诉说：“在旁人看来，固然如你所说，我这微不足道之身，享受了过分的幸福。谁知我心中一向怀着难于堪忍的痛苦呢。为此我自己常向神佛祈祷。”

紫姬最后在痛苦与无望中死去，源氏这才幡然醒悟。他才明白紫姬需要的是什么，这就是男子的专一和男女双方相互的忠贞不渝，这是所有女子对男子的要求，要求的是真正的爱情，而不是建立在男性霸权之上的怜悯、恩赐与施舍。紫姬以她的生命代价使源氏完成人性的救赎，使他从皮肤滥淫的兽性回到人性的轨道上来。

书中写道，紫姬死后，光源氏晓起夜眠，泪无干时，两眼模糊，昏沉度日。再不亲近女色，每逢寂寞无聊之时，常常到明石夫人那里作普通一般的访问，但绝不像从前那样亲昵，连泊宿也免了。明石夫人曾经几乎和紫姬不分高下，当然不满。对于爱情的不专一，伤害的何止是紫姬？藤壶妃子、六条妃子、葵姬、明石姬、花散里、末摘花，等等，哪一个不是被伤害的对象？周旋于这么多的女性之间，对每一个都是甜言蜜语、山盟海誓一番，就像西门庆对与他发生过关系的女人那样，这样的誓言有什么价值可言？反观贾宝玉，“对不同的人他的痴情有不同的表现形态：加之黛玉则为坚贞不渝的爱情；加之宝钗则是敬爱之情；加之众姐妹则为真挚深笃的手足之情；加之众丫环奴婢则为平等的友爱之情”[146]。类似于山盟海誓的话，他只对林黛玉一人表白过，所以坦荡自在。而光源氏对女人只能哄骗，没有任何的可信度。

《金瓶梅》中的西门庆有一大嗜好，就是嫖娼，与光源氏同时代的贵族大多也有这个嗜好，但光源氏却不好此道。《源氏物语》第十二回写道，源氏公子告辞住吉神社，到处逍遥游览。回京时一路上逍遥游览，但心中念念不忘明石姬。地方上的妓女都集拢来逢迎。那些虽为公卿而年轻好事之人，对这些妓女颇感兴趣。但源氏公子想道：“风月之事，情感之发，亦须对方人品可敬可爱，方有童趣。即使逢场作戏，倘对方略有轻薄之态，也就失去牵惹心目的价值了。”因此那些妓女人人装模作样，撒娇撒痴，而源氏公子只觉得讨厌。这显然是“情”的因素在起作用，而在源氏看来，妓女恰恰是无情的。

光源氏的人生轨迹很像托尔斯泰长篇小说《复活》中的聂赫留道夫。

在聂赫留道夫身上，就像在所有的人身上一样，有两个人：一个是精神的人，他只为自己寻求那种也能为别人带来幸福的幸福；另一个是动物的人，他只会贪图自己的幸福……“托尔斯泰仿佛是不相信两者可能一致的，要么是精神的人获胜，要么是动物的人占先。”在聂赫留道夫身上，肉体的人占了上风，本能胜利了。精神的人被亵渎了。卡秋莎落入浪荡公子聂赫留道夫掌中。最后，当聂赫留道夫同饱尝了人世辛酸的马斯洛娃第三次在法庭上相遇时，聂赫留道夫又回到了精神的本原。肉欲的、动物的本性被彻底战胜了，他又把卡秋莎看做是自己的亲姐妹。[147]

光源氏最终选择了出家，像贾宝玉一样“悬崖撒手”，从而完成了从西门庆向贾宝玉的转变，终结了人性与兽性的纠结。

第七章 变异的访妻婚

具有像贾宝玉那样的气质与禀赋的光源氏，为什么却会像西门庆那样纵欲，表现出赤裸裸的兽性？这是那个特定时代导致的结果。

《源氏物语》成书于平安时代，这个时代和前面提到的古罗马，中国的春秋战国、南北朝、明朝中后期一样，都是“礼崩乐坏”的时代，呈现出的是末世景象。

平安时代是日本古代的最后一个历史时代，它从794年桓武天皇将首都从奈良移到平安京（现在的京都）开始，到1192年源赖朝建立镰仓幕府一揽大权为止。平安时代的称呼来自其首都的名字。它之前的时代是奈良时代，它之后的时代是镰仓时代。在这个时代，庄园制逐步瓦解，农户逃亡不断，农民起义时有发生。最终，贵族统治被新兴的武士阶层取代。

在平安时代，以藤原氏为代表的、把持政权的贵族已失去了所有进取的精神。他们追求的是富丽堂皇的宫殿、神社和当作别墅用的佛寺、盛大的节日仪式、游宴、装潢贵族老爷身份的文学和音乐。为了满足这种奢侈生活，他们不仅挥霍国家庞大的收入，而且还嫌不够，又卖官鬻爵，贪污贿赂盛行。以藤原为代表的大贵族们只关心两件事情：一是精心培养自己的女儿，使其入宫，成为皇后或是攀上高枝，从而在权力斗争中占据主动；另一件事情就是纵情声色，生活极其奢靡腐朽，玩弄女性仿佛成了他们固定的职业。各个等级的贵族亦竞相效仿，整个社会弥漫着浮躁的风气。就像古罗马一样，男女关系贬值，贵族阶级将道德标准降低到动物的水平。就像伊凡·莫里斯曾经观察到的那样：“由于缺少忠诚、保护以及浪漫思念的理想主义爱情，由于两性可以自由交媾，使世界上男女之间的关系显得轻率，甚至无情。我们的印象是，所有那些在诗歌中表达的高雅的感叹，以及当时的男女的情爱，尤其是在宫廷内，很少渗入了真正的情感。它们往往是一场纯粹的诱引操演。”[148]

细读《源氏物语》，我们会看到与《金瓶梅》中似曾相识的场景：动物性本能泛滥。

比如，痴情犹如中国唐明皇的桐壶帝，在好色方面也不是等闲之辈。第二回写道：皇上虽然春秋已高，在女人上面却并不疏懒。宫女之中，采女和女藏人（都是服侍御膳、打杂，身份比较低下的宫女），只要是姿色美好而聪明伶俐的，都蒙皇上另眼看待。

再如光源氏的妻兄，升任内大臣，成为国家的栋梁之后，仍然改不了好色的本性，而且根本不顾什么颜面。第二十一回写道，一次内大臣声言即将出门。走出房间，却偷偷地钻进了他所宠爱的一个侍女房中，和她密谈了一会，又缩紧了身子悄悄地溜出去。……侍女们相与言道：“咦，老爷到这时候才动身呢。不知道躲在什么地方。到了这年纪还要偷偷摸摸。”

光源氏一成人，就加入纵情好色的行列，他的身边尽是好色之徒。第二回，他与值宿的妻兄头中将、左马头与藤式部雨夜品评女人，探讨上中下三等的分别，说得津津有味、头头是道，许多话不堪入耳，仿佛他们人生的唯一目的就是与女人发生性的关系。

在这种淫荡的社会背景下，光源氏纵有再优越的气质和才华，又怎么能不堕落？反观贾宝玉，虽然与身边的那些皮肤滥淫者同处一个时代，但由于特殊的际遇，亦即贾母对他的偏爱，加上贾母的开明，他并不完全遵守封建礼教，例如在管教贾宝玉这一点上，贾母便没有遵守“夫死从子”的教条，将贾宝玉从贾政的板子下解放出来。所以，使贾宝玉能够从小就和清净的女儿们生活在一起，很少受淫荡气息的污染，从而保持了自己纯真的天性，执著地追求爱情。而他的其他弟兄，如贾珍、贾琏等，都是些“下流坯子”，没有起码的人伦。

谈到平安时代的荒淫腐朽，不能不谈到这个时代仍然盛行着的“访妻婚”。平安时代的贵族们对访妻婚乐此不疲，因为这种婚姻形式为他们的纵欲提供了便利，使他们可以轻而易举地冲破婚姻制度的规范和制约。

那么,访妻婚到底是一种什么样的婚姻形态呢?

综合摩尔根和恩格斯等关于人类婚姻发展史的研究成果,人类社会大致经历了原始杂婚、血缘群婚、氏族群婚、对偶婚和专偶制(即一夫一妻制)这样几种顺序相承的婚姻形态。而且,一般情况下,一定的婚姻形态反映了一定的社会发展阶段,与一定的社会形态相适应,前四种婚姻形态与前阶级社会相适应,而进入阶级社会后的婚姻形态则是专偶制的。

但是,在某些地区、某种历史条件下亦可能发生变异,变异的原因在于受到某种外来因素的影响,而中断了自身自然演进的历史发展过程。因此,原生形态的文明与外来文明杂合在一起,从而出现变异。正如摩尔根在《古代社会》一书中所指出的那样:"在东半球的一些地区,与本地文明混合在一起的外来因素产生了一种变态社会,在这种社会中,把文明生活的技术加以改革,以适应蒙昧人和野蛮人的习惯和需要……许多部落本来的文明受到严重掺杂以改变了他们前进的自然过程。他们的制度和社会状况因此也被改变了。"[149]

摩尔根的论断亦适合于日本历史的特点,在亚洲大陆先进文明的影响之下,日本在母系氏族社会的基础上建立国家,直接进入了阶级社会,从而使其社会形态兼具原始社会与阶级社会的双重特征,并使两者杂糅在一起。其婚姻形态也呈现出错综复杂、别具一格的色彩。

透过《源氏物语》古雅、优美的文笔,我们可以十分清晰地窥见平安时代日本社会生活的方方面面,当然,包括它的婚姻形态。所以,从这个意义上说,《源氏物语》的价值不仅仅在于它是世界历史上第一部长篇小说,而且也在于它为我们解读那个时代的社会生活提供了比较完整的"标本"与"化石"。

日本平安时代延续着"访妻婚"。随着时间的推移与历史的发展,这种婚姻已发生变化,夫妻同居逐渐出现,但在日本社会生活中,尤其是贵族社会,访妻婚仍占有重要的地位,这从《源氏物语》中亦可看出。归纳起来,此时访妻婚有这样一些特点:

第一,在形式上婚姻仍以女性为主体,这是指男女双方结婚之后并不同居,而是各自居住在自己家中,不过,平安时代贵族男子婚后亦可有自己的私邸,婚姻生活是由男子到女家造访实现的。

例如，主人公源氏公子与左大臣之女葵姬结婚之后，葵姬继续住在左大臣家中，源氏公子则住在宫中的淑景舍，或住在由其母桐壶更衣娘家邸宅改建而成的二条院私邸。由于源氏公子恋慕其继母藤壶女御，加上与葵姬"性情总不投合"，"因此源氏公子一味喜欢住在宫中。大约在宫中住了五六日，到左大臣邸宅住两三日，断断续续，不即不离"。这样的走婚生活一直持续到葵姬抑郁而终，夫妻双方始终未能同居。无独有偶，源氏的妻舅头中将与源氏公子亦颇为相似，他被右大臣看中，招赘为婿，"但他是个好色之徒，不喜欢去这正夫人家，而把自己家里装饰得富丽堂皇"。

一般情况下，这种婚姻采取暮合晨离的方式。例如，源氏公子走访常陆亲王的小姐末摘花均在夜间，大都在第二天破晓之前匆匆离去，而这位小姐一向躲躲闪闪，面貌也不肯给人看清。源氏公子本来并无心细看，但时间一长便感到蹊跷，心想，"细看一下，也许会发现意外之美"。终于有一天在天亮观赏庭前花木雪景之际，源氏公子看清了这位小姐的面容，才发现这位小姐是如此丑陋，"最难看的是那个鼻子。这鼻子首先映入人目，很像普贤菩萨的白象的鼻子。这鼻子又高又尖，尖端略略下垂，并带红色，特别叫人扫兴"。

第二，男子在正式婚姻之外，与若干女子保持性交关系。当然，这种关系一般也是通过走婚的形式实现的。

以源氏公子为例，他的婚姻与性生活便有代表性，他"到处拈花惹草"，上至皇上的宠妃藤壶女御和已故太子妃六条妃子，下到居于陋巷的夕颜和宫中五十七八岁的老侍女，都成为访婚对象。其中，有的是临时的，有的是短期的，有的是长期的，有的是公开的，有的是秘密的，还有的则发展成为婚姻关系。例如，花散里曾经在宫中与源氏公子有过露水姻缘。一天，源氏公子去悄悄访问这花散里，经过中川近旁，想起这是以前曾经欢度一宵的地方，不禁心动，派随从惟光去传达一首诗，但被婉拒，该女子即"为公子久疏问候而伤心变节的女子"。这一例中的花散里后来即由临时的访婚对象而变为夫人之一，并在源氏正夫人死后受托照料源氏公子的儿子夕雾。而中川近旁的那位女子便与源氏公子成为路人，再无往来。

不仅源氏公子在正式婚姻之外有无数若干的访婚对象，即使是对正式夫人云居雁感情专一的以"诚实"著称的源氏的儿子夕雾，在与云居雁婚前亦与源氏家臣惟光的女儿藤典侍有私情，暗中过着走婚生活；在妻舅柏木死后竟又娶其妻落叶公主。“正人君子”夕雾尚且如此，平安时代那些恣情纵欲的贵族男子的婚姻、性生活状况便不言而喻了。

第三，凡是容貌秀美、才华出众的女子，往往成为众多男子的追求目标，众人趋之若鹜。

例如，夕颜之女玉鬘“长相异常优美”，如前所述，源氏将其接人府中作为女儿抚养，他对夫人紫姬说：“我定要宣扬出去，叫大家知道我家中有这个美人。”果然，向玉鬘求婚者纷至沓来，“兵部卿亲王（源氏之弟）求爱未久，便已焦灼不堪，在情书中申怨诉恨”，“承香殿女御（朱雀院的妃子）的哥哥髭黑大将，本来装得道貌岸然，一本正经，现在也苦苦地向玉鬘求爱了”。此外，源氏妻舅的儿子柏木、式部卿亲王的儿子左兵卫督（紫姬之兄），包括冷泉帝都纷纷向玉鬘求爱。《源氏物语》中关于源氏品性的描述，很能反映当时的这一风习：（对于女子）虽未谋面，但只要名声在外，便成为追求目标。

第四，婚姻关系确立后具有相对的稳定性，体现了丈夫对妻子的独占。

与贵族男子荒淫无度的性生活相反，平安时代的妇女被笼闭在家中，丈夫愿来即来，不想来就不来。丈夫可以在外任意地眠花宿柳，而妻子却无权过问。

以源氏为例，他的几位夫人——葵姬、紫姬、花散里、末摘花、明石姬，无一不是“从一而终”，这其中葵姬因为与其感情不合，而遭冷落。末摘花因为丑陋，而被嘲讽，在源氏谪居须磨期间，末摘花穷困潦倒，源氏东山再起后，偶然一次机会才想起这位红鼻子的访婚对象，感念她忠贞不渝，这才从经济上给予照料，使其衣食无忧。而花散里，在源氏谪居须磨期间独守空闺，静候公子驾返，源氏从须磨回来后隔了很长时间才去访问花散里，却居然与之开玩笑，怀疑她有外情。至于紫姬，由于相貌异常端丽秀美，源氏更是严加防范，“将其笼闭室中，不让人窥见其美貌，甚至连夕雾也不能走进她的房间”。而对于与柏木私通的三公主，源氏表面上装作若无其事，实际上却冷淡疏远，暗中挖苦，最终柏木含恨而终，三公主万念俱灰，妙龄之际遁入空门，削发为尼。

与丈夫对妻子的独占相适应，妇女的贞操观也逐渐产生。例如，空蝉在无助与无奈之下与源氏发生关系后，内心非常痛苦，尽管内心十分讨厌自己的丈夫伊豫介，而觉得源氏“神情风采的确清爽俊秀，非同凡俗，但仍然痛恨源氏，拒绝与他见面”。源氏亦不得不感叹：“那空蝉对我冷酷无情，原属可恨；但对于丈夫伊豫介，她却是个忠贞多情的女子，令人佩服。”再如，宇治八亲王的二女公子与薰君也是如此。二女公子嫁给匂皇子之后，时常被冷落，尽管她非常感激薰君对她始终如一的关怀与体贴，却讨厌并拒绝薰君对她的恋情。

当然，在这个时代，妇女婚前的性自由在一定程度上依然存在。例如，源氏与伊豫介的女儿轩端荻私通后再无踪影，轩端荻却若无其事地嫁给了藏人少将。就连朱雀帝对自己心仪的妃子胧月夜入宫前与源氏私通也不以为意，他想：“此事有何不可！倘是入宫后开始的，确是不成体统。但他们是早有关系的，那么互相交心并无不称之处。”因此并不责备源氏。

第五，婚姻服从政治、经济利益的需要。

日本平安时代的贵族们将婚姻视为争权夺利的工具，而女性便不幸成为这种斗争的牺牲品。贵族们绞尽脑汁，想方设法将自己的女儿送入宫中邀宠，从而在权势之争中占据有利地位。退而求其次，也要攀上高枝，托庇于有权有势的王公大臣。最低标准，也要求门当户对。对于这些，《源氏物语》作了极为生动的描述。如第十七回“赛画”，冷泉帝爱画，因此对于懂画的妃子总是另眼相看，权中纳言（源氏妻舅）为了自己的女儿能够胜过六条妃子的女儿前斋宫，与源氏各各使出浑身解数，在冷泉帝面前比画，以此让冷泉帝垂青自己的女儿。再如明石姬之父明石道人，连须磨地方最高贵的国守都不放在眼中，良清是前任国守的儿子，曾经求婚，明石道人明确加以拒绝：要找乘龙快婿，誓愿女儿嫁与宫中达官贵人，“与其嫁与庸夫，不如投身海底，长与波臣为伍”。明石姬抱怨他“一味好高，希图将来幸福，但倘真成事实，一定反而悲哀，后悔莫及”。后来果真如此，攀上源氏后，明石姬生了女儿，源氏回到京城后嫌其身份低贱，便将明石姬的女儿过继给身份高贵的紫姬，以便将来名正言顺地入宫做皇后，从而使明石姬内心饱尝了痛苦与煎熬。

第六，同宗同姓通婚、异辈近亲通婚成为普遍现象。

进入父系氏族社会，尤其是进入阶级社会之后，父系婚禁规则便越来越完备，不仅同父兄弟姐妹不能通婚，按照父系计算，就是血缘关系极其微弱的人之间的婚姻也被视为邪恶的事，最后发展到同姓皆不准通婚。例如在中国，古代就有“同姓不婚”的禁规，这一点亦为国外许多人类学家、民族学家所提及。摩尔根指出：“中国的夫与妻也总是属于不同的家族，即不同姓。习惯和法律都禁止同姓通婚。”[150]韦斯特马克进一步论述：“若与父方的近亲通婚，惩罚更加严重。一个女子若与叔祖、叔父、兄弟或侄子结婚，或发生非婚性交，都要处死刑。”[151]朱雀帝母亲的妹妹胧月夜（从两人年龄差距看，可能属于同父异母姐妹）却入宫成为朱雀帝的妃子。还有匂皇子娶宇治八亲王之女二女公子为妻，匂皇子与二女公子属于侄子辈与姑母辈的关系。除了同宗同姓通婚、异辈近亲通婚之外，姑舅表婚也较为流行，这种婚姻亦为近亲通婚，既适合于母系氏族社会，也适合于父系社会。如源氏与葵姬，源氏之父桐壶帝与葵姬之母为嫡亲兄妹；再如夕雾与云居雁亦是表姐弟关系。但书中同父母姐妹子女之间的平行表婚却没有出现，也没有发现同母异父兄弟姐妹通婚和舅父娶外甥女的例子。

需要指出的是，日本皇族近亲通婚有其特殊性。为了“防止通过妇女途径又出来一个家系，极力提高自己的地位，甚至引起皇权的不安”，古代日本曾有“长辈为皇族的女子，不出四代的，必须嫁给皇族成员”的规定。[152]这从一个侧面反映了其时日本社会的婚姻状况。但当时整个社会基本保持了母系氏族外婚制的原则，上述通婚现象普遍存在。

第七，世系以父系计算。

从《源氏物语》中我们可以看到，父子关系是亲子关系的基础的观念及其基于这种观念的父系血缘观已经明确，父亲对于子女负有权利与义务。例如源氏在正夫人葵姬去世后便将儿子交给另一位夫人花散里照料；再如源氏对与明石姬所生之女婚姻的操纵、安排，先是将其过继给从未生育的紫姬，使其具有高贵的身份，长成之后又使其入宫成为太子妃、皇后。再者，财产继承关系也是父子相承，如源氏去世之后，其居住的二条邸宅便由夕雾继承。

“访妻婚”属于什么样的婚姻形态？其实，走访婚并非日本所独有，在人类婚姻史上，这种形式的婚姻曾是一种普遍的现象。

韦斯特马克在《人类婚姻史》中有这样的记载：“在少数地方流行一种特殊的风俗：妻子都不是与丈夫住在一处，而是与她的母系亲属住在一起，丈夫要到妻家拜访她;生下的孩子就留在她的身边。在苏门答腊的马马克人中,他们分为许多外婚氏族。据说,丈夫和妻女居住在各自的氏族里,只是有时丈夫要到他的妻子家里去拜访。一家之长是妻子的大哥,而做丈夫和父亲的则不能算作是这个家庭里的成员。不过,他们的婚姻关系,不仅是一夫一妻制的,而且至死不变。在同一个岛上的巴东高地,在属于同一血统的马来人当中,也有一种类似的习俗。据说,婚姻生活仅仅以走访婚的形式出现。丈夫通常要到妻子家里干活,至少是在开始的时候。他白天来,帮助她在稻田里耕作,并和她一起吃午饭。如果他是一个钟情的丈夫,他通常会在晚上秘密地来到妻子的房里,和她住在一起,直到第二天清晨。一般说来,他不能充分地供养他的妻子和孩子。在这里,就责任和权利而言,孩子的舅父才是他们的父亲和一家之主。”[153]

我国云南永宁纳西族1956年民主改革前的走访婚亦与日本历史上的“访妻婚”极为相似,就原生形态而言,当属于同一种婚姻形态,只不过由于特定的历史条件和背景,后者保留了较多、较完备的原初形态,而前者经过数百年的演变之后发生了某种变异。将两者进行对比,我们即可对日本平安时代的访妻婚属于何种婚姻形态有一个清楚的认识。

永宁纳西族的走访婚称之为“阿肖婚姻”或“阿注婚姻”。“阿肖”是过走婚生活男女双方的互称,意思是“共宿的朋友”(“肖”是躺下之意)。它明确地点破了双方关系的实质是在一起过性生活。[154]严汝娴、宋兆麟在《永宁纳西族的母系制》一书中对这种走访婚作了详尽的阐述与分析,认为走访婚属于群婚的范畴,但已向对偶婚过渡。“在氏族的早、中期,一个氏族的男子到外氏族拜访女配偶,后一氏族的男子也到其他氏族拜访女配偶。配偶双方均分开进行生产和消费。他们的关系仅仅是夜间的偶合。当时,只有走访婚这种形式,既能保证外婚制,又能不打破氏族作为一个经济生活实体。”[155]

而且,走访婚又经历了由低级到高级的发展过程。最初是野合群婚,古希腊地理学家斯特累波(公元前68年—公元20年)有关亚马逊女人的叙述,就是一个突出的例子。按照他的说法,这些女人与伽伽日人为邻,住在高加索。每年到了春天的时候,亚马逊女人便爬到与伽伽日人相隔的山上去。这时,伽伽日人也按照古老习俗来到此地,随即与亚马逊女人发生性交关系。性交后生出的女孩，亚马逊女人留在身边，男孩则交给伽伽日人。[156]后来才固定地由男方到女方走访。这种走访开始是集体的……后来才有了像纳西族男子分别走访女方的居住形式。[157]

既然永宁纳西族的阿肖婚姻属于群婚范畴，那么为了弄清日本平安时代访妻婚的性质，我们可以将其与永宁纳西族的阿肖婚姻作一比较，找出异同。

严汝娴、宋兆麟将永宁纳西族的走访婚大致归纳出这样一些特征：

第一，建立简便，解除自由。

年轻人何时找阿肖，开始过婚姻生活，一般根据每个人身体的发育和性成熟的程度来决定。走访婚的建立比较简单，只要双方中意，谈话投机，立刻就可以建立阿肖关系，晚上男的到女的家中或到另外的地方偶居。一般说来，阿肖关系不受经济因素影响，每个人体态的美丑、聪明与愚笨、年轻与衰老、健康与残废等因素，对建立阿肖关系有很重要的影响。阿肖关系的解除也很简单，在过走婚生活的年轻人中间，离异是正常、普遍的现象。

第二，通婚有一定的范围。

通婚范围基本保留了母系氏族外婚制的原则，永宁纳西族最初的氏族是“尔”，后来又分裂为若干个女儿氏族“斯日”，同一斯日的男女不能通婚，凡是不同斯日的男女之间，都能婚配。对于不是同母系血缘的父系血亲，如父女之间、同父异母的兄弟姐妹之间都可以通婚。而同母异父的兄妹，甚至姨兄妹、从姨兄妹等均不能通婚，因为通婚触犯母系血缘关系。

第三，以单纯的性生活需要为基础。

阿肖关系的主要基础是性生活的需要。当然，外貌、年龄、健康状况以及个人的能力等，对于建立阿肖关系都有一定影响。年轻、能干、漂亮的人物阿肖就多，有的美貌年轻女子甚至有多达数十上百的阿肖。

第四，婚姻的不稳定性。

由于阿肖之间既没有共同的经济生活，又不是建立在性爱的基础之上的，仅仅是一种性生活的关系，因此很不稳定，经常发生离异。

第五，缺乏独占性。

即某一个男子可以与许多女子婚配，谁也不能独占谁，谁也不允许别人独占。

第六,以女子为主体。

走访婚的形式,决定了婚配双方存在主体和客体的关系。在这里,女子是主人。女方居住在本氏族内,有专门的客房,男人是来走访的客人,随前者居住。因此,妇女处于有利的主导地位,有相当的主动权。

第七,子女属于母亲。

由于阿肖双方不组成家庭,没有共同的经济生活,彼此又经常离异,因此不容易确定谁是生父。即使是长期阿肖,也只是夜间的偶合,白天双方不生活在一起,所以子女与生父的关系很冷漠。因而世系只能根据母系,正像恩格斯所指出的:"只要存在着群婚,那么世系就只能从母系方面来确定,因此,也只承认女系。"[158]

对照永宁纳西族的阿肖婚姻与日本平安时代的访妻婚的特点,不难发现,《源氏物语》所反映的平安时代的访妻婚与原初形态的走访婚已相去甚远,只是大体上保留了走访婚的外壳,即由男方到女方造访的走访婚形式和母系氏族外婚制的婚禁规则,与永宁纳西族的走访婚有着本质上的差异。主要表现在:

第一,永宁纳西族的走访婚基本上是以性交为目的,是基于性的需要,男女双方是性交关系;而日本平安时代的访妻婚则是"一种政治行为,是一种以新的联姻来扩大自己势力的机会,起决定作用的是家世的利益,而绝不是个人的意愿"[159]。

第二,永宁纳西族过走访婚生活的男女双方都具有性的自由,而日本平安时代的访妻婚"妇女越来越被剥夺了群婚的自由,而男子却没有被剥夺"[160],性自由为男子独有。而且,贵族男子还滥用这种权利,过着穷奢极欲的多妻生活,妇女成为男子泄欲的对象。

第三,永宁纳西族过走访婚生活的男女双方,婚姻关系是平等的,而日本平安时代的访妻婚则以男子占统治地位为特征,女子处于被支配、被奴役的地位,无任何权利可言。

基于这三点差异,可以这么认为,日本平安时代的访妻婚大体上属于专偶制婚姻形态,这符合恩格斯关于专偶制婚姻特征的论述,即男子的统治与婚姻关系的牢固。

但是,日本历史是呈跳跃式发展的,它的婚姻形态也与之相适应,呈跳跃式发展，省略了人类婚姻史上漫长的对偶婚阶段，而由群婚形态直接向专偶制婚姻形态过渡，因而在专偶制逐步确立的过程中，群婚习俗始终存在。虽然专偶制的因素逐渐增长，群婚的因素逐渐消减，但人类历史数千年甚至上万年的发展过程不可能浓缩在几百年中完成。因而日本社会也只能穿上先进文明的时装，拖着野蛮社会长长的尾巴跨入文明社会的门槛。其社会形态必然发生变异，其婚姻形态也必然发生变异。我们可以将这种专偶制的变异概括为两点：第一，独占但不同居；第二，父权制社会延续母系氏族社会婚禁规则。因此，可以将日本平安时代的访妻婚称之为“变异的专偶制”；反之，亦可称为“变异的访妻婚”。

前面曾谈到过的关于赤身裸体比袒胸露臂贞洁的问题，对于访妻婚也适用。原生态的访妻婚，就像赤身裸体一样，显示出自然的本质；日本平安时代的访妻婚由于变异，显示出了淫荡的色彩。变异的访妻婚为那些纵欲的贵族男子提供了“大显身手”的舞台，加深了人性的堕落，这是光源氏个人的悲剧，也是那个时代的悲剧。

第八章　男人的天堂，女人的地狱

父权制取代母权制是“人类所经历的最深刻的革命之一”[161]。人类生产力不断发展的结果，使社会财富日益增加，一方面男子相对于女子在生产生活中占据了更重要的位置，另一方面便产生了以父系继承制度取代母系继承制度的要求。随着母权制的废止，人类进入文明时代，婚姻形态亦由对偶婚制发展成为专偶婚制。专偶婚制“是作为女性被男性奴役，作为整个史前时代所未有的两性冲突的宣告而出现的”[162]，可以说，人类进入文明时代付出的是女性被奴役、被统治的代价，并以此为标志。

母权制为父权制取代经历了一个漫长的、渐进的此消彼长的过程，这便使其具有了一种自然进化的意蕴。但日本却是在母系氏族社会繁荣时期，在母权制最为鼎盛的时期，由于受到大陆先进文明的影响，改变了他们前进的自然过程，但许多原有的东西却“改头换面”地保存下来。

前面谈到，日本古代盛行访妻婚，这种婚姻的特点是男女双方结婚后并不同居，而是各居母家，婚姻生活通过男方到女方走访来实现，一般是暮合晨离，或者短期居住。这种婚姻形式在人类历史上曾是一种普遍现象。

关于走访婚的性质，许多学者进行了深入的研究和探讨。严汝娴、宋兆麟二位在对我国永宁纳西族的婚姻状况作了实地考察之后，认为走访婚“属于氏族群婚范畴，但已向对偶婚过渡”。至于走访婚存在的原因，乃是因为在母系氏族社会，“生产关系和生产人的关系是互相排斥的。凡是属于同一个经济体的人们，他们之间就不能有性交关系。……原始的两个氏族群婚是一种脱离经济关系、脱离经济单位的婚姻”[163]。由于没有共同的经济生活，也就是说，性交关系与生产生活相剥离，处于不同地域的两个氏族的婚姻关系的缔结只有通过走访的形式来实现。氏族外婚制从低级到高级的发展过程，大体说来表现为群婚集团由大到小的变化。至于氏族群婚的具体形式，最初是野合群婚，后来才固定地由男方到女方走访。男子分别到女方走访这种婚姻形式的出现，表明母系氏族已进入到高级的发展阶段，“母系氏族除不断分裂为女儿氏族外，在各个氏族内部又按血缘亲疏关系分为若干母系亲族。它们是更小的母系血缘集团，又是当时的生产和生活单位”[164]。永宁纳西族的资料表明，走访婚和母系亲族乃是母系氏族繁荣时期的婚姻形态和生活单位。

日本古代访妻婚的存在，说明古代日本是在母系氏族社会繁荣时期进入阶级社会的，由氏族群婚晚期直接向父权制时代过渡，中间要经历一个漫长的对偶婚阶段，这个过程是极为缓慢的、渐进的。先是由男方到女方走访，过渡到男方到女方共同居住，出现母系家庭公社；再过渡到女方到男方共同居住，出现父系家庭公社；最后过渡到父权制家庭、专偶制家庭。而古代日本是在氏族群婚的基础上直接向阶级社会过渡，这便使它的社会形态呈现出错综复杂的局面，使母权制和父权制矛盾地杂糅在一起。

在公元前3世纪，日本开始接受大陆先进文明影响，但只停留在技术层面，水稻栽培技术的引进，使日本跨越原始农业这一艰辛而又漫长的过程而快速进入农耕社会。青铜器与铁器同时传入日本，促使日本的生产力飞速发展，社会财富迅速增加。这为公元2世纪日本列岛先进地区进入阶级社会并建立国家提供了条件。但由于日本的地理环境，使其呈现一种封闭状态，大陆先进文明的影响只是间接的、有选择的、经过过滤的，因而母系氏族社会的传统、习俗、观念得以在相当长的历史时期内保存下来，并对整个社会产生重要影响，使得婚姻、家庭形态这些上层建筑中最不活跃的因素远远落后于社会和经济的发展，以至于到了大化革新（645年），才颁布“男女之法”，规定男女平民（自由人）或“良男”、“良女”之间的儿女属于父亲，等等，以法律的形式打破传统习惯，使父权制广泛确立起来。[165]

母权制为父权制取代经历了数千上万年的漫长历史过程。尽管在日本大化革新之后，由于统治者自上而下的推动，父权制在日本社会逐渐确立起来，但人类数千上万年演变才能完成的历史过程绝不可能浓缩在短短的几百年中完成，因而父权制与母权制的斗争就显得相当突出和激烈，具有明显的人为色彩。

恩格斯说，母权制的废除“并不需要侵害到任何一个活着的氏族成员。氏族的全体成员都仍然能够和以前一样，只要有一个简单的决定、规定，以后氏族男性成员的子女应该留在本氏族内，而女性成员的子女应该离开本氏族，转到他们父亲的氏族中去就行了。这样就废除了按女系计算世系的办法和母系继承权，确立了按男系计算世系的办法和父系继承权”[166]。这段论述是针对那些经过成熟、充分发展的氏族而言，水到渠成地由母系氏族社会转变为父系氏族社会。但对于日本来说，由于中断了自然进化的进程，使得父权制与母权制处于不可调和的矛盾之中，在母权制繁荣、鼎盛之时人为地以父权制取而代之，必然使这个过程出现复杂的局面，使整个社会出现变异，当然包括它的婚姻形态。

平安时代是母权制被彻底推翻的前夜，也是婚姻形态变异最为明显、最为突出的阶段。日本历史上从来没有一个时期如平安时代婚姻状况如此混乱。一方面父权制已基本确立；另一方面，母权制在社会中依然产生一定影响，保留了它的外壳。就像上一章所说，平安时代婚姻形态的性质属于“变异的专偶制”，其特征主要有二：“第一，独占但不同居；第二，父权制社会延续母系氏族社会婚禁规则。”这两个主要特征反映了父权制与母权制不可调和的矛盾。母权制社会，所有成员均具有平等的地位，而父权制社会则是男性的统治；母权制社会性自由是所有成员（当然包括女性）的权利，而父权制社会女性的性自由被剥夺，男性则独占女性并保持性自由。在平安时代的婚姻关系中，性自由与男子独占成为一对突出的矛盾。具体表现在这样两个方面：

其一，男子要求自己所占有的女子从一而终，却将婚禁范围以外几乎所有的女子作为自己泄欲的对象，并在可能的情况下与之发生性交关系。

如前所述，日本是在母权制繁荣与鼎盛时期进入阶级社会的，因而在确立父权制的同时，除对女子占有、统治外并没有建立起与父权制社会相适应的比较完备的纲常伦理规范，只是强调女子的贞操观念，婚禁规则仍在很大程度上延续母系氏族社会的传统。在走访婚条件下，通婚的唯一禁忌就是禁止同一母系血缘的男女之间通婚，因而母女共夫、舅甥共妻等非等辈婚的族外婚比比皆是。非等辈婚的群婚形式，实际上就是远古一氏族的女子与另一氏族的男子不分辈分、互为夫妇的两合群婚的遗俗。从《源氏物语》中我们可以看到，这一群婚的遗俗基本上保留下来。如源氏先是与夕颜发生性交关系，后来在收养夕颜的女儿玉鬘之后，又时时想与之发生性爱关系。与六条妃子母女也是如此。源氏早年与六条妃子发生性交关系，后来他成为六条妃子女儿前斋宫的保护人，尽管六条妃子临终前曾嘱咐源氏不要将她的女儿作为恋爱对象，但源氏甚至在前斋宫成为冷泉帝的女御之后仍未断绝欲念，"或更进一步作非礼之事"。再如桐壶帝的藤壶女御与桐壶帝之子朱雀帝女御藤壶女御乃同父异母姐妹，父子分别娶姐妹俩。还有源氏与柏木是姑侄关系，却分别娶了朱雀帝的三公主和二公主，成为连襟，源氏将自己的女儿嫁给皇上，自己却娶了皇上的妹妹，如此等等，不一而足。正是由于平安时代仍然延续母系氏族社会的群婚遗俗，所以通婚范围非常宽泛，那些在父权制社会中有违纲常伦理的通婚现象，如堂兄弟姐妹通婚、叔伯父与侄女通婚、侄儿与姑母通婚的事例随处可见。

走访婚条件下，不论男女都有最广泛的性自由，婚姻关系的主要基础就是性生活的需要。因而每一个男子或女子都有若干性交的对象，少则几个、十几个，多则几十个、一百几十个，这取决于一个人的相貌、能力、年龄、健康状况等自然因素。从《源氏物语》中我们可以看出，虽然女子已被剥夺了性自由的权利，但男子却依然保留了性自由的群婚习俗。当然，"男子在阶级社会里始终享有相当大的性关系自由。实际上社会始终承认他们有发生婚前和婚外性关系的权利"[167]，"如果一个女人只能与一个男人发生性关系的话，那么一个男人却可以同时与几个女人发生性关系"[168]。因此男子纳妾、一夫多妻成为普遍现象。但即使如此，男子的性自由也必须遵循一定的伦理规范，虽然个人的行为与社会的伦理纲常未必完全一致，但违背社会所确立的纲常伦理总还是要受到谴责的。但在日本的平安时代，男子的性自由由于带有群婚的色彩，因而并没有受到约束。这在源氏身上表现得最为明显，反映了群婚的遗俗。源氏对于女子，虽未见面，但只要该女子名声在外，便成为其追求的目标，"因此凡略有声誉的女子，没有一个不保留在源氏公子的心目中"，而且正是由于源氏有着超凡出众的品貌，因而便有了不可胜数的性交对象。如前面提到的，与其发生性交关系的有继母（藤壶女御）、婶母（六条妃子）、妻舅的情人（夕颜）、兄长的妃子（胧月夜），还有侍从的继母（空蝉），甚至还有比自己年长40多岁的宫中女侍（源内侍）等等，用源氏的侍女的话来说，源氏玩女人就像"玩古董一样"。这些在正常的父权制社会（古代日本正是接受中国文明的影响才得以进入文明社会）被视为大逆不道的现象，在平安时代却习以为常。当源氏的父皇桐壶帝知道源氏与六条妃子私通之事后，只是告诫他："吾弟在世之日，最宠爱这位妃子，你对他倘有轻率怠慢，便是对他不起。"并不认为源氏与六条妃子私通有什么不妥，只是规劝源氏不要留下薄幸之名，为世人讥诮。其他贵族男子也莫不如此。按察大纳言"从前曾倾心二公主的母亲藤壶女御（当今皇上的妃子）。女御入宫之后，犹不断念，常常送情书去"。一个大臣竟敢欲与皇帝的妃子私通，这在正常的父权制社会是不可想象的，而在平安时代却是实实在在的存在，所以井上清说"平安宫廷完全是妓院"[169]。即使是冷泉帝，身为上皇，在玉鬘嫁给髭黑大将后充任尚侍入宫之际，向她申恨诉怨，试图重温旧梦，以至于玉鬘从此不再敢入宫。再如源氏妻舅的儿子柏木，亦想方设法与源氏之妻三公主私通。即便是如大家公认的"忠厚"、"诚实"的"贤人"夕雾，在其妻舅柏木死后亦与柏木之妻落叶公主私通。

平安时代的贵族男子在千方百计与众多女子发生性交关系的同时，却又要求自己所占有的女子从一而终。例如源氏从谪居地须磨回京之后，一次偶然的机会，想起曾与自己有过性交关系的那个丑陋无比的红鼻子的女人——末摘花，正是感念她在自己谪居期间矢志不渝，坚守贞操，才给予许多的怜悯，使其衣食无忧。再如花散里，源氏之所以重视她，甚至在正妻葵姬去世后，将其所生之子夕雾交给她抚养，乃是因为花散里温良敦厚，在源氏谪居须磨期间"独守空闺，静待公子驾返，其坚贞之操，源氏决不轻视"，到了后来，花散里即使觉得自己身份低下，不配与源氏同床，仍然是一心一意侍奉源氏。

可见贞操自守、从一而终已成为男子对女子的要求。因而他们一方面延续群婚习俗，与众多女子发生性交关系；另一方面又竭力防范别的男子与自己所占有的女子发生性交关系。

其时，贵族男子在过走婚生活的同时，大多有自己的私邸，将自己所钟爱的美貌女子笼闭在此，过着与外界隔绝的生活，不让其与任何男子接近。如源氏将紫姬笼闭在自己的私邸二条院之中，连自己的亲生儿子夕雾也不能够随便出入，夕雾甚至连紫姬住处的帘前也不敢走近，以至于夕雾对外祖母抱怨："爸爸虽然是我的亲爹，但显然把我当作外人看待，连他的房间也不许我随便出入。"这是因为源氏自己就习惯于到处拈花惹草，所以要防备别人也像自己一样与自己所占有的女子发生性关系，连自己的儿子也不例外。一次因朔风太大，而将室内的屏风都吹得折叠起来，夕雾才得以窥见紫姬这位美貌动人的继母。源氏怀疑紫姬为夕雾所窥见，异常紧张，连连追问紫姬是否为夕雾所窥见。夕雾只是在紫姬去世之后才能一睹她的容姿，内心无比悲痛，"竟希望自己立刻死去，把灵魂附在紫夫人身上"。再如玉鬘嫁给髭黑大将后入宫为尚侍，而冷泉帝却趁机向她求爱，髭黑大将得知后甚为担心，频频催促玉鬘退出宫去，以后又千方百计阻碍玉鬘入宫，将其笼闭在家中。

即使是对于自己并不宠爱的女子，平安时代的贵族男子也是绝不让其他男子与之发生性的关系。例如朱雀帝出家之前为了使女儿三公主有像父母一样的保护人而硬将她嫁给源氏，源氏对其并不宠爱，但还是每逢适当机会便训诫她说："你切不可被夕雾大将看见！你年纪还小难免粗心，被他窥见。"而一当发现自己的女人和别人私通后，即便碍于自己的名声不便公开处置的话，也是从此冷落、疏远。例如源氏发现三公主和柏木私通后，表面上尽力掩饰自己，但言语相当刻薄，一次在教训三公主时，话中虽未曾明言柏木之事，然而针针见血，使三公主眼泪淌个不住，伤心至极，竟至昏迷不醒。三公主虽贵为公主，但也还是被逼得走投无路，终于在妙龄之际出家为尼。源氏又故意让柏木知道他已知道其与三公主私通之事，使其忧惧而亡。源氏到处偷鸡摸狗、淫人妻女，却决不容许别的男子染指自己的女人，平安时代贵族男子的丑态与尴尬可见一斑。

其二，女子在被要求保持贞操、从一而终的同时，却面临着其他男子无孔不入的性骚扰与性侵犯，而夫妻分别居住的走访婚又为这种骚扰与侵犯提供了便利。

大化革新以后，在确立父权制的过程中，引进了中国封建社会的纲常伦理道德，当然，这主要是针对广大妇女的。平安时代的贵族女子从小就接受

“三从四德”观念的灌输，尽管婚姻没有任何爱情可言，婚姻只是交易、成为政治斗争的工具，但广大妇女只能从一而终。《源氏物语》中这样的例子随处可见。例如空蝉，是一位中层贵族妇女，年轻美貌而又具有才情，但屈从父母之命嫁给了一个比自己大几十岁足可做自己父亲的伊豫介为后妻。一次源氏到侍从纪伊守(伊豫介之子)家去避凶躲灾，得知空蝉就住在后面的小屋里，因此在夜深人静时分偷偷地擅自闯入空蝉卧室。尽管空蝉苦苦哀求：“我这不幸之身，倘在未嫁时和你相逢，结得露水姻缘，也许还可以凭仗分外的自豪之心，希望或有承宠的机会，借以聊以自慰。如今我乃有夫之妇，和你结了这无凭春梦似的刹那姻缘，真教我寸心迷乱，不知所云。”但源氏还是强行与空蝉发生性交关系，令她十分痛苦，空蝉痛斥源氏将她当作“卑贱之人”才这样作践她。这是因为，尽管和“容姿秀丽、光彩焕发”的源氏相比，空蝉的丈夫伊豫介丑陋、老迈，但空蝉却始终抱着从一而终的信念，对于源氏无数次的追求与纠缠，空蝉始终“冷酷无情”，以至于源氏不得不感佩她的忠贞：“对于丈夫伊豫介，她却是个忠贞的女子。”

而让源氏觉得“坚贞可佩”、“主意坚定”、“行为周谨”的玉鬘也遭遇到同样的情形。在她与髭黑成婚后，冷泉帝屡屡向她求爱，“玉鬘实在无法对付，觉得讨厌之极。她想，‘今后在他面前绝不可能和颜悦色了，世间男子都有这种恶僻，真可恶啊！’”而与源氏发生乱伦之事的继母藤壶女御在生下私生子(后来的冷泉帝)后，更是心灵受尽了折磨，惶惶不可终日，最后只得以出家作为解脱。

可悲的是，在男子的性骚扰和性侵犯面前，女子还要保持礼节，许多情况下，对于男子的情书、情诗还要作答，否则会被视为“不解风情的粗蠢女子”，同样要遭人耻笑。比如空蝉拒绝源氏的求爱，“每逢写回信时，她总要措辞婉转，或者用些风雅的句子，或是加些美妙动人的文字”以顾全源氏的虚荣心理。更让人啼笑皆非的是，平安时代的贵族男子如果做出了什么非礼之事甚至让女子失贞的话，却认为女子亦要承担责任。源氏就曾对玉鬘说过：“好色爱玩的时髦小伙子为非作恶，不能完全归咎男子。据我亲身经历看来，女子不答复男子，男子恨她冷酷无情，此时难免做出违心之事。女子若是身份低微之人，而不理睬男子，男子便怪她无礼，亦不免做出非礼之行。”

由上述两个方面可见，在变异的专偶制条件下，女子完全成了男子的玩偶和纵欲的对象，成为群婚遗俗和父权制社会道德要求的双重牺牲品。

巴霍芬断定，从群婚（他称之为“淫游婚”或“污泥生殖”）向个体婚过渡，主要是由妇女完成的，恩格斯认为“这是绝对正确的”。恩格斯进一步论述道：“古代遗传下来的两性关系，愈是随着经济生活条件的发展，从而随着古代共产制的解体和人口密度的增大，而失去朴素的原始性质，就愈来愈使妇女感到屈辱和难堪；妇女也就愈迫切地要求取得保持贞操，暂时或长久地只同一个男子结婚的权利作为解救的办法。”[170]因为如果继续实行群婚，一个妇女所要接受的性交对象就会愈来愈多；因此妇女要求缩小婚配范围的心理要求也会愈来愈强烈。当然，妇女也会同时产生对男子专一的要求，尽管这种要求根本无法实现。因为“专偶制从一开始就具有它的特殊性质，使它成了只是对妇女而不是对男子的专偶制”[171]。

日本进入阶级社会后，尤其是大化革新确立父权制之后，妇女对专偶制的要求自然产生并日益加强。同时妇女也同样对男子提出专偶制的要求。这是因为，在变异的专偶制条件下，日本妇女承受着双重的痛苦。一方面，婚姻没有任何感情基础，完全成了政治斗争和家族利益需要的牺牲品；另一方面，群婚习俗的存在与盛行，使广大妇女身心受到极大的摧残。走访婚这种形式使妇女身体、心理的需求得不到最基本的保障，丈夫愿来即来，不愿来即可不来。丈夫可以在外面到处泊宿、寻花问柳，女子却无权过问，只能独守空房，而且还要面临其他男子突如其来的性骚扰与性侵犯。而一旦失身，将是痛苦万分，甚至身败名裂。此外，还有一些妇女由于家境衰落，甚至连最基本的生活保障也没有。如源氏谪居须磨期间的末摘花，所居之处竟然“杂草滋蔓，蓬蒿丛生”，一副惨不忍睹的景象。男子却对走访婚乐此不疲，只是想方设法贪图性的享乐，而不对女子承担起相应的责任。所以鲁思·本尼迪克特认为“日本人在这个领域不大讲伦理道德”。

从《源氏物语》众多的女性身上，我们可以看到她们对男子专一的要求尤为强烈，尽管程度不一，表现方式各异。只有男子专一，女子才能获得最起码的生活保障。正如浮舟母亲所言：“如此看来，无论如何，只有不生二心的男子，才是体面而可靠的。”这表达了广大妇女的内心渴求。所以紫姬就对源氏说：“在旁人看来，固然如你所说，我这个微不足道之身，享受了过分的幸福，谁知我心中一向怀着难于堪忍的痛苦呢。”痛苦的根源正是在于源氏一而再再而三地背着紫姬在外眠花宿柳。源氏与胧月夜重温旧情，被紫姬发现，她斥责源氏：“你倒像是返老还童，比以前更风流了！教我无依无靠，好痛苦啊！”紫姬一再向源氏提出要出家为尼，而源氏始终不肯应允，致使紫姬抑郁而终。如果说被源氏从小训练而养成温厚、自敛性格的紫姬是用隐忍的方式表达对源氏的不满，那么，在源氏看来“骄矜成性，城府甚深，丝毫不肯让人”的葵姬与六条妃子则对源氏表达了强烈的不满。葵姬始终对源氏不肯作亲昵之状，态度冷淡。而六条妃子对于源氏情感不专一的反应最为激烈。起初六条妃子拒绝源氏的求爱，而被源氏的花言巧语说服之后，源氏却态度一变，对她开始疏远，而又把心思转到其他女人身上，与空蝉纠缠、与夕颜厮混、与继母私通。而六条妃子决不像其他被源氏玩弄过的女子一样忍辱偷生，她不满足于偷偷摸摸地做一个情妇，她希望的是做源氏的妻子，光明正大地在一起生活，而不能容忍源氏的欺侮与背叛。当她的希望落空以后，便在书中以生魂祟人的方式，害死了夕颜和葵姬，报复源氏的滥情。在临终之际，痛感自己的不幸，要求源氏不要将自己的女儿列入恋侣之列，因为“女子身罗情网，必多意外之苦。故我决心要她屏绝情思，以处女终其身”。

但是，在平安时代要求男子放弃群婚的习俗，对女子专一，无异于天方夜谭。即使是曾以对爱情忠贞不渝而著称的夕雾，在其妻舅柏木死后亦与其妻落叶公主私通。当妻子云居雁表示不满后，夕雾居然振振振有词地狡辩：“一个身份高贵的人斜目也不看一眼，守定一个妻子，好像惧怕雌鹰的雄鹰一样，多么惹人耻笑！被这样顽固的丈夫死守着，在你也不是光荣的。须得在许多妇人之中，特别受丈夫爱怜，地位与众不同，这才教别人羡慕，自己心里也常愉快，于欢乐之情，可爱之事，源源不绝而来。”真乃歪理邪说。相对比较忠厚诚实的夕雾尚且如此，其他淫荡无度的男子的状况便可想而知了。

“宇治十帖”关于三姐妹的描述，实际上向人们揭示了平安时代妇女命运的三种结局。

第一种，看破红尘，心如槁木，视婚姻为罪孽，从而泯灭人的天性。大女公子即是代表。任凭薰君怎样表达恋慕之情，她始终不肯应允，只管装着不知，因为她"确信结婚是件苦事，决心独身到老，无论如何也不能以身相许。她想：'这人现在虽然可怜，但倘嫁给了他，将来一定为他受苦，自寻其辱。'"在周围侍女百般劝诱的情况下，大女公子抱定决心，只愿"在罪孽未深之前早早死去"。像大女公子这样的还有槿姬等，她们对平安时代的男子已不抱任何幻想，对他们失去了最起码的信任，因而厌恶婚姻生活，宁可走一条自我毁灭的道路。

第二种，受骗上当，忍辱求全，苟且偷生。二女公子即是代表。她禁不住匂亲王的花言巧语、海誓山盟，而与之发生性交关系。但后来，匂亲王却娶了权势显赫的夕雾家的六女公子，二女公子无比悲伤，更感到姐姐贤明，深感结婚乃是自取其辱。而匂亲王耽于女色，侍女中俏有姿色的一个也不放过。而二女公子却无可奈何，只能听之任之。明知薰君恋慕自己，将自己当作姐姐的遗念无微不至地关心自己，却不敢越雷池一步，而匂亲王却对二女公子说："大凡女子，总须柔顺而天真才好。"二女公子只能在痛苦与屈辱中了此一生。在《源氏物语》中我们可以看到类似二女公子的众多妇女形象，如紫姬、花散里、明石姬等。用"柔顺"的方式对待荒淫的丈夫，这实际上指出了日本妇女在家庭生活中所处的卑下地位。

第三种，不慎步入性自由的禁区，走投无路，而导致彻底毁灭。浮舟即是代表。薰君因为浮舟酷肖其恋慕的大女公子，而准备与之成婚。但匂亲王却捷足先登，强行与之发生性交关系。浮舟一方面与薰君有婚约在先，另一方面又觉得匂亲王丰姿动人，令人百看不厌。于是陷入左右为难之中不可自拔。在群婚时代，不仅男子可以拥有众多的性交对象，而且女子也拥有同样的权利。但在父权制时代，女子的这种权利被彻底剥夺，"如果妻子回想起昔日的性的实践而想加以恢复时，她就要受到比过去任何时候都要受到的更严厉的惩罚"，因此唯有死路一条。正如书中所描述的那样，浮舟想："我倘活在世间，则势必闹出怪事，惹人耻笑，而忧患永无绝期了。""与其活在世间，被人指为浮薄女子，当作笑柄……则远不如死。"可见，在封建社会，性自由是妇女永远不可涉足的禁区，除非是那些已经失去过家庭生活资格的娼妓。

变异的专偶制是父权制与母权制矛盾的产物。平安时代以后，随着武士取代贵族成为统治阶级，婚姻形态亦发生变化，嫁娶婚基本上取代了走访婚，母权制如落日的余晖为父权制的茫茫黑夜所吞噬，父权制与母权制不可调和的矛盾也得到了彻底的解决，妇女的地位更加低落。经过镰仓、室町、战国时代的不断演进，到了德川时代，武家妇女“被剥夺了最低限度的人类自由和尊严”，“她们隶属男子，其奴化程度恐怕超过了任何家庭奴隶”。男子甚至有杀妻的权利，就如同武士可以对平民“格杀勿论”一样。

日本妇女这种低下的地位在全世界范围内也是不多见的，其程度甚至超过了强调三纲五常、以名教杀人的古代中国。这种状况与古代“希腊人中间所有的那种古典的粗野形式”有类似之处，但更为偏激。日本近代启蒙思想家福泽喻吉就指出：“日本国是女人的地狱。”何以至此，结论不难得出。日本的父权制是在与母权制的激烈斗争中确立的，父权制取代母权制缺少了一个渐进的过程。母权社会的痕迹越是厚重，父权社会越是要将这种痕迹彻底清除。恩格斯说：“母权制的被推翻，乃是女性的具有世界历史意义的失败。”只不过在日本由于父权制确立之时正值母系氏族社会繁荣鼎盛时期，日本女性曾经拥有过女权至上的辉煌时代，因而这种失败被带上了人为的色彩，从而使女性的悲剧显得更为惨烈。

此外，变异的专偶制的另一个矛盾，即男子纵欲与女子操守的矛盾也得到了解决。这就是在女子被笼闭起来的同时，娼妓制度逐渐发达起来，到德川时代更为完备，因为“如果没有娼妓，人们就会勾引人家的妻女”[172]。

余论　宇治十帖——人性的呼唤

《源氏物语》最后十回乃是讲述光源氏去世以后，围绕着宇治三姐妹发生的事情，人们习惯将这十回称之为“宇治十帖”。《源氏物语》全书约 90 多万字，而宇治十帖将近 25 万字，约占全书篇幅的 28%，但对于宇治十帖的研究却很少，无论是在日本还是在中国都是如此。日本有些出版社在出版《源氏物语》时，将宇治十帖删去；而在我国，有些高校的文学专业或日文专业在讲授《源氏物语》时，往往将宇治十帖省略。其实，忽视宇治十帖的意义与价值，乃是一个重大的误区。如果不深入研究宇治十帖，对《源氏物语》则不能有全面、深刻的了解和把握。

正如叶渭渠先生所言：《源氏物语》“在结构上显得有些庞杂、冗长，相同场面的心理描写重复太多，有损于作品的艺术完美性”[173]，因此在一定程度上影响了中国读者的阅读兴趣。事实也正是如此，《源氏物语》作为一部小说，其结构比较松散，在宇治十帖之前的部分，许多章节前后之间并没有必然的联系，故事情节的展开常常是突然出现、突然中断。在一定程度上，宇治十帖之前的部分与其说是长篇小说，倒不如说是光源氏与众多女性性爱的纪录，而光源氏与其中大部分女性的故事带有很大的偶然性、突然性、不确定性和随意性。因此，作为小说所必需的连贯性和稳定性就很难得到保证。

例如，光源氏与末摘花的故事发生在第六回。这一回记载光源氏 18 岁春天至 19 岁春天整整一年的事情。“夕颜朝露地短命而死，源氏公子异常悲恸，左思右想，无法自慰”，“总想再找一个身份不高而品貌端妍、无须顾忌的女子”。在大辅命妇的鼓动与撮合下，结识了常陆亲王晚年生下的女儿——末摘花，既成事实之后才发现常陆亲王的这位女儿长相特别丑陋，“最难看的是那个鼻子。这鼻子首先映入人目，很像普贤菩萨骑的白象的鼻子”（观普贤经云：“普贤菩萨乘大白象，鼻如红莲花色”）。在此之后，一直到第十五回“蓬生”才再次出现末摘花的名字。源氏从谪居地须磨回到京都，参与朝政，而在源氏谪居期间，末摘花陷入更加穷困潦倒的境地，本已荒芜的宫邸蓬草丛生，屋不遮风，食不果腹。源氏回朝后早已将末摘花淡忘，末摘花明知无望，却坚守如一。源氏在访问花散里的途中，看见一座“荒芜得不成样子”的邸宅，这才想起原来是末摘花的宫邸，觉得她可怜，才将自己廉价的关心、呵护施舍给了这个可怜的女人。这与第六回初逢末摘花已相隔整整十年。

基于这种故事情节松散且不连贯的表现方式，日本有些学者认为“男作家一般以叙事故事的来龙去脉为主，情节性强，引人入胜。女作家的小说自然也有精彩的情节，但相对而言，他们注重的是情感描写，人物刻画。《源氏物语》是这方面的典范。它表现了日本平安时代王朝文学最基本的艺术——恋爱的惆怅、羁旅的愁苦、仕途的失意等，并与大自然融为一种空闲的意境。从而体现一种日本传统美学理念——‘物哀’”[174]。

诚然，《源氏物语》从总体上看，“物哀”的情调贯穿始终，但就情节的表现手法而言，宇治十帖与之前的部分是截然不同的。笔者反复阅读、研究宇治十帖，发现这十帖如果稍作铺垫，完全可以独立成篇。这十帖围绕着薰君与宇治三姐妹的情感纠葛展开。它先写薰君因为学道而结识了在权力角逐中失意的八亲王，继而写八亲王想将两个女儿托付给薰君照顾，薰君爱上了大女公子，而大女公子视婚姻和男女性爱为畏途，早已心灰意冷，在八亲王去世之后，大女公子希望以二女公子代替自己与薰君相爱，薰君为了表明自己的执著与坚定，促成了二女公子与匂亲王的婚事，但大女公子发现匂亲王乃是“浮薄”之人，因此忧惧而终。薰君一如既往地照料着二女公子，甚至将其幻化成大女公子的替身，二女公子不胜其烦，为了摆脱这种尴尬的境地，向薰君推荐了自己的同父异母的妹妹——浮舟。因为浮舟长相酷似已故大女公子，薰君便将对大女公子的爱转移到浮舟身上。但花花公子匂亲王乘虚而入、捷足先登，强行占有了浮舟，浮舟处于两难境地，生不如死，以出家作为解脱，薰君再次陷入绝望与痛苦之中。从总体上看，这十帖具有故事的连续性、完整性，情节的展开层层相因，环环相扣，前后一致，首尾呼应，可以说非常地引人入胜。日本有的学者推测，这十帖可能是紫式部的女儿贤子所作，由于年代久远，资料阙如，无从考证。笔者反复阅读，对比前后章节，以为，宇治十帖与前面的部分，无论是语言表达方式，还是心理描写，其风格并没有什么变化，可以看出是同一个作者的手笔。问题是，在光源氏的故事结束之后，为什么紫式部还要“节外生枝”，敷衍出这一段令人感叹、感动的故事？她的用意究竟何在？

文学，是社会生活的产物。早在11世纪的日本，为什么会达到女性文学的高峰，并对后世日本文学产生深远影响呢？

答案不难找到，如前所述，因为平安时代有着极其突出、复杂的各种矛盾，程度空前绝后，而妇女尤其是知识女性，则处在矛盾的中心，经历了巨大的痛苦体验。日本在母系氏族社会繁荣时期受到大陆先进文明的影响，直接进入了阶级社会。人类社会从母系氏族社会进入父权制社会经历了漫长的、逐步演化的过程，达数千年甚至上万年之久。由于日本历史的特殊性，这种演化进程被浓缩在短短几百年时间之内进行，因此母权制与父权制的矛盾冲突、父权制取代母权制就有了人为的色彩，并且冲突异常激烈、突出，从而使整个社会发生变异。比如它的婚姻形态就与按自然进化而形成的模式有着明显的区别，属于“变异的专偶制”，这种婚姻形态为贵族男子的骄奢淫逸与极度纵欲提供了便利；但另一方面，却是对广大妇女身心的极大摧残和伤害。日本历史上从来没有一个时期的婚姻状况如此混乱，一方面，婚姻没有任何的爱情基础，完全成了政治斗争和家庭利益需要的牺牲品；另一方面，群婚习俗的存在与盛行，使广大妇女身心受到极大的摧残。对于这种悲惨状况，《源氏物语》的作者紫式部有着深刻的体验。

公元999年，紫式部在21岁的时候嫁给了年龄足可以做自己父亲的48岁的藤原宣孝，成了藤原宣孝的第四个妻子。在平安时代，男性贵族毫无节制地滥用性自由，并将此作为时尚和风雅。“男子要求自己所占有的女子从一而终，却将婚禁范围以外的几乎所有的女子作为自己泄欲的对象，并在可能的情况下与之发生性交关系”，而“女子在被要求保持贞操、从一而终的同时，却面临着其他男子无孔不入的性骚扰与性侵犯，而夫妻分别居住的走访婚又为这种骚扰与侵犯提供了便利”。这种混乱的婚姻状况将父权制和群婚遗俗的双重痛苦强加在妇女身上。紫式部嫁给藤原宣孝两三年后便开始过着凄凉孤寂的孀居生活，虽值妙龄，却从此再也没有涉足婚姻与性爱生活。在流传下来的《紫式部日记》中，我们看不到一点点关于情感、性爱和婚姻的痕迹。虽然身处皇宫之中，作为皇后彰子的老师，除了沉浸在文字之中，绝少有自己的乐趣。正如她自己所说："在宫中的日子长了，我自己也彻底变成了一个迟钝呆滞的人"，"无论遇到多么精彩的事、有趣的事，心情也还是高兴不起来，总是被一种思绪（出家遗世之心）所牵挂着"。这样的体验正是平安时代被"变异的专偶制"所摧残的妇女的心理写照。如藤原道纲母的《蜻蛉日记》、和泉式部的《和泉式部日记》和菅原孝标女的《更级日记》等所反映的都是那个特定时代，知识女性对那个罪恶的社会制度和宗教伦理制度尤其是混乱的婚姻制度的迷茫与困惑。比如藤原道纲母的《蜻蛉日记》便记录了关于婚姻生活的痛苦经历。她的丈夫藤原兼家已有了正夫人，却花言巧语地向她求婚，但好景不长，藤原兼家又有了新的情人，当藤原道纲母表示惊讶、愤闷、不解时，藤原兼家"就这样地满不在乎。后来呢，就更难知道他是怎么想的。公开地入那女人的家宅，竟毫无顾忌"。"不知那一个究竟是厚颜无耻，还是真的没心没肺。"[175]在丈夫有新欢后，藤原道纲母便"一个人过着孤零零的日子，形影相吊"[176]，而"那一位曾经是受宠走时的女人，自从生了孩子之后，男的就不再往她那儿去了"[177]。可见，在平安时代，女子只是贵族男子的玩偶，丝毫没有精神上和物质上的保障。

平安时代，日本贵族从上到下形成了一股风气，着力培养女儿，使其成为政治斗争和争权夺利的工具，提高女儿的竞争力便成了藤原氏贵族角力的焦点。在这种背景下，学富五车、才华显著的紫式部成了藤原道长之女彰子的女官。从《源氏物语》中可以发现紫式部所引用的中国文学、历史典故，如《淮南子》《韩非子》《汉书》《晋书》《述异记》《西京杂记》《战国策》《礼记》《管子》《诗经》《孝经》《仪礼》《庄子》《毛诗》《楚辞》《论语》《文选》《列子》等，"其数量之大，出处之广，令人震惊"[178]。白居易的作品对她的影响更是广泛而深刻。在《源氏物语》中，紫式部引用《白氏文集》的典故多达120多项，可见她对先进的中国文学典故学养之深厚。

恩格斯说："的确，群婚对于男性，即使到今天还是存在着。凡是在妇女方面认为是犯罪而引起严重法权后果和社会后果的一切，对于男子反而被视为荣耀，或者在顶坏的场合也不过是当作道德上的小污点而泰然处之。”对于紫式部这样一位深受先进的中国文化熏陶的知识女性来说，对于被贵族男子视为的“荣耀”，对于“变异的专偶制”所带来的所有罪恶，一定有着切肤之痛，在她的日记中所表现出的厌世、遁世的心态便是这种痛苦的真实反映。卑下的社会地位与深厚的文化修养形成了巨大的反差，从而加深了内心的痛苦体验，这种痛苦的体验便成为文学创作的动因和源泉。所以，经历巨大的痛苦体验而写成的《源氏物语》绝不是仅仅让人消遣或者感慨感叹，而是为了阐明自己的思想和见解，批判这个社会。

平安时代，妇女无任何地位可言，所有的知识与才艺和女子本身一起，只不过是某种需要的工具，所以，紫式部在《源氏物语》中曾有两处申明，一处是在源氏父皇桐壶院病重时对朱雀帝遗言，要他善待源氏，紫式部说：“作者乃一女流，不宜高谈国事，记此一端，亦不免越俎之罪。”另一处是写冷泉帝因凶灾接踵而至，以为是使生父源氏屈居臣下之故，紫式部又言：“作者女流之辈，不敢奢谈天下大事，略举一端，亦不免越俎之嫌。”紫式部之所以如此说，是因为日本社会剥夺了女性的话语权。因此，如何将自己的思想表达出来，成了一个考验作者智慧、能力的问题。在不能直接加以评论的情况下，作者采取了非常委婉、含蓄的“曲笔”方式，表达了自己的思想。如果说前44帖是“写实”的话，那么后十帖则体现了作者的刻意构思。因为“写实”而显得前后不连贯，导致故事情节松散；因为要表达自己的思想，而使后十帖成为一个整体，一气呵成，脉络清晰，条理分明，从而与前44帖相比，有了截然不同的特点。

在源氏去世之后，作者“节外生枝”，敷衍出一段凄美动人的爱情故事，乃是刻意所为。作者是用一种特殊的方式批判这个罪恶的社会，寄托自己的希望和理想。总体而论，宇治十帖主要有以下三个方面的警世意义：

其一，揭示女性的悲剧命运。

在《源氏物语》中，几乎所有的女性都具有悲剧性的命运。以与源氏有关的女性为例，正夫人葵姬长期被冷落，短命夭亡；与源氏私通的父皇的妃子藤壶女御和婶母六条妃子，还有被源氏强行占有的仆从的继母空蝉，内心承受着极大的煎熬和痛苦，最终出家，遁入空门；槿姬对婚姻望而却步，屡屡拒绝源氏的求爱，一生空守闺房；与源氏有露水之缘而被源氏妻兄头中将抛弃的夕颜暴死荒邸。此外，以紫姬为代表的众多被源氏所占有的女性过着与世隔绝的生活，压抑着作为一个女人所应有的正常需要和渴求。可以说，这些与源氏有关的女性正是平安时代所有不幸女性的真实写照。紫式部别具匠心地将众多女性形象浓缩在宇治十帖中，以宇治三姐妹为代表，描写了这个时代女性所无法抗拒和违离的三种归宿，从而使人们对这个时代的女性悲剧有了更加完整、系统和深刻的了解。紫式部宇治十帖关于三姐妹的描述，实际上向人们揭示了平安时代妇女命运的三种结局：第一种，看破红尘，心如槁灰，视婚姻为罪孽，从而泯灭人的天性。大女公子即是代表。第二种，受骗上当，忍辱求全，苟且偷生。二女公子即是代表。第三种，不慎步入性自由的禁区，走投无路，从而导致彻底毁灭。浮舟即是代表。细细品味三姐妹的结局，我们可以深深地感受到紫式部那发自灵魂深处的悲哀和痛苦的叹息，对于她所处的时代的妇女命运更加地一目了然。

其二，宣扬因果报应学说。

佛教在6世纪传入日本，并在平安时代以空前的规模与速度传播开来。从《紫式部日记》中我们亦可以看到紫式部的宗教倾向。紫式部精通佛典，时时以出家作为精神寄托。在社会充满矛盾斗争、婚姻形态无比混乱的境况下，人们选择出家作为解脱。权力之争中失意的贵族，如八亲王等选择了出家；失意官员如明石姬的父亲、前任须磨守明石道人选择了出家；就是退位的帝王，如朱雀帝亦选择了出家；遭到情感伤害或困扰的贵族女子，如藤壶女御、三公主等，也选择了出家。可见，佛教已深深地影响到平安时代日本社会生活的方方面面。

因果报应说是佛教基本理论的重要组成部分。《杂阿含经》卷12说："此有故彼有，此生故彼生，此无故彼无，此无故彼灭。"它指出了任何事物因缘与果报之间的必然联系，揭示了有因必有果、因灭果必灭的规律。宇治十帖中薰君这一角色的描写正契合了佛教因果报应的学说。源氏和薰君之间的关系就是因果报应的关系。终其一生，源氏皆以到处拈花惹草、淫人妻女为业，正如他的随从惟光所想："我这主人在女人上面的用心，真是无孔而不入啊！"源氏怎么也意想不到，他自己的正室夫人三公主却与他的内侄柏木私通并生下了私生子——薰君，这不是一种绝妙的讽刺吗？

诚然，在作者笔下，源氏有着许多让人欣赏的地方，风度优美，感情丰富，待人谦恭有礼，且“老成持重，颇能胜任政治”。紫式部自己就说：“作者屡次用同类的赞词来褒美源氏大将，实因每次拜见此人，总觉得比前次越发优越，故不得不如此耳。”而写源氏去世这一章，竟然只有标题没有文字，有研究认为这是作者过于悲痛而不忍下笔之故。

但是，就像源氏这样令人心仪的、具有女性气质的“优秀”男子，也不可救药地染上了那个时代贵族男子仿佛与生俱来的恶习或通病。在情感上不负责任，在性欲上没有节制，他们的所作所为，对广大妇女来说，是无法抗拒的悲剧和噩梦。在这部作品的前44帖中，紫式部多次对源氏玩弄女性的品性提出批评，但极其婉转，仅仅说“这也太不成样子了”。但在宇治十帖中，紫式部着力刻画薰君这个人物，却有着明显的警世作用。如前所说，平安时代男子要求自己所占有的女子从一而终，却将婚禁规则范围以外的几乎所有女子，都作为自己泄欲的对象。一方面，千方百计防范自己的女人失贞；另一方面，却千方百计地淫人妻女。紫式部以薰君作为后十帖的主人公并讲述他的情感经历，实际上是在警示人们这种淫乱之风恶性循环，难免遭到报应。她是在用佛教的教义提醒人们注意淫乱之风的后果，并对这种淫乱之风进行批判，可谓用心良苦。

其三，表达妇女对正常婚姻和性爱生活的渴求。

平安时代男女的婚姻与性爱生活可谓极不正常，广大妇女在精神上和物质上都无保障可言。在宇治十帖之前出场的主要男子，无论优劣、地位高下，在性爱与婚姻问题上有两个共同点：第一，感情不专一；第二，不尊重妇女人格。仍以源氏为例。小说有记载的与源氏发生性关系的女子共有12人，他玩女人像换衣服一样频繁，即使是拥有了被人们视为完人的紫夫人之后，依然到处钻营，拈花惹草，这让紫姬无比痛苦。她曾对源氏说：“为了你，不知尝到了几多难于忍受的痛苦，至今不能忘记的事情正多呢！”而且，不论何时何地，不论对于何种女子，只要一入他的“法眼”，便不择手段，强行占有。例如，在他17岁的时候，因为要“回避中神”而来到仆从纪伊守家中暂住，却不择手段地强行占有了纪伊守的继母空蝉，这让空蝉痛苦万分，拒绝与其再次幽会。源氏再次寻欢时空蝉逃脱了，源氏却不分青红皂白地占有了纪伊守未出阁的妹妹轩端荻。这种淫乱习俗在平安时代可谓“蔚然成风”，像瘟疫似的在贵族男子中传播开来。即便是被称为“忠厚老实人”的源氏的儿子夕雾也不能幸免。夕雾与妻子云居雁结婚前苦苦坚守，但仍然摆脱不了在性爱问题上的“劣根性”。在妻兄柏木死后不久，夕雾便和柏木的遗孀落叶公主私通，如前所述，当云居雁表示不满时，夕雾却振振有词地说：“一个高贵的人，斜目也不看一眼，守定一个妻子，好像惧怕雌鹰的雄鹰一样，多么惹人耻笑！”

但是，在宇治十帖中，主人公薰君却具备了两个优点：感情专一，尊重女性的人格。他始终如一地爱着大女公子，即便大女公子以妹相替代，薰君也毫不动心。而且更加让人感动的是，在大女公子不幸去世后，薰君依然执著地保持着对大女公子的那份情感，念念不忘，谨记大女公子的嘱托，悉心照料着二女公子的一切。后来，又将大女公子的同父异母妹妹浮舟作为大女公子的替身，所以紫式部称赞他“性喜专爱一人”。更加难能可贵的是，薰君曾有机会与大女公子和二女公子夜间独处一室，但薰君并不违背二姐妹的意志，像其他贵族男子通常所做的那样，强行与之发生性的关系，而是适可而止；对于大女公子，最多只是倾诉，有时又如朋友般漫谈，或共赏景色，这与平安时代那些骄奢淫逸、纵欲无度的贵族男子形成了鲜明的对照。像薰君这样对待女性的态度，在全书中可以称得上是绝无仅有。

从紫式部对薰君人物的刻画中我们可以看到作者对于正常婚姻和性爱关系的向往与期盼。这表达了处于社会最底层妇女的共同心声。薰君为什么会与众不同？这恰恰是因为他从小生活在“私生子”的阴影之下。第四十二回写道，关于自己出生之事，薰君小时候隐约有所闻知，长大后时时怀疑，心甚不安，然而无人可问。在母亲面前呢，他认为即使隐约表示自己有所闻知，也很痛心，所以当然不问。他只是一直在忧虑：“究竟为了何事，由于何种宿缘，致使我身带着此种疑虑而出生于世呢？”于是每逢感触，不胜伤心似觉身患疾病，异常痛苦，心中反复思量：“母亲不惜盛年的花容月貌，改装成了朴陋的尼僧姿态。究竟由于何等坚强的道心，而突然遁入空门呢？想必是像我幼时耳闻：身逢意外之变，因而愤世出家的吧。此种大事难道不会走漏消息么？只因不便出之于口，所以无人向我告知吧。”又推想那个已过世的人，恐怕也是怀着畏罪之心，抱恨而死的吧。他希望后世总得和这生身父亲相见便无心在这世间举行冠礼。然而终于推辞不得。不久自然闻名于世，声势显赫了。但他对于现世荣华毫不关心，一向只是沉思默想，“从小厌恶尘世，常想清心寡欲地度此一生”。所以薰君对于男女之事总是淡然处之，慎之又慎。就像书中所写：“薰中将则不然，他对世俗生活深感乏味，心念如果草草地爱上一个女人身上便有了一种不可割离的羁绊，此种自讨烦恼之事，还是避免的好。因此把婚姻完全丢开。……他受冷泉院与秋好皇后优遇，位极人臣，可谓尊荣无比了。然而心中怀着一个身世根本问题，常常闷闷不乐。所以一向不曾任情寻花问柳，平居总是沉默寡言，世人自然都称道他是一个老成持重的人。”从这样的表述中可以窥见作者心中的万般无奈。

创作宇治十帖，塑造薰君这样一个人物形象，这是紫式部以她特有的方式呼唤着人性的回归，这是那个时代女性心底最深沉的呼唤。

参考文献

[1][43][44][45]《红楼梦》(脂砚斋批评本),第5、第69、第46、第47回,凤凰出版社,2010年版。

[2][4][29][46][47][92][94][106][158][159][160][161][162][166][170][171]《马克思恩格斯选集》第4卷,第33、31、63、62－63、73、51、54、63、35、76－77、73、53、63、53、49、60页,人民出版社,1995年版。

[3][20] 乔治·巴塔耶《色情史》,第13、13页,商务印书馆,2010年版。

[5][6][7][8][9][10][11][12][15][16][17][25][26][30][31][32][33][151][153] 韦斯特马克《人类婚姻史》,第552、553、554、555、185－186、189、196、176、203、204、204、83－84、100、316、171、168、173－174、50、42页,商务印书馆,2002年版。

[13][18][19][34][39][40][54][55][60][76][77][83][86][98][105][120] 布雷克多《婚床》,第165、217－218、56、167、207－208、211－212、151、197－198、6、224、225、243、6、218－220、181－183、33－34页,三联书店,1986年版。

[14][119] 伯特兰·罗素《性爱与婚姻》,第159、66页,中央编译出版社,2009年版。

[21][28][110][118][142] 大井正《性与婚姻的冲突》,第56、25－27、148、55、91－92页,吉林人民出版社,1988年版。

[22][51][64][84][113][115][116][130][131][133][147] 瓦西列夫《情爱论》,第30、35、38、32、50－51、45－49、52－57页,引言第4页,第31、40页,引言第1页,三联书店,1985年版。

[23] 德斯蒙德·莫利斯《人类动物园》,第3页,复旦大学出版社,2010年版。

[24][48][52][85] 德斯蒙德·莫利斯《裸猿》,第39-40、18、37、66、64页,复旦大学出版社,2010年版。

[27][117][145][148] 伊恩·布鲁玛《日本文化中的性角色》,第12、131、133、82页,光明日报出版社,1989年版。

[35] 马林诺夫斯基《原始的性爱》,第142-143页,中国社会出版社,2000年版。

[36][37][38][104][114][122][123][124][125][126][127][134][135][136][137][138][139][143][144] 斯蒂芬妮·库茨《婚姻简史》,第98-99、103-105、116、129、166、131、293、168、175、202、183页,序第8页,第6、15、66、3-4、63、136-137、159页,中央编译出版社,2009年版。

[41] 鲁思·本尼迪克特《菊与刀》,第127-128页,商务印书馆,1990年版。

[42][58] 高罗佩《中国古代房内考》,第20、219页,人民出版社,1990年版。

[49][61][90][109] 德斯蒙德·莫利斯《男人和女人的自然史》,第109-110、49-50页,序第1页,第100页,华龄出版社,2002年版。

[53][62] 德斯蒙德·莫利斯《亲密行为》,第90、37页,复旦大学出版社,2010年版。

[56][57] 李丝莉《叶卡捷琳娜大帝》,第25、105页,中国工人出版社,2010年版。

[59] 汪玢玲《中国婚姻史》,第178页,上海人民出版社,2001年版。

[63] 叶灵凤《世界性俗丛谈》,第57页,广西师范大学出版社,2004年版。

[65][66][67][68][69][70][71][72][73][74][75] 奥托·基佛《古罗马风化史》,第373、374、383、388、389、391、396、402、399、399-400、400-401页,辽宁教育出版社,2002年版。

[78][82] 李国文《中国文人的活法》,第81、271-272页,人民文学出版社,2004年版。

[79] 兰陵笑笑生《金瓶梅词话》,梅节重校本,第30回。

[80][81] 高小康《试析〈金瓶梅〉中的世界图景》,《江海学刊》1997年

第3期,第157－163页。

［87］［88］周越然《言言斋性学札记》,第196、116页,广西师范大学出版社,2004年版。

［89］王三庆《也谈贾宝玉的"意淫"及〈红楼梦〉的情感书写》,《红楼梦学刊》2006年第5辑。

［91］［93］［97］［99］［114］［121］［132］西蒙娜·德·波伏娃《第二性》,第58－59、70、78、92、75、229、238－239页,中国书籍出版社,2004年版。

［95］［96］《摩奴法典》,第130、213页,商务印书馆,1985年版。

［100］［101］［165］［169］［172］井上清《日本妇女史》,第35－36、1、18、52、136页,三联书店,1958年版。

［102］［103］［140］［141］伊恩·布鲁玛《日本文化中的性角色》,第15、26、86、110－112页,光明日报出版社,1989年版。

［107］［108］［111］［112］凯瑟琳·马里《被奴役的性》,第1、19－20、33、34页,江苏人民出版社,2000年版。

［128］余英时《历史与思想》,第444页,台湾地区联经出版事业公司,1977年版。

［129］周义《红楼梦》中的意淫解,《红楼梦学刊》2001年第3期,第73－84页。

［146］朱恩义《〈红楼梦〉中的"意淫"评说》,《南都学坛》(哲学社会科学版)2001第1期,第39－42页。

［149］［150］摩尔根《古代社会》,第467、362页,商务印书馆,1997年版。

［152］安德烈·比尔基埃等《家庭史》第1卷,第738－739页,北京三联书店,1998年版。

［154］［155］［157］［164］严汝娴、宋兆磷《永宁纳西族的母系制》,第81、444、23、73页,云南人民出版社,1983年版。

［156］［163］［167］［168］谢苗诺夫《婚姻和家庭的起源》,第163、180、300、297页,中国社会科学出版社,1983年版。

［173］紫式部《源氏物语》,序第7页,丰子恺译,人民文学出版社,1980

年版。

[174]《日本研究〈源氏物语〉的新进展》,《学术月刊》,1994 年第 4 期,第 112 - 113 页。

[175][176][177] 藤原道纲母、紫式部等《王朝女性日记》,第 14、17、26 页,河北教育出版社,2002 年版。

[178] 陶力《紫式部和她的〈源氏物语〉》,第 27 页,北京语言学院出版社,1994 年版。

后记

十几年前，偶然的一次机会，读到一篇关于《源氏物语》和《红楼梦》比较研究的文章。从那以后，我比较多地关注和研究《源氏物语》。

的确，《源氏物语》的主人公光源氏与《红楼梦》的主人公贾宝玉在性格、气质与禀赋等方面有很多相似之处，尤其是他们的情感都很细腻与缠绵，在某种意义上可以说，他们都有痴情的一面。但是，在两性关系中，光源氏的行为方式却又是西门庆式的，纵欲且无节制。因此，结果大相径庭。贾宝玉始终是“闺阁良友”，而光源氏却是女性痛苦的根源。

为什么一个人身上同时兼具两种截然不同的性格特征？用历史的眼光，从人类学的角度进行分析研究，许多看似复杂的表面现象都可以得到深层次的诠释。

光源氏生活的平安时代，是一个各种矛盾错综复杂的时代。统治阶级已丧失了任何的进取精神，整个社会呈现出末世的景象，贵族们淫荡成风，这是光源氏人性堕落的重要原因。由于日本社会不是按照自然进化的历程实现从原始社会到文明社会的过渡，而是在外来文明的影响下进入文明社会的，因此野蛮社会的许多特征保留了下来，呈现出文明与野蛮相互交织和矛盾的特点，人性与兽性的矛盾冲突更为明显和尖锐。

人类自进入文明社会开始，便朝着人文的方向发展，尽管这个过程极为艰难曲折。有的人成功了，真正实现了由动物性向人性的转化，如贾宝玉；有的人彻底堕落了，将人格降低到动物性的水准，如西门庆；还有的人苦苦挣扎，付出巨大的代价，最终回归到人性的道路，光源氏便属于此种类型。

所以，世界上第一部长篇小说为什么会诞生在11世纪的日本，为什么那个遥远时代的女性能够写下这样不朽的著作，都可以找到答案。一遍又一遍地阅读，我深深地被震撼了，我终于明白，为什么一个曾有过女权辉煌历史的国度，演变到后来，竟成了妇女的人间地狱。只有经历过巨大的痛苦，才能给世人留下如诉如泣的文字。穿过时光的隧道，我仿佛听见那发自心底深沉的叹息。

我业余从事小说创作，《源氏物语》的最后十回，也就是人们所称的“宇治十帖”给了我很大的启发和影响。前后花了三年工夫，终于写成一部长篇小说《江南如梦》，于2010年在南京出版社出版。

一直想写一本关于《源氏物语》的感想，但总是有些忐忑，唯恐积累不足而捉襟见肘。然而岁月迁延，两鬓生白，时不我待，只得勉力成书。别无所求，了却一心愿耳。

作　者

2012年11月于扬州